Prolog

Seine Knie zitterten, ebenso die Hände. Vor seinen Augen verschwamm das Türschloss, egal wie stark er dagegen anblinzelte. Die Zunge zwischen die Lippen geschoben, gelang es ihm endlich unter größter Anstrengung, den Schlüssel ins Schloss zu schieben. Dabei stützte er sich mit der Schulter am Türrahmen ab. Als er den Schlüssel umdrehte, sprang die Tür auf und schlug krachend gegen die Wand. Der Lärm explodierte in seinem Kopf.

Kalt und dunkel lag der Raum vor ihm. Für einen Moment entspannte sich sein Körper, dann schüttelten ihn neue Krämpfe. Er stützte sich auf die nächste Holzbank. So schlimm war es noch nie. Er brauchte es jetzt!

Das Verlangen nach Erlösung zwang ihn vorwärts. Neue Kraft. Ende des Schmerzes. Bald! Es zerfetzte ihn innerlich. Er schnappte nach Luft. Weiter!

Matter Glanz leuchtete aus der offenstehenden Kellerluke und verhieß ihm das Ende seiner Qualen. Meter für Meter kämpfte er sich vorwärts.

Endlich! Die Treppe zum Keller.

»Christopher?«, presste er hervor. Keine Antwort.

Bestimmt war er dort unten.

Erstaunt riss er die Augen auf. Die Erkenntnis traf ihn plötzlich, hüllte ihn ein. Ein letzter mühsamer Atemzug, sein auslaufender Herzschlag, sein Körper im Flug, schwebend, frei, unaufhaltsam, abwärts. Die Treppe tanzte hin und her, drehte sich in endlosen Kreisen, löste sich auf. Dann war es dunkel.

1

Die ersten Lichtstrahlen bahnten sich einen Weg durch die Vorhänge, als er missmutig blinzelte und sich die heruntergerutschte Decke bis unters Kinn zog. Ein unangenehmer Druck auf beiden Schläfen hinderte ihn am Weiterträumen. Er drehte sich auf die andere Seite. Heute Morgen hatte er keine Termine. Warum sollte er aufstehen?

Als das Telefon klingelte, gähnte er laut und rieb sich den Schlaf aus den Augen. Am anderen Ende meldete sich die Küsterin und teilte ihm mit, dass Pater Remigius an einer Halsentzündung litte und kaum einen Ton herausbekäme. Er schaute auf die Uhr. Bis zur Messe blieben ihm vierzig Minuten. Knapp, aber zu schaffen. Im Grunde kam ihm diese unverhoffte Aufgabe gelegen. Zur Frauenmesse in der Kapelle kamen die treuesten Schäfchen der Gemeinde, und wenn er Glück hatte, war Frau Wilms unter ihnen. Letzte Woche hatte er mitbekommen, wie die alte Frau den Pfarrer um Arbeit angefleht hatte. Seitdem spielte Markus Overath mit dem Gedanken, ihre Dienste selbst in Anspruch zu nehmen. Zum einen, weil er sich mehr um die Jugend kümmern wollte. Obwohl man es aufgrund seiner Leibesfülle nicht vermutet hätte, lag dem jungen Mann mehr am Fußballspielen als am Putzen und Bügeln.

Zum anderen war Cilli Wilms für die leckersten Eintöpfe und besten Kuchen der Gemeinde bekannt. Und nur weil Pater Remigius keine Haushälterin in seinem Refugium duldete, musste er als Kaplan noch lange nicht auf alle Annehmlichkeiten verzichten.

Er schlurfte ins Badezimmer, strich in Gedanken das Frühstück und stellte sich unter die Dusche. Mit tropfnassen Haaren und einem Handtuch um die ausladenden Hüften betrat er zehn Minuten später die Küche. Er stellte den Wasserkocher an, füllte drei Löffel fair gehandelten Instant-Kaffee in eine Tasse, kippte das kochende Wasser darauf und rührte drei Teelöffel Zucker hinein. Im Schlafzimmer schlüpfte er in die am gestrigen Abend bereitgelegte Kleidung, die wie immer aus einem schwarzen Oberhemd mit Stehkragen und einer schwarzen Anzughose bestand. Das zugehörige Sakko wartete an der Garderobe im Flur auf seinen Einsatz. Der Geistliche setzte sich auf das ungemachte Bett und zog das letzte Paar schwarze Socken an, das er in der Schublade finden konnte.

Dann eilte er zurück ins Bad. Mit dem Elektrorasierer fuhr er sich nachlässig über das stoppelige Kinn, föhnte seine fast schulterlangen Locken und kämmte das braune Haar mit Gel nach hinten. Einmal mehr betrachtete er sich im Spiegel und bedauerte, dass er nicht blond war. Er hätte es ansonsten durchaus mit dem Erzengel Gabriel in seinem Heiligenbuch aus Kinderzeiten aufnehmen können. Kaplan Overath seufzte, ging in die Küche und schüttete einen großen Schluck Milch in den abgekühlten Kaffee. Er kippte den Wachmacher hinunter, doch der Druck zwischen den Schläfen blieb, als er nach seinem Sakko griff, Handy, Schlüssel und Portemonnaie einsteckte und in die schwarzen Lackschuhe schlüpfte, die er als Kommunionkind so gerne getragen hätte, sich aber erst als Priesteranwärter leisten konnte.

Seitdem ihn der Weihbischof förderte, konnte er sich auch einen Golf gönnen. Schwarz glänzte er mit seinen Schuhen um die Wette und brachte ihm die Bewunderung nicht nur der männlichen Messdiener ein. Jetzt half ihm der fahrbare Untersatz, rechtzeitig zur Kapelle am anderen Ende des Dorfes zu kommen.

Als er die Tür der Sakristei aufriss, zuckte die Küsterin sichtbar zusammen.

»Ah, Frau Küppers, guten Morgen.« Der Kaplan stürmte auf sie zu und schüttelte ihr die Hand.

»Guten Morgen, Herr Kaplan. Gut, dass Sie einspringen konnten.«

Der Priester grinste zufrieden und ließ seinen Blick über die Gewänder gleiten, die die Küsterin schon bereitgelegt hatte. Mitten auf dem weißen Untergewand, das zuoberst lag, prangte ein Riesenfleck. Gelbgrau mit einem bläulichen Heiligenschein außen herum. Sein Lächeln erstarb. Auf seiner Stirn bildete sich eine steile Falte. Wie konnte man nur so nachlässig seine Arbeit erledigen? Scharf zog er die Luft ein und versuchte, seiner Stimme einen barmherzigen Klang zu verleihen.

»Das ist aber unschön. Haben Sie das nicht gesehen?«

Die Küsterin zog die Augenbrauen hoch und schaute sich suchend um.

»Was meinen Sie?«

Kaplan Overath schüttelte ungläubig den Kopf und deutete auf das Untergewand.

»Den Fleck. Mittendrauf. Sie brauchen dringend eine Brille, Frau Küppers, wenn Sie das nicht sehen.«

Mit Genugtuung sah der Geistliche, wie die Küsterin die Schultern hängen ließ. Sie schien ihren Job wohl doch ernst zu nehmen. Hoffentlich kontaktierte sie noch heute ihren Augenarzt, um ihrer Fehlsichtigkeit Abhilfe zu verschaffen. Er schnaufte und glaubte, seiner Autorität damit mehr Gewicht zu verleihen. In seinen Schläfen pochte es immer noch. Irgendwer drehte den Schraubstock um seinen Kopf langsam enger.

»Alles okay, Herr Kaplan?«, hörte er die Küsterin neben sich. Sie belauert mich, schoss es ihm durch den Kopf, und wartet nur darauf, dass ich etwas falsch mache ... Er wandte sich ab. Ohne eine Erwiderung durchsuchte er die Taschen seines Jackets. Irgendwo ein Aspirin? Oder lieber noch ... Nein, er wusste es besser. Er hatte nichts mehr. Muss Christopher gleich anrufen, beschloss er still. In der Innentasche fand er schließlich ein einsames Pfefferminzbonbon, schob es in den Mund und hängte sein Sakko an den Kleiderhaken. Direkt daneben auf der weißen Wand entdeckte er einen Fleck, gelbgrau mit einem bläulichen Heiligenschein außen herum. Wie auf dem Untergewand. Er schloss die Augen. Der Fleck blieb. Er fuhr sich mit den Händen übers Gesicht und atmete tief durch.

»Es ist alles vorbereitet«, verkündete Kati Küppers das Offensichtliche. Sie teilte mit ihm die Vorliebe für schwarze Oberteile. So war man immer richtig angezogen, ob Taufe oder Beerdigung. Und schlank machte es auch noch, was sie im Gegensatz zu Kaplan Overath nicht nötig hatte. Allerdings peppte Kati ihre Garderobe mit langen, dicken Ketten, Schals in leuchtenden Farben und großen, extravaganten Ohrringen auf. Zu ihrem pfiffigen Kurzhaarschnitt in Grauweiß passte einfach alles. Und die farbige Ponysträhne, die sie gerne hinters linke Ohr steckte, wechselte den Farbton passend zum Nagellack.

Sie öffnete den Schrank mit den Priestergewändern.

»Ich suche Ihnen ein anderes Untergewand raus. Vielleicht hat das keinen Fleck.«

»Schon gut.« Kaplan Overath winkte ab. »Nicht nötig.« Wieder fuhr er sich mit den Händen übers Gesicht. »Sie übernehmen Lesung und Fürbitten, Frau Küppers?«

»Darüber wollte ich gerade mit Ihnen sprechen. Mit Pater Remigius hatte ich bereits vereinbart, dass ich nicht zur Messe bleibe. Es ist noch einiges vorzubereiten für das Taizé-Gebet und heute Nachmittag muss ich meinen Enkel von der Bahn abholen.«

Der Kaplan musterte die ältere Mitarbeiterin, die so oft jünger wirkte als er selbst, mit einem Blick, der sie dazu brachte, ihre Softshell-Jacke zu schließen und die Schultern hochzuziehen.

»Ja«, polterte er, »man muss Prioritäten setzen im Leben. Aber dass Sie den Segen der Messe so geringschätzen, hätte ich von Ihnen nicht erwartet.« Wenigstens einen Messdiener hätte sie ihm doch organisieren können.

Kati Küppers öffnete den Mund und schloss ihn wieder. Dann schüttelte sie den Kopf, straffte den Rücken und wandte sich zum Gehen. Doch so billig kam sie ihm nicht davon.

»Ach, Frau Küppers, eh ich es vergesse. Ich brauche nächsten Dienstag das komplette Pfarrheim.«

Die Küsterin hielt kurz inne, dann wirbelte sie herum.

»Am Dienstag findet unser Jugendclub statt«, antwortete sie mit rauer Stimme.

»Ihr Jugendclub, Frau Küppers, nicht unser. Ihr Club. Ich habe für diesen Tag ein Messdiener-Training anberaumt. Das ist wichtiger.«

Katis Brust hob und senkte sich, während sie sich auf die Lippen biss.

»Halten Sie Ihr Trainingslager nicht in der Kirche ab?«

Kaplan Overath lächelte dünn. Er war der Hausherr und niemandem Rechenschaft schuldig. Sein Kopf dröhnte, als hätte er einen Bienenstock gefrühstückt. Dennoch würde er der Küsterin erklären, was erforderlich war und was nicht.

»Die Kirche brauchen wir auch. Doch darüber hinaus benötige ich jeden verfügbaren Raum.«

»Sie scheinen ja Großes vorzuhaben. Der Termin für den Jugendclub steht seit zwei Monaten fest, aber wir könnten ihn vielleicht eine Stunde nach hinten verschieben.«

»Wir üben von fünf bis acht«, fiel er ihr ins Wort. Dabei wischte er mit dem Arm durch die Luft, als ob er einen Schlussstrich unter die Diskussion setzen wollte. »Und danach lade ich alle zum Pizzaessen ein.«

»Was ist mit den Messdienern, die zum Jugendclub wollen?«

»Haben Sie mir eben nicht zugehört? Wie ich schon sagte, man muss immer wieder Prioritäten setzen im Leben. Meine Prioritäten sind eindeutig. An erster Stelle kommen unsere Messdiener. Die sind mir nun einmal wichtiger als irgendwelche dahergelaufenen Heidenkinder.«

Die Küsterin vergrub ruckartig die Hände in den Jackentaschen. Deutlich spannten sich die Muskeln ihres Unterkiefers an.

»Bei Tobsucht und Raserei, heiliger Ulrich, steh mir bei«, flüsterte sie.

»Ich verstehe eh nicht«, fuhr unterdessen der Kaplan mit erhobener Stimme fort, »wieso Sie so viel Zeit und Engagement in dieses verrückte Projekt investieren. Dabei könnten Sie so viel Gutes tun. Uns fehlen doch an allen Ecken und Enden Mitarbeiter. Aber nein! Es muss eine Disco für die Dorfjugend sein. Letztendlich werfen Sie doch nur Perlen vor die Säue.«

»Was erlauben Sie sich eigentlich?«, schnauzte ihn die Küsterin an. Dem Kaplan war klar, dass sie sich nicht darum scherte, ob die Tür zur Kapelle offenstand. Jedes Wort würde man dort laut und deutlich hören. Aber es war weiß Gott nicht das erste Mal, dass es ihr an Taktgefühl mangelte.

»Sie sind in dieser Gemeinde Kaplan, quasi noch in der Ausbildung, und spielen sich hier auf, als wären Sie der Erzbischof von Köln. Dieser Jugendclub führt junge Menschen zusammen, egal, ob Christen, Muslime oder Gar-nichts-Gläubige, und leistet einen wichtigen Beitrag zur Befriedung unseres Landes und in der Welt. Wenn man sich kennt, bringt man sich nicht gegenseitig um.«

Dem Geistlichen verschlug es kurzzeitig die Sprache. »Mir ist nicht bekannt«, stammelte er verwirrt, »dass Christen Muslime umbringen.«

Kati Küppers senkte die Stimme, in der ein scharfer, lauernder Unterton mitschwang.

»Herr Kaplan, hier geht es nicht um Korinthenkackerei. Hier geht es um Respekt und Vertrauen. Und bei allem Respekt, Ihren Satz mit den Perlen und den Säuen will ich in diesem Zusammenhang nie wieder hören. Sonst läuten es ganz schnell die Glocken vom Dom. Ich hoffe, Sie verstehen.«

Hatte sie ihn gerade Korinthenkacker genannt? Ihren eingebildeten Einfluss beim Erzbischof in die Waagschale geworfen? Bloß weil er ihr bei der letzten Audienz die Hand zum Kuss gereicht hatte? Sie hatte sich schon so manche Unverschämtheit herausgenommen und durfte sich jedes Mal der Rückendeckung von Pater Remigius sicher sein. Doch das war der Gipfel des für ihn Erträglichen. Kaplan Overath spürte, wie ihm das Blut in den Kopf schoss, wie es in den Ohren rauschte und seine Halsschlagader pochen ließ.

»Das ist eine offene Drohung!«, donnerte er los und schnappte nach Luft. »Frau Küppers! Eine unverfrorene! Bodenlose! Unverschämte! Drohung!«

Die Küsterin winkte ab und verließ ohne ein weiteres Wort die Sakristei.

»Wir sprechen uns noch!«, brüllte Kaplan Overath hinter ihr her und ballte die Fäuste. Das Gefühl unbändiger Wut war neu für ihn. Und leider nicht mit der Küsterin verschwunden. In dieser aufgewühlten Stimmung konnte er nicht an den Tisch des Herrn treten und die heilige Messe feiern. Er brauchte Nachschub. Dringend! Sein Blick jagte durch die Sakristei und blieb schließlich am Messwein hängen. Er griff nach der Flasche, die bereits angebrochen war, aber mehr beinhaltete, als er für die Feier der Messe brauchte. Er drehte den Verschluss ab, schluckte das noch nicht vollständig aufgelutschte Pfefferminzbonbon hinunter und setzte die Flasche an. Er konnte es noch. Den Alkohol direkt in die Kehle schütten. Nicht mit kleinen Schlückchen ... Der Wein schmeckte abscheulich. Kam das durch das Pfefferminz? Bitter und süß zugleich. Er schüttelte sich. Die Flasche war erheblich leerer. Die beruhigende Wirkung, die er sich erhofft hatte, ließ auf sich warten. Dafür kämpfte der wütende Bienenschwarm in seinem Kopf gerade mit mindestens drei Bären. Er zog das Handy aus seinem Jackett, suchte die Toilette auf und wählte Christophers Nummer. Der erste Versuch ging fehl. Overath ließ sich auf dem Klodeckel nieder, der unter seinem Gewicht ächzte. Wieder und wieder wählte er die Nummer des Freundes. Endlich meldete sich dieser.

»Hast du Nachschub für mich?«, raunte Markus Overath ohne eine Begrüßung ins Mobilteil. »Wir müssen uns sehen. Dringend!«

»Du hast Glück. Ich bin gerade bei dir um die Ecke und hab was bei mir. In einer Viertelstunde kann ich in Niederbroich sein.«

»Gut. Sehr gut.« Markus Overath atmete auf. Er schloss die Augen und lächelte. »Wir treffen uns in der Kirche.«

Christopher lachte. »Übergabe im Beichtstuhl? Wie im Film? Wie hieß der noch gleich?«

»Schon länger nicht mehr dein schwarzes Herz erleichtert, was?«, unterbrach ihn der Kaplan. »Die Beichtstühle bei uns sind alle umgebaut worden. Gläserner als Facebook-User. Und um jeglichen Missbrauch zu unterbinden, soll der arme Sünder demnächst noch durch eine Glasscheibe vom Beichtvater getrennt werden.«

»Ist ja wie im Knast.«

Kaplan Overath brummte.

»Wir treffen uns im Kirchenkeller. Erinnerst du dich? Wo die Krippenfiguren lagern. Du hast mir letztes Jahr beim Abbau geholfen.«

»Alles klar. Bis später.«

Der Kaplan drückte das Gespräch weg, erhob sich und verspürte zum wilden Gebrumme in seinem Kopf einen stechenden Schmerz im Magen. Er schüttete sich kaltes Wasser ins Gesicht und atmete tief durch.

Als er in die Sakristei trat, stand ihm kalter Schweiß auf der Stirn und das Atmen fiel ihm schwer. Er kehrte um, hockte sich auf die Toilette und hoffte, dass die aufsteigende Übelkeit bald vorbeiging. Vergebens. Schließlich rappelte er sich hoch, schleppte sich durch die Sakristei in die Kapelle, wo nicht einmal eine Handvoll Gottesdienstbesucher auf ihn wartete. Es war das erste Mal, dass er die Messe ausfallen ließ. Mit Bedauern sah er die alte Wilms in der letzten Bank sitzen. Das Problem musste warten.

Als er die Tür zur Kapelle abschloss, wurde ihm schwindelig. Er ließ sich auf den Stuhl neben dem Ankleidetisch plumpsen und vergrub den Kopf in den Händen. Nur einen Augenblick ausruhen, kurz durchschnaufen. Als es ihm besser ging, griff er nach seinem Sakko und schloss die Sakristei hinter sich zu.

Sicher wartet Christopher schon in der Kirche, dachte er, gleich hast du wieder alles unter Kontrolle. Kein Zittern. Kein Schwindel.

Die Gedanken des Kaplans wurden von einer heftigen Übelkeit unterbrochen, die sich wie eine Welle vom Magen den Hals hinaufarbeitete, um in der Kehle stecken zu bleiben. Der Geistliche hustete und hielt sich den Bauch. Der Wagen stand nur ein paar Schritte entfernt. Erleichtert ließ er sich auf den Fahrersitz fallen. Die Übelkeit ebbte ab. Seine Muskeln schmerzten.

Wenige Minuten später hatte er die Dorfkirche erreicht. Der Haupteingang war verschlossen. Dem jungen Priester zitterten die Knie. Der Kragen seines Hemdes war nass geschwitzt. Er kramte nach dem Schlüssel. Das Türschloss verschwamm vor seinen Augen, egal wieviel er blinzelte. Endlich sprang die Tür auf. Still und dunkel lag der Kirchenraum vor ihm. Der Geistliche stützte sich auf die Kirchenbänke, hielt sich den schmerzenden Magen und japste nach Luft. Er musste Christopher treffen!

Aus der offenstehenden Kellerluke schien ein matter Glanz in den dunklen Raum.

2

Benedikt saß im Zug und hatte die Stöpsel seines Smartphones in den Ohren. Omas neue Playlist war ihm gut gelungen. Die könnte sie beim nächsten Jugendclub verwenden. Er musste bis dahin nur endlich ihr neues Notebook aufgesetzt haben.

Während der Zug über die Rheinbrücke ratterte, betrachtete Benedikt die Schiffe, die hinter der nächsten Flussbiegung verschwanden, und wippte mit dem Kopf zum Takt der Musik. Er grinste vor sich hin und dachte an die mitleidigen Mienen seiner Schulkollegen, als sie hörten, dass er die Ferien bei seiner Oma auf dem Land verbringen würde. Er hatte nur mit den Schultern gezuckt. Für ihn war Oma echt mega. Sie gurkte mit ihrem apfelsinenfarbenen Hollandrad durchs Dorf, stimmte im Sommer die Farbe ihrer Zehennägel auf ihr aktuelles Halstuch ab, färbte eine Strähne ihres Ponys auch schon mal lila, pflückte Holunder an den Dorfhecken und probierte neue Marmelade-Kreationen aus. Letztes Jahr war das Holunder-Chili-Gelee sein Favorit gewesen. Allerdings war Marmelade das Einzige, was Oma Kati wirklich hervorragend kochen konnte. Mittlerweile überließ sie die Küche lieber ganz Opa Jo. Und der verwendete Chili nicht nur für seine Spezial-Burger.

Benedikt wischte über sein Smartphone, um zu sehen, wie spät es war. Der nächste Halt war Köln-Hauptbahnhof. Dort musste er in die S-Bahn umsteigen, die alle 30 Minuten fuhr, um 8 und um 38. Wenn die Bahn keine wesentliche Verspätung hatte, wäre er wie geplant um drei Minuten vor halb vier am Bahnhof, wo Oma Kati ihn mit dem Auto abholen würde. Er hätte auch den Bus genommen, aber davon wollte Oma nichts hören.

»Viel zu umständlich«, hatte sie abgewunken. »Damit bist du ewig und drei Tage unterwegs. Und wohin mit deinem Gepäck?«

Das bestand hauptsächlich aus Smartphone, Notebook,

Headset und Ladekabeln, die er mit ein paar Wäschestücken abgepolstert hatte. Jetzt griff er nach der Tasche, die zu Schulzeiten seine Sportsachen beherbergte, und verließ den Zug. Die S-Bahn stand schon auf dem Gleis gegenüber und wartete. Benedikt stieg in den gut gefüllten Wagen und blieb an der Tür stehen. Vorfreude kribbelte in seinem Magen, als die Bahn sich in Bewegung setzte. Zwei wundervolle Wochen ohne Schule, die darauf warteten, genutzt zu werden ...

Das Laub der Bäume am Horizont leuchtete in Gold-, Rot- und Brauntönen. Davor endlose Felder wie braune und grüne Teppiche. Und mittendrin die Autobahn, ein Wurm aus Beton und Blech, der sich durch die Felder fraß. Die vorbeiziehende Landschaft wirkte behäbig und bildete einen eigenartigen Kontrast zur Musik der Rolling Stones, von der sich Benedikt beschallen ließ. Eine Vorliebe, die er mit seiner Großmutter teilte. Keiths Gitarren-Riffs begeisterten ihn immer wieder aufs Neue, während er mit den synthetischen Klängen aus der Dose, die seine Kumpels sich auf die Ohren hauten, nichts anfangen konnte.

Mit nicht nennenswerter Verspätung erreichte die S-Bahn den Bahnhof und schwemmte eine Handvoll Menschen auf den Bahnsteig, die sich nach und nach verliefen. Benedikt blieb allein zurück. Von Oma Kati keine Spur.

3

Hedwig Hamacher hatte die letzte Mitgliederzeitschrift »Frau und Mutter« abgeliefert. Bei den älteren kfd-Frauen kam sie nicht um einen Kaffee herum. Sie freuten sich über jede Abwechslung in ihrem Alltagseinerlei. Und Hedwig hörte, wo der Schuh drückte, wer gefallen war oder ins Krankenhaus musste. Sie hatte nicht nur ein offenes Ohr für die mal mehr, mal weniger rüstigen Seniorinnen, sie kannte auch Wege und Möglichkeiten, effektiv zu helfen. Als sich Elli Neumann die Ferse gebrochen hatte, verdonnerte sie den Schützenzug ihres Mannes kurzerhand dazu, der alten Dame Getränke und Besorgungen in den dritten Stock zu schleppen, während die Schützenfrauen den Fahrdienst zum Arzt und zur Krankengymnastik übernahmen. Deshalb wählten sie sie auch seit Jahren zur Vorstandsvorsitzenden der Pfarrgruppe der Katholischen Frauengemeinschaft Deutschlands - kfd. Und deshalb verzieh man ihr auch, dass sie im Dirndl durchs Rheinland lief, was ihrer Üppigkeit schmeichelte und über die Jahre zu ihrem Markenzeichen geworden war.

Sie hatte ihren Peugeot neben der Kapelle geparkt und entdeckte Cilli Wilms an der Tür zur Sakristei.

»Guten Morgen, Frau Wilms«, winkte sie ihr zu und umrundete das Auto. Bildete sie es sich ein oder war die kleine Frau zusammengezuckt?

Cilli Wilms hielt die Klinke in der Hand, der Schlüssel steckte im Schloss. Dann drehte sie sich langsam um, kniff die Augen zusammen und lächelte schmallippig.

»Ach, et Beckers Hettchen. Juten Morjen. Wat meckste denn he?«

»Ich hab die ›Frau und Mutter‹ verteilt. Und Sie? Haben Sie nicht gestern die Sakristei geputzt?«

»Nee, Kink, da bin isch nit zu jekomme. Die ahl Frau Möller ise su erm dran. Da hang isch Höhnerzupp jemaat un vorbi jebraat.«

»Ach, Frau Wilms. Ich glaub, ich muss auch mal krank werden, um in den Genuss Ihrer Hühnersuppe zu kommen.« Hedwig lächelte die alte Frau an. Dabei entging ihr nicht, dass der Faltenrock an manchen Stellen arg dünn war. Der braune Strickpulli, der unter der Wolljacke herauslugte, schlabberte am unteren Ende und die dicken Schuhe waren vorne abgestoßen.

Dass Frau Wilms die Sakristei putzte, war Hedwigs Idee gewesen. Sie hatte mitbekommen, wie Pater Remigius der alten Frau untersagte, bei ihm die Wäsche zu machen. Er war eben das Gegenteil seines Vorgängers.

Zurückgezogen, bescheiden und selbstbestimmt, war ihm seine Privatsphäre heilig. Pech für Cilli Wilms, die dem Vorgänger Pastor Vossen ihr ganzes Leben lang den Haushalt geführt hatte und von sämtlichen Würdenträgern des Erzbistums für ihre Kochkünste gelobt wurde. Nun musste sie sehen, wie sie über die Runden kam.

»Wenn Sie noch putzen wollen«, Hedwig deutete auf die Sakristei, »dann könnte ich ...«

»Nee«, unterbrach Cilli Wilms sie schroff, »isch bin fädisch.«

Hedwig hob die Augenbrauen. So ruppig hatte sie die alte Frau noch nicht erlebt. Schließlich nickte sie.

»Okay«, sagte sie und hielt die Hand auf, »ich nehme den Schlüssel direkt mit. Dann haben Sie den Weg zu uns gespart.« Die kleine Person zögerte kurz, zog den Schlüssel ab und rüttelte energisch an der Tür, um sicherzugehen, dass sie verschlossen war. Ohne aufzusehen, ließ sie den Schlüsselbund in Hedwigs Hand fallen.

»Soll ich Sie nach Hause fahren?«

»Nee, Kink, isch möt noch nom Mätzga«, erwiderte Frau Wilms und wandte sich zum Gehen.

»Das trifft sich gut. Ich brauche noch einen Braten für morgen Abend. Wir bekommen Besuch. Kommen Sie. Steigen Sie ein.« Einladend öffnete Hedwig die Beifahrertür.

Wieder zögerte die Alte einen kurzen Augenblick, dann ließ sie sich schnaufend auf den Beifahrersitz plumpsen.

»Nee, wat wor dat hüt morjen füren Jebrüll. Wie em Zirkus. So wat tut ma nit!«

»Was denn?«, erkundigte sich Hedwig und half der Alten, den Sicherheitsgurt anzulegen.

»De ärm Kaplan.« Cilli Wilms seufzte und ließ die Schultern hängen. »Dat Brings Kättchen hätt dem esu die Meinung jejeicht, datt de die Mess nimmi lese kunnt. Stell dich dattens vör.« Entrüstet schüttelte Cilli Wilms den Kopf.

»Sie meinen, Frau Küppers und der Kaplan sind mal wieder aneinander geraten?« Hedwig runzelte die Stirn. Das war nichts Neues. Aber dass deshalb die Messe ausfiel ... »Na ja, ich kann die Kati schon verstehen. Der Kaplan mag ja ganz gute Ideen haben, aber manchmal bringt er einen zur Weißglut. Der hat doch allen Ernstes im Sommer eine Pilgerfahrt nach Irland geplant und meine ganzen rüstigen kfd-Frauen dazu verpflichtet. Dagegen hab ich ja nix.« Jetzt kam Hedwig in Wallung. Sie gestikulierte mit beiden Händen, ohne dem Gegenverkehr Beachtung zu schenken. »Aber das kann doch nicht während unseres Pfarrfestes stattfinden. Wer soll denn das Kuchenbüffet und den Kaffeeausschank machen? Und überhaupt, wenn die Hälfte der Gemeinde zwischen Schafen und Ruinen auf grünen Wiesen und steilen Klippen rumläuft, wer kommt denn dann noch zum Pfarrfest, frag ich Sie?«

Cilli Wilms zuckte mit den Schultern, während Hedwig den Peugeot vor der Metzgerei parkte. Schwer atmend hievte sich die alte Frau aus dem Autositz und schlug die Tür zu.

»Unterschätzt misch dat Brings Kättschen nit«, raunte sie und betrat das Geschäft.

Nachdenklich schweifte Hedwigs Blick zur Kirche, wo ein Streifenwagen quer auf dem Bürgersteig parkte und den Eingang blockierte. Schnell verriegelte sie das Auto und eilte hinter Frau Wilms her, um ja keine Neuigkeit zu verpassen.

4

»Sie bleiben also dabei, dass Sie um kurz vor halb zehn die Sakristei verlassen und Markus Overath danach nicht mehr lebend gesehen haben?«

Kommissar Rommerskirchen hatte seine linke Pobacke auf dem Schreibtisch geparkt und betrachtete konzentriert sein Gegenüber. Mit hängenden Schultern saß Kati Küppers im Büro der Polizeiwache und nestelte am Reißverschluss ihrer Jacke. Der leichte Schal hatte sich im Ohrring verheddert, doch das schien sie nicht zu stören. Ihre Augenbrauen waren ordentlich gezupft und mit einem dunklen Stift nachgezogen. Die Wimpern waren blau getuscht und die Lippen glänzten, als hätte sie gerade in eine fettige Frikadelle gebissen. Sie schob die lila Haarsträhne hinters Ohr und hob den Kopf.

»Nee, gesehen hab ich ihn nicht mehr. Wie gesagt, nur gehört.«

Am Schreibtisch nebenan saß ein Polizeibeamter und tippte das Protokoll.

»Stopp«, warf er ein. Dabei sprach er das St wie in ›Post‹ und nicht wie üblich als Scht. »Gesehen, gesagt, gehört. Nee, ja. Wie jetzt? Was soll ich denn da notieren?«

Rommerskirchen warf dem Kollegen einen amüsierten Blick zu und erwiderte lässig: »Nee ist das rheinische Ja, Björn. Das hast du bald raus.« Dann wandte er sich erneut der Küsterin zu.

»Schildern Sie bitte noch einmal, was in der Kirche passiert ist.«

Kati Küppers starrte auf die Jeans des Kripobeamten mit den löchrigen und abgewetzten Stellen. Nie würde sie verstehen, warum junge Leute bereit waren, für kaputte Hosen horrende Preise zu bezahlen. Sie holte hörbar Luft.

»Also, ich bin ziemlich wütend auf mein Rad gestiegen und zur Kirche gefahren. Wenn Blitzmarathon gewesen wäre, hätten Sie mir bestimmt ein Knöllchen verpasst.«

Rommerskirchen hob die Hand und wandte sich an den Kollegen: »Schreib ›Auf direktem Wege‹.«

Kati hob irritiert den Kopf. »Hab ich doch gesagt.«

Mit einem Kopfnicken signalisierte ihr der Kommissar, fortzufahren.

»Ich bin also rein und direkt in den Keller. Die Tür hab ich aufgelassen. Ich musste ja die Gläser und Tücher hochholen.«

Wieder unterbrach der Kommissar Katis Ausführungen: »Gläser?«

»Für das Taizégebet, das die Sabine Kirschbaum heute Abend veranstaltet«, erklärte Kati. »Waren Sie schon mal in Taizé? Ich auch nicht. Aber so ein Taizéabend ist echt schön. Mit Tüchern und Kerzen. Und damit die Tücher nicht direkt in Flammen aufgehen, braucht man eben Kerzengläser.«

»Verstehe. Sie sind also mit den Gläsern für die Kerzen aus dem Keller gekommen.«

»Genau. Und in der Sakristei musste ich erst einmal sortieren. Die sauberen und die dreckigen. Außer mir macht die wohl nie jemand sauber. Und manche sind ganz schwarz.«

Kati fuhr sich mit der Hand durch die kurzen Haare.

»Sie glauben ja gar nicht, wie viel Ruß so ein kleines Teelicht machen kann.«

Tietke schnaufte vernehmlich, schloss für einen Moment die Augen, schüttelte den Kopf und entschied sich, die letzten Sätze nicht ins Protokoll aufzunehmen.

»Sie haben also die Gläser aus dem Keller geholt und sind mit ihnen in die Sakristei gegangen. Richtig?«

»Richtig. Dann hab ich sie sortiert, die sauberen in der Sakristei gelassen, die anderen in die Waschbütte gepackt. Die wollte ich später spülen. Dann bin ich wieder runter, um die Tücherrollen zu holen. Und wieder hoch in die Sakristei.« Kati blickte zu dem tippenden Kriminalbeamten. »Kommen Sie mit?«

Irritiert sah er von der Tastatur auf. »Wohin?«

Kati runzelte die Stirn, räusperte sich und sprach jedes Wort besonders deutlich und langsam: »Können Sie meinen Ausführungen folgen?«

Der Beamte schloss die Augen, atmete tief ein und aus.

»Ja«, knurrte er dann, »weiter.«

»Dann hab ich was gehört und kurz gehorcht. Doch alles war still. Jemand hat gerufen. Na ja, nicht gerufen, eher gestöhnt. Nee, nicht so jetzt. Hach, wie sagt man denn? Hörte sich ganz gepresst an. Dann hab ich die Tücherrollen ordentlich zur Seite gelegt. Ich wollte die ja nicht noch bügeln. Das ist nämlich ne elendige Arbeit, sag ich Ihnen. Wenn das Bügeleisen zu heiß ist, schmilzt Ihnen der Stoff. Und wenn es zu kalt ist, kriegen Sie die Bahnen nicht glatt.«

Kommissar Rommerskirchen ergriff das Wort, bevor die Küsterin ihm noch den Aufbewahrungsort des Bügelbretts und das Anheizen des Bügeleisens in allen Details schildern konnte. »Sie haben die Sachen zur Seite gelegt. Und dann?«

»Dann bin ich in die Kirche gegangen und hab erst mal nix gesehen. Ach nee, vorher hab ich ja noch mal was poltern gehört. Das war wohl, wie Kaplan Overath die Treppe runtergefallen ist. Also bin ich zur Treppe. Und da lag er. Ganz gekrümmt und mit verrenktem Kopf.«

»Haben Sie den Mann angefasst? Oder angesprochen?«

»Nee, Herr Kommissar, da war nix mehr mit ansprechen. Das hab ich sofort gesehen.«

»Was haben Sie dann gemacht?«

»Na, das, was jeder gemacht hätte. Ich hab zur heiligen Barbara gebetet, dass sie ein gutes Wort für den Kaplan einlegt, weil er ja quasi unvorbereitet vor unseren Herrgott treten musste. Also mit ohne Sterbesakramente versehen worden zu sein.«

Kommissar Rommerskirchen hob die Augenbrauen und suchte die Reaktion des Kollegen. Der hatte aufgehört zu tippen und schielte mit aufgeklapptem Mund am Monitor vorbei auf die kleine Frau, die ihm mit diesem Protokoll die härteste Probe seiner bisherigen Amtszeit bescherte.

Unbeirrt fuhr die Küsterin fort. »Ich bin rübergeflitzt und hab die 110 gerufen.«

»Rübergeflitzt? Wohin? In die Sakristei?«, fragte Kommissar Rommerskirchen.

»Nee, nach Hause. Ich wohn doch direkt gegenüber.«

»Sie hatten also kein Handy dabei.«

»Wofür? Nee, nee. Das Handy brauch ich nur, wenn ich mit dem Auto unterwegs bin und ne Panne habe und den ADAC anrufen muss. Also, ich bin nach Hause gegangen und habe von dem Telefon, das bei uns im Flur steht, die Polizei angerufen. Dann bin ich wieder zurück, hab bei der Muttergottes ne Kerze angemacht und den Rosenkranz gebetet, bis Sie kamen.«

Kommissar Rommerskirchen nickte. »Ist irgendjemand zwischenzeitlich in der Kirche gewesen? Haben Sie abgeschlossen, als Sie mal eben zum Telefonieren rübergeflitzt sind?«

Kati sah den jungen Mann an. Ihr Erschrecken war ebenso groß wie ihre Augen. Sie schwieg. Ihr Blick wanderte von rechts nach links, suchte den des Kommissars, der ihr nicht das erhoffte beruhigende Lächeln schenkte, und blieb schließlich auf ihren Händen liegen, die erneut mit dem Reißverschluss der Jacke beschäftigt waren.

»Sie haben die Kirche also nicht abgeschlossen?«

Kati schüttelte so zaghaft den Kopf, als könne er jeden Moment herunterfallen und davonkullern.

»Der Kollege, der vor Ort war, hat zu Protokoll gegeben, dass Sie immer wieder gesagt hätten: ›Es tut mir so leid. Ich bin alles schuld.‹ Stimmt das?«

Kati presste die Lippen zusammen und nickte ebenso zaghaft, wie sie gerade den Kopf geschüttelt hatte.

»Hätte ich nicht die Tür zum Kirchenkeller aufgelassen, wär der Kaplan nicht die Treppe runtergefallen. Hätte ich nur nicht das Licht im Keller brennen lassen.«

Kommissar Rommerskirchen warf seinem Kollegen einen fragenden Blick zu. Als dieser nickte, fuhr er fort:

»Und der Wein?«

»Welcher Wein?«

»Frau Küppers, wir wissen mittlerweile, dass Markus Overath nicht durch den Sturz auf der Treppe ums Leben gekommen ist.«

»Sondern?«

Der Kommissar überging die Frage und griff unachtsam nach dem Kuli, der prompt auf dem Boden landete. Er hob den Hintern von der Schreibtischplatte und beugte sich runter, um den Stift aufzuheben. Beim Anblick der Boxershorts, die oben über den Bund der Jeans hinausragten, runzelte Kati missbilligend die Stirn und vergrößerte den Abstand zwischen sich und dem jungen Mann.

»Frau Küppers, wer hat außer Ihnen einen Schlüssel für die Kapelle?«

Kati versuchte, regelmäßig zu atmen. Er glaubte doch nicht, dass sie … ? Ihr Gesicht war jetzt blasser als das Blatt Papier, das Kommissar Rommerskirchen in der Hand hielt. Sie räusperte sich. Ihre Stimme hatte jeglichen Schwung verloren, als sie an den Fingern abzählte: »Der leitende Pfarrer Pater Remigius, der Vorsitzende des Kirchenvorstandes Kalle Hamacher und der Brudermeister der Sebastianus-Schützen Michael Schulze. Kaplan Overath hatte natürlich auch einen.«

»Und wer ist für den Messwein zuständig?«, hakte Kommissar Rommerskirchen nach.

Katis Stimme klang rau. »Ich, Herr Kommissar.«

Die drahtige Frau war von Natur aus schon klein. Jetzt aber sank sie in sich zusammen. Kommissar Rommerskirchen kämpfte mit seinen Gefühlen. Nein, diese Frau hatte nicht die geringste Ähnlichkeit mit seiner Mutter. Außerdem roch seine Mutter immer nach Vanille. Nicht nach Kirschen. Und war erheblich eleganter. Für Gefühlsduselei war hier wirklich kein Platz.

»Wissen Sie, wie Strychnin wirkt?« Der Kommissar wedelte mit der Hand, als ob er eine lästige Fliege verscheuchen wollte. »Natürlich wissen Sie das. Sie sind schließlich gelernte Apothekengehilfin.«

Kati hob erstaunt die Augenbrauen. »Das ist schon eine Ewigkeit her. Seit ich Mutter bin, habe ich nicht mehr in diesem Beruf gearbeitet. Und meine Älteste ist über 40.«

»Aber Sie haben ein gutes Gedächtnis, sagte man mir.«

»Strychnin? Damit hat man früher alles Mögliche versucht zu heilen. Pest, Cholera und Tollwut genauso wie Appetitlosigkeit, Muskelschwäche oder Menstruationsbeschwerden. Strychnin gewinnt man aus den Samen des Ignatius-Bohnenbaums. Der Baum trägt den Namen des Ignatius von Loyola, dem Gründer des Jesuitenordens, da ihn die Jesuiten im 17.

Jahrhundert aus Asien nach Europa brachten. Nimmt man wenig, soll es euphorisierende Wirkung haben und die Sinne schärfen. Deshalb hat man Strychnin auch zu Dopingzwecken genutzt. Aber es ist schrecklich bitter. Wer trinkt sowas schon freiwillig?«

»Das haben wir uns auch gefragt«, entgegnete der Kommissar und versuchte, in der Mimik der Küsterin zu lesen. »Vielleicht jemand, dem der Trank heilig ist?«, fuhr er fort.

Kati Küppers riss die Augen auf. »Oh Gott. Das Blut Christi!«, flüsterte sie und schlug die Hand vor den Mund. Dann runzelte sie die Stirn. »Nee! Halt! Die Messe ist doch ausgefallen ...«

»Und wer verbotener Weise vom Messwein trinkt, ohne die Messe zu feiern, erhält die gerechte Strafe Gottes und kippt tot um?«

Kati musterte den Kommissar. Wollte er sie aus der Reserve locken? Wenn er das ernst meinte, hatte er eine merkwürdige Vorstellung von Gott. Missbilligend schüttelte sie den Kopf.

»Wenn Kaplan Overath aus heiterem Himmel vom Blitz getroffen worden wäre, könnten wir über diese Möglichkeit nachdenken. Aber mein Gott greift eher selten zu solch drastischen Mitteln. Normalerweise kriegt man bei ihm eine zweite, dritte oder auch siebte Chance. Worauf man sich natürlich nicht verlassen sollte. Nicht dass es doch die letzte Chance war.«

»Gut.« Kommissar Rommerskirchen nickte zufrieden. »Dann stimmen wir also überein, dass eine höhere Macht als Ursache für den Tod des Geistlichen nicht infrage kommt.«

»Säße ich sonst hier?«

»Wir haben Fingerabdrücke auf der Flasche mit dem Messwein gefunden und möchten sie gerne mit Ihren Fingerabdrücken vergleichen. Wenn Sie so nett wären ...«

Kati starrte vor sich hin. Dann schüttelte sie sich kurz und sah den Kriminalbeamten an.

»Ich habe die Flasche aus dem Schrank geholt. Sie werden meine Abdrücke darauf gefunden haben. Und die von Kaplan Overath. Vielleicht auch noch welche von Pater Remigius, da die Flasche bereits angebrochen war.«

Kommissar Rommerskirchen hob die Augenbrauen. Was

Kati Küppers ihm erzählte, wusste er bereits. Und sie hatte vermutlich recht. Schied sie deshalb als Hauptverdächtige aus? Während Philip Rommerskirchen noch mit sich rang, ob er die Küsterin in U-Haft schicken sollte, straffte Kati den Rücken und sah dem Kommissar unverwandt in die Augen.

»Wenn ich den Kaplan hätte umbringen wollen, hätte ich Handschuhe getragen. Oder nicht?«

»Weil Sie glauben, dass das die Polizei glaubt, haben Sie vielleicht darauf verzichtet«, mutmaßte der Kommissar halbherzig.

Auf Katis Stirn zeichnete sich eine steile Falte ab. Sie zog die Mundwinkel spöttisch nach unten. »Genau, Herr Kommissar. Herzlichen Glückwunsch. Sie haben den Fall gelöst.« Sie holte tief Luft und ihre Stimme wurde lauter und schriller. »Werde ich jetzt verhaftet, weil ich ordnungsgemäß meine Arbeit tue? Na dann. Nur zu. Worauf warten Sie noch?«

»Frau Küppers«, der Kommissar hob beschwichtigend die Hände, »wir müssen jedem Hinweis nachgehen. Sie hatten die Möglichkeit und die Kenntnis, das Opfer zu vergiften. Außerdem hatten Sie eine lautstarke Auseinandersetzung bei Ihrem letzten Aufeinandertreffen. Dafür gibt es mehrere Zeugen.«

»Ich habe nicht einen Punkt davon bestritten, Herr Kommissar. Im Gegenteil. Ich habe Ihnen offen von dem Streit erzählt. Und ich Rindvieh hab sogar gedacht, schuld zu sein, weil ich die Kellerluke offen gelassen hab und Kaplan Overath sich beim Sturz das Genick gebrochen hat. Ja Pustekuchen. Gift. Na klar. So mach ich das immer, wenn ich mit jemandem Streit habe. Strychnin in den Tee und schwupp, hab ich quasi meine Ruhe.« Sie stützte die Stirn in die Handfläche. »Susanna im Bade, steh mir bei«, murmelte sie vor sich hin.

»Das ist nicht der Name Ihres Anwaltes, oder doch?« Kommissar Rommerskirchen suchte nach den richtigen Worten, um die Spannung aus dem Gespräch zu nehmen.

Kati sah ihn angriffslustig an. »In gewisser Weise doch. Allerdings hat Susanna keine Telefonnummer, unter der man sie persönlich hierher zitieren könnte.« Die Küsterin seufzte. »Nicht einmal bei den ewigen Streitereien mit meinem nörgelnden Nachbarn habe ich einen Anwalt gebraucht.«

Rommerskirchen horchte auf. »Sie sind also öfter in Streitereien verwickelt.«

Katis Mund verschmälerte sich zu einem Strich. Großartig. Sie redete sich gerade um Kopf und Kragen. Wenn sie nur ihre Zunge besser unter Kontrolle hätte. Das Bild, das sich der junge Kommissar gerade von ihr machte, geriet mehr und mehr in Schieflage. Dagegen musste sie etwas unternehmen. Schweigen half da nicht weiter.

»Glauben Sie mir, wenn Sie mit Walter Heinrich unter einem Dach wohnen würden, wären Sie auch öfter in Streitereien verwickelt. Er gehört zu der Sorte Nachbar, der immer im Fenster liegt, wenn einem auf dem Weg zur Mülltonne die Tüte reißt. Und beim nächsten Treffen auf der Straße weist er Sie darauf hin, dass Sie einen Papierschnipsel übersehen haben, der ja im Übrigen in die blaue Tonne gehört und nicht in den Restmüll.«

Björn Tietke fuhr sich mit den Händen übers Gesicht und grübelte, womit er Rommerskirchen bestechen könnte, um das nächste Protokoll nicht schreiben zu müssen.

5

Sabine Kirschbaum schob sich die blaue Baumwollmütze aus der Stirn und fuhr mit den Handschuhen über die Nase. Die große Sporttasche hing über ihrer rechten Schulter und stieß bei jedem Schritt an den Oberschenkel. Sie wäre doch besser erst nach Hause gegangen, um das Monstrum loszuwerden.

Am nächsten Blumenkübel stellte sie die Tasche ab, zog den Reißverschluss auf und wühlte nach der Wasserflasche, die sie schließlich unter ihrem Trikot und zwei Handtüchern zwischen ihren Sportschuhen fand. Durch die Handschuhe dauerte es länger, bis sie den Verschluss geöffnet und den Trinknippel mit den Zähnen nach oben gezogen hatte. Sie nahm ein paar Schlucke, verschloss die Flasche wieder sorgfältig und verstaute sie dann genau dort, wo sie sie gefunden hatte, zwischen ihren Sportschuhen. Darüber drapierte sie die Handtücher und ihr Trikot.

Ihr Kopf juckte. Vergebens versuchte sie, mit den Handschuhen durch die Mütze hindurch den stärker werdenden Juckreiz zu vertreiben. Der Herbstwind fegte ihr ins Gesicht und erinnerte sie daran, dass Jucken kein Übel im Vergleich zu den Ohrenschmerzen war, die ihr drohten, wenn sie die Mütze abnahm.

Mittlerweile hatte sie den Platz vor der Kirche erreicht und blieb erschrocken stehen. Vor dem Haupteingang parkte ein Streifenwagen der Polizei. Ihr Herz pochte gegen den Brustkorb und das Blut rauschte laut in den Ohren. Ihr Blick huschte über den Kirchplatz, hinüber zum Bäcker und weiter zur Metzgerei. Niemand zu sehen. Alles still.

Sabine zögerte. Ich könnte den Eingang zur Sakristei benutzen und so tun, als ob ich von der anderen Seite gekommen bin, dachte sie. Von da aus kann ich den Polizeiwagen nicht gesehen haben. Und dann tu ich ganz überrascht und erschrocken.

Ein letzter prüfender Blick. Der Platz blieb leer. Die Sträucher am Rande des Platzes boten ihr nicht wirklich Deckung. Dennoch huschte Sabine in ihrem Schatten um die Kirche herum bis zur Tür, die in die Sakristei führte.

Ihr Herz hämmerte so laut wie die dicke Trumm im Schützenzug. Hastig blickte sie sich um, stieg die Stufen hinauf und legte die Hand auf die Türklinke. Im nächsten Augenblick zog sie sie zurück, als hätte sie sich verbrannt.

Wieder zögerte sie. Wieder legte sie die Hand auf die Klinke. Dieses Mal ließ sie sie dort länger ruhen, zog sie dann aber doch zurück. Sie streifte den linken Handschuh ab, kratzte sich erst am Kopf, dann an der rechten Hand. Das Jucken an der Hand nahm zu. Schließlich zog sie auch den anderen Handschuh aus und kratzte mit den gefeilten Fingernägeln über den rechten Handrücken, bis sich die weißen Striemen langsam rot färbten. Für einen Augenblick schloss sie die Augen, atmete mehrfach tief ein und aus, wie sie es gelernt hatte, um sich zu beruhigen. Doch der Erfolg war mäßig. Lange stand sie so.

»Ich atme tief und ruhig ein ...«, sagte die Stimme in ihrem Kopf, »atme ganz entspannt aus ...«

Schließlich wandte sie sich ab, schlich mit hängenden Schultern die Stufen hinunter und setzte wie ferngesteuert einen Fuß vor den anderen, bis sie ihr Elternhaus erreicht hatte.

6

Hedwig stellte Fleisch und Aufschnitt in den Kühlschrank, bevor sie ins Wohnzimmer stürmte.

»Bärchen?«, versicherte sie sich, dass der Gatte ihr zuhörte. Kalle brummte und ließ die Zeitung sinken.

»Hast du schon gehört?«, fragte Hedwig außer Atem.

»Klar«, entgegnete Kalle ungerührt. Es ärgerte ihn, dass seine Frau ständig Fragen stellte, die er nicht beantworten konnte, weil sie ihm wichtige Informationen vorenthielt. Er war nur noch nicht dahintergekommen, was sie damit bezweckte.

»Von wem?«, fragte Hedwig fassungslos und ließ sich aufs Sofa plumpsen. War Kalle gerade noch sauer gewesen, so wich sein Ärger jetzt einer leichten Besorgnis.

»Hase?« Hedwig schüttelte nur stumm den Kopf.

»Hasi, ich habe keine Ahnung, wovon du sprichst. Ich hab nix gehört. Wat is los?« Kalle faltete die Zeitung zusammen und legte sie auf den Couchtisch.

»Der Kaplan ist tot. Die Kellertreppe runtergefallen. In der Kirche.«

Kalle traute seinen Ohren nicht.

»Was?« Eine intelligentere Frage fiel ihm nicht ein.

»Gerade eben. Nach der Messe im Kapellchen.«

»Ach du Scheiße«, entfuhr es Kalle. Dass ihn seine Frau nicht tadelte, zeigte, wie durcheinander sie war.

»Ich hab die Cilli Wilms an der Kapelle getroffen und mit zum Metzger genommen. Da standen die schon mit nem Polizeiwagen an der Kirche.« Hedwig schüttelte den Kopf.

»Die Wilms hat sich den Schlüssel für die Kapelle heute noch mal geholt. Nach der Messe. Hat gestern wohl doch nicht geputzt.«

»Ich hab den Schlüssel wieder mitgebracht. Sie war schon fertig.« Hedwig legte ihrem Mann die Hand aufs Knie. »Und dann kam der Heinrich beim Metzger rein und hat erzählt, was passiert ist.«

»Welcher Heinrich?«, brummelte Kalle in seinen Bart. Nach der ersten Aufregung durfte er sich jetzt nur nicht anmerken lassen, wie gelegen ihm die Sache kam. Als Vorsitzender des Kirchenvorstandes verfasste er in Gedanken bereits Lobeshymnen im Nachruf, obwohl er den eigensinnigen Kaplan und seine Art, immer wieder das Rad neu zu erfinden, nicht ausstehen konnte.

»Der Heinrich, der oben bei Küppers im Haus wohnt. Der immer im Fenster liegt.«

Jetzt bot sich Kalle die Chance, die Pläne des Kaplans zu kippen.

»Ach, der.«

»Cilli Wilms sagt, der Kaplan hat sich mit Kati Küppers in die Wolle gekriegt.«

Kalle lachte bitter.

»Wie die Kesselflicker sollen die sich in der Sakristei gestritten haben. Und dann ist der Kaplan gegangen. Ohne die Messe zu lesen.« Hedwig starrte vor sich hin, dann wühlte sie im Zeitungsstapel auf dem Couchtisch.

»Was suchst du?«

»Die Pfarrnachrichten. Ich will wissen, ob heute noch was stattfindet. Vielleicht ist ja Rosenkranz oder Aussetzung.«

»Kann man denn in die Kirche wieder rein?«

Hedwig lächelte ihren Mann spöttisch an.

»Was meinst du, warum ich die Pfarrnachrichten suche. Hier sind sie.« Triumphierend hielt sie das Blättchen hoch und kniff die Augen konzentriert zusammen, um die Ankündigungen für den Abend lesen zu können. Um keinen Preis hätte sie Kalle gebeten, ihr seine Lesebrille zu leihen.

»Taizégebet«, entzifferte sie und legte enttäuscht das Blatt auf den Couchtisch zurück.

»Da geht doch eh keiner hin«, spottete Kalle und griff zum Telefon.

»Wen rufst du an?« Hedwig wurde nervös. Wenn sie ihre Frauen verständigen wollte, musste sie sich beeilen. Sie sollten es schließlich nicht von irgendwem erfahren. Ihre missbilligenden Blicke störten Kalle nicht im Geringsten.

»Den Kirchenvorstand. Wen sonst?«

Hedwig gab sich geschlagen. Wenn sie Glück hatte, erreichte Kalle niemanden. Die meisten Kirchenvorstandsmitglieder waren schließlich nicht wie er in Pension, sondern gingen einer geregelten Arbeit nach. Sie verzog sich in die Küche und fing an, Kartoffeln zu schälen.

7

Nachdem Benedikt den einzigen nicht verdreckten Sitzplatz an der Bushaltestelle entdeckt hatte, stellte er seine Sporttasche neben sich auf den Boden und setzte sich. Er zückte sein Smartphone, checkte die eingegangenen WhatsApp-Nachrichten und schaute hin und wieder suchend über die Straße, ob er seine Oma vielleicht übersehen hatte. Oder sie ihn. Er wählte Oma Katis Handynummer. Nach dem fünften Klingeln sprang die Mailbox an. Benedikt drückte sie weg, ohne eine Nachricht zu hinterlassen.

Die Sonne hatte sich hinter dem Haus versteckt, das der Bushaltestelle gegenüberlag, und Benedikt spürte die Kälte die Beine hochkriechen. Für Mitte Oktober war es durchaus noch warm. Nur nicht im Schatten einer zugigen, verdreckten Bushaltestelle.

Er schaute hoch, als der Bus schnaufend seine Türen öffnete. Jetzt hatte er die Straße nicht mehr im Blick. Seufzend erhob er sich, schulterte seine Tasche und trabte am Bus vorbei Richtung Park-and-ride-Parkplatz. Von dem silbernen Corsa, den seine Oma fuhr, war immer noch nichts zu sehen.

Schließlich wählte Benedikt die Festnetznummer seiner Großeltern. Das Telefon klingelte einmal, zweimal ... zehnmal. Dann drückte Benedikt die rote Taste, knurrte vor sich hin und suchte erneut die Straße ab.

Die nächste S-Bahn fuhr ein, lud wieder nur wenige Fahrgäste ab, und setzte ihren Weg fort. Der Bus an der Haltestelle startete den Motor. Kurz war Benedikt versucht, einzusteigen. Doch dann würde er seine Oma mit Sicherheit verpassen und das wäre der blödeste Start in die Ferien. Er schlenderte noch ein Stück weiter den Parkplatz entlang, bis er ein Fleckchen fand, an dem ihn die Sonne wieder wärmte und er die Straße im Blick hatte. Noch einmal versuchte er, Oma Kati auf ihrem Handy zu erreichen.

8

Der Polizeibeamte drückte jeden ihrer Finger auf ein kleines Gerät mit Touchscreen.

»Ich hatte schon befürchtet, die nächsten Tage mit schwarzen Fingern durch die Gegend laufen zu müssen«, grinste Kati verlegen. Der Beamte zeigte keine Regung.

»Kann ich jetzt gehen?«

»Das entscheidet Kommissar Rommerskirchen.«

Er deutete auf die Tür seines Büros, wo der junge Mann lässig am Türrahmen lehnte.

»Ich mache Sie darauf aufmerksam, dass ich Sie in Untersuchungshaft nehmen könnte.« Rommerskirchen stieß sich vom Türrahmen ab und kam auf Kati zu. »Aber da ich hoffe, dass Sie sich nicht aus dem Staub machen, sondern die Polizeiarbeit unterstützen, wie und wo Sie können, werde ich davon absehen. Hinterlassen Sie bitte Ihre Handynummer bei meinem Kollegen und achten Sie darauf, dass wir Sie erreichen können. Also, immer schön Handy aufladen. Das vergisst meine Mutter nämlich auch ständig.«

Kati schob den Unterkiefer vor und warf dem Kommissar einen missbilligenden Blick zu, hielt aber den Mund. Wenn der junge Mann auf das Vorurteil anspielte, Frauen seien nicht technikaffin, dann hatte er in Kati etwas angestoßen, was er noch bereuen würde. Doch erst einmal konnte sie die Polizeiwache verlassen. Das allein zählte im Moment.

»Und das Taizégebet? Kann das heute Abend in der Kirche stattfinden?«, wollte sie wissen und blickte auf die Uhr, ob für den Aufbau überhaupt noch genug Zeit blieb.

»Himmel«, entfuhr es ihr, »mein Enkel!«

Sie griff nach ihrer Handtasche und schloss den Reißverschluss der Jacke.

»Die Kirche ist - bis auf den Keller - wieder freigegeben«, erwiderte Rommerskirchen. »Wir hören voneinander«, verabschiedete er Kati, während aus seiner Hosentasche die Titelmelodie des Tatorts dudelte. Mit einer Entschuldigung verließ er eilig das Büro. Kati hörte noch, dass es sich um ein privates Gespräch handeln musste, bevor sich der verbliebene Polizeibeamte nach ihrer Handynummer erkundigte.

9

»Hamse schon gehört?« Die Verkäuferin lehnte sich verschwörerisch über die Fleischtheke und senkte die Stimme. »Die Küppers hat den Kaplan mit Schmackes die Treppe runtergeschuppst.«

»Ist nicht wahr«, entgegnete die Angesprochene mit aufgerissenen Augen. »Im Ernst?«

Die Frau hinter der Theke zuckte mit den Schultern und nickte.

Vertraulich legte Frau Friedrich der Kundin neben sich die Hand auf den Arm. »Klein aber oho, was?«

»Ganz schön oho«, erwiderte diese und wandte sich an die Verkäuferin. »Hat er sich wat getan? Wat gebrochen?«

»Das kamma wohl sagen«, entgegnete diese. Ihr Kopf wippte dabei auf und ab, wie der heißgeliebte Wackel-Dackel auf der Hutablage im Auto. »Et Genick hat er sich gebrochen!«

»Ach, du lieber Gott!«, rief Frau Friedrich und schlug erschreckt die Hand vor den Mund.

»Das hätt ich der Küppers nicht zugetraut«, warf die andere Kundin kopfschüttelnd ein. »Streit? Ja. Ävver sujett? Ne! Sicher ne Unfall, wat?«

»Ma weiset nit.«

Immer noch schüttelte die Kundin den Kopf. »Die Blumen waren in letzter Zeit nicht besonders.«

»Bunt wie im Zirkus«, stimmte die Verkäuferin grimmig zu.

»Ach, ich fand die Blumengestecke ganz hübsch. So frisch und fröhlich«, schaltete sich Frau Friedrich ein.

»Ich krieg ja hier viel mit. Wennse sehen, wat da alles zu diesem Jugendclub kütt, den die Küppers betreibt. Ich sach Ihnen ...«, mischte sich die Verkäuferin nun wieder ein und verdrehte die Augen. »Da macht ma, dat ma weiter kommt.«

»Wie meinen sie das?«, wollte es Frau Friedrich genau wissen und die Angestellte hinter der Theke kam dieser Anfrage mit größtem Vergnügen nach.

»Die kommen von den hohe Hüser, hinge nochem Feld zu. Und usem Nachbardörp. Schwatte mit nem Teppich om Kopp. Und Wisse mit blaujefärbte Hoor. Die Mädschers mit kaputte Jeans un Fluppe, die Jungs mit lange Haare un Bierfläsch.«

»Der Jugendclub findet doch im Pfarrzentrum statt. Da gibt es doch sicher für die Kinder weder Bier noch Zigaretten.«

Frau Friedrich runzelte skeptisch die Stirn.

»Drinnen nich.« Die Verkäuferin zog sich beleidigt ein Stück zurück und schwieg, doch ehe sie die Aufmerksamkeit ihrer Zuhörerinnen verlor, lehnte sie sich wieder vor. »Letztes Mal waren sojar drei Mädschen mit Kopftuch dabei. Wat saren Se jetz?« Die Kundinnen sahen sich erstaunt an und die Verkäuferin fuhr triumphierend fort: »Und dä Krach. Ma hört ja nur wumm wumm wumm. Dat soll Musik sein? Wer weiß denn schon, wat da drin abgeht?«

»Pater Remigius hat da sicher ein Auge drauf. Meinen Sie nicht?«

»Dem Kaplan hät et nit jefallen. Deshalb hat dä ja sin eijen Show veranstaltet.«

»Und deshalb haben sich die beiden gekloppt? Und die Küsterin hat den Kaplan die Treppe runter geschuppst?«

Von draußen wehte ein kalter Wind herein, als die Tür zur Metzgerei geöffnet wurde. Die Verkäuferin straffte den Rücken.

»Darf es sonst noch was sein, Frau Friedrich?«, fragte sie geschäftsmäßig in einwandfreiem Hochdeutsch.

Frau Friedrich zuckte zusammen und widerstand dem Impuls, sich umzudrehen, um zu sehen, wer gerade den Laden betreten hatte.

»Einen halben Ring Schinkenwurst ohne Knoblauch, bitte. Und eine Lage Tiroler Schinkenspeck, dünn geschnitten.«

10

Der Wind hatte spürbar an Kraft und Kälte zugenommen. Benedikt schlug den Kragen seiner Jacke hoch und zog den Kopf zwischen die Schultern. Noch immer versuchte er, Oma Kati zu erreichen, als er aus den Augenwinkeln einen hellen Wagen auf sich zurasen sah. Hastig sprang er einen Schritt von der Bordsteinkante weg. Das Auto hielt mit quietschenden Bremsen auf seiner Höhe und das Fenster wurde heruntergelassen. Benedikt musste sich bücken, um in das Wageninnere sehen zu können. Dort saß Oma Kati und fuchtelte wild mit den Armen.

»Tut mir leid, mein Schatz. Steig schnell ein. Hier ist heute die Hölle los.«

Benedikt hob die Augenbrauen und grinste. Die Ferien begannen vielversprechend. Er stellte die Sporttasche in den Kofferraum und kletterte auf den Beifahrersitz. Vor ihm auf dem Armaturenbrett prangte ein Aufkleber in leuchtendem Orange mit dem Warnhinweis: ›Fahre nicht schneller, als dein Schutzengel fliegen kann‹. Ob sich Oma heute daran hielt?

»Du fährst, als ob der Teufel hinter dir her ist«, bemerkte Benedikt grinsend. Oma Kati schnaubte.

»Wer auch immer hinter mir her ist, er meint es nicht gut mit mir. Schon möglich, dass es der Leibhaftige ist.« Sie blinzelte ihrem Enkel zu und konzentrierte sich schnell wieder auf die Straße. »Schön, dass du da bist. Ich fürchte, diese Ferien verlaufen nicht wie geplant.« Sie holte tief Luft, dann erzählte sie, was sich in den letzten Stunden ereignet hatte. Benedikts Augen weiteten sich. Die Freude auf abenteuerliche Ferien mit Mörderjagd erzeugte ein angenehmes Kribbeln im Bauch, das sich über den Rücken bis in den Nacken ausweitete. Doch bald überlagerte ein Kloß im Hals das Prickeln, gefolgt von einem Druck im Magen, bei dem Gedanken, dass Oma Kati in den Knast wandern könnte, während der wahre Mörder ungestraft davon kam. Denn dass seine Oma unschuldig war, war für Benedikt so unumstritten wie die Tatsache, dass Heilig Abend auch in diesem Jahr auf den 24. Dezember fallen würde.

»Ich könnte deine Hilfe gebrauchen, Bene.« Oma Kati warf ihrem Enkel einen zerknirschten Blick zu.

»Klar. Wie ist der Plan?«

Kati kratzte sich am Kopf.

»Nun«, druckste sie rum, »als Erstes finden wir den Mörder, dann schnappen wir ihn und übergeben ihn schließlich mit allen Beweisen der Polizei.«

»Genau«, stimmte Benedikt ihr zu, »so machen wir das.«

Sie prusteten beide gleichzeitig los, bis ihnen die Tränen kamen und sie nicht mehr wussten, ob sie lachten oder weinten.

11

»Rike-Spatz, ich steck mitten in Ermittlungen«, unterbrach Kommissar Rommerskirchen energisch den Wortschwall seiner Freundin, während er die Tür zu seinem Büro hinter sich schloss. Am anderen Ende der Leitung trat Stille ein. Rommerskirchen atmete tief durch und feilte bereits an einer Entschuldigung für seine rüde Unterbrechung, als Rike kleinlaut erwiderte: »Sorry, Schatz. War so begeistert. Der Makler hat zurückgerufen. Will mit uns einen Termin machen. Zur Wohnungsbesichtigung. Wann kannst du?«

Rommerskirchen seufzte. Der Zeitpunkt war mehr als schlecht. Aber Rike die Entscheidung für die erste gemeinsame Wohnung alleine zu überlassen, war auch nicht toll.

»Wo ist die Wohnung?«

»Keine Ahnung, ob du das kennst. Nennt sich Niederbroich.«

Auch das noch. Wahrscheinlich mit direktem Blick auf die Kirche, in der sie heute Morgen den Kaplan auf der Treppe zusammengefegt hatten. Aber so ließ sich die Wohnungsbesichtigung mit der Arbeit verbinden.

»Okay. Versuch so schnell wie möglich einen Termin zu bekommen. Wenn's geht, jetzt gleich.«

»Waaas?« Rikes Frage endete in einem Freudenkreischer, sodass Rommerskirchen das Smartphone rasch auf Armlänge von seinem Ohr weghielt. Er grinste bei der Vorstellung, wie sie durchs Zimmer hüpfte, die Arme hochriss und juchzte. Er liebte ihre Gefühlsausbrüche, ihre Frische, ihre Sprungkraft, die sich in den wilden braunen Locken um ihr schmales Gesicht manifestierte. Auch wenn er gerade einen warnenden Druck im Magen verspürte, diesem Wirbelwind bald ohne Rückzugsmöglichkeit ausgeliefert zu sein.

»Rike? Noch haben wir die Wohnung nicht. Nicht einmal einen Termin mit dem Makler«, erinnerte er sie.

»Klar. Hast völlig recht. Rufe jetzt den Makler an. Bis gleich. Ciao. Kuss und Schluss.«

Rommerskirchen ließ sich auf seinen Drehstuhl fallen, schaute aus dem Fenster und versuchte sich vorzustellen, in Niederbroich zu wohnen. Er, der noch nie auf dem Land gelebt hatte. Der die Stadt liebte. Ihren Puls. Ihre Möglichkeiten. Seine Clubs und Kneipen. Den Rock am Ring. Als Rike ihm vorgerechnet hatte, wieviel Miete sie sparen würden, hatte sie ihn schließlich überzeugt. Plötzlich war der Traum einer dicken Maschine, einer Suzuki oder sogar einer BMW, in greifbarer Nähe. Während ihm die Punkte Kindergarten und Schule auf ihrer Liste eher Sorge bereiteten. Er wischte die Bedenken mit einer energischen Handbewegung weg. Schließlich fuhr er ja jeden Morgen in die Stadt zur Arbeit. Er steckte sein Handy in die Hosentasche, griff nach einem Stapel Unterlagen auf seinem Schreibtisch und verließ das Büro.

Nebenan teilte ihm sein Kollege die Handynummer von Frau Küppers mit.

»Ich fahr gleich noch mal nach Niederbroich zur Kirche und halt Augen und Ohren auf. Vielleicht hat ja jemand was beobachtet. In so einem Dorf weiß doch jeder über jeden Bescheid«, regte Rommerskirchen an und fragte sich, ob er demnächst auch unter ständiger Beobachtung der Dorfältesten stehen würde.

Tietke hob die Augenbrauen. »Der Tatort ist meiner Meinung nach eher die Kapelle, wegen des vergifteten Messweins«, bemerkte er und runzelte die Stirn. Rommerskirchen nickte. »Du hast recht. Deshalb hat die SpuSi sie ja auch versiegelt. Dann schau du dir doch die Gegend um die Kapelle an«, schlug er vor. »Hast du schon die Adressen der Leute, die einen Schlüssel haben, herausgefunden?«

Tietke reichte ihm die Liste.

Rommerskirchen überflog die Namen und Straßenangaben.

»Pater Remigius wohnt am Kirchplatz 1. Den übernehme ich.«

Ohne ein weiteres Wort verließ der Kommissar die Polizeiwache, begleitet von der Tatort-Titelmelodie aus der Hosentasche.

12

Als sie ins Haus traten, empfing sie ein vielversprechender Duft von geschmorten Zwiebeln und Fleisch. Erst jetzt bemerkte Benedikt, dass er Hunger hatte. Sein Magen meldete sich lautstark und Oma Kati grinste.

»Jo, ich liebe dich«, murmelte sie und marschierte schnurstracks in die Küche.

Die Dunstabzugshaube lief auf höchster Stufe. Am Herd stand Opa Jo, streute ein paar Kräuter in die Pfanne und rührte.

»Boah, riecht das gut«, schrie Benedikt gegen den Lärm an. Jo drehte sich um.

»Da seid ihr ja endlich. Benedikt, mein Junge, wo willst du noch hin? Bald brauch ich ne Leiter, wenn ich dich umarmen will.« Er klopfte seinem Enkel auf den Rücken. »Das Essen ist gleich fertig.«

Dann wandte er sich an Kati. »Und du, holdes Weib, verrätst mir bitte, was du angestellt hast. Ich gehe zum Metzger und alle Gespräche verstummen. Auf der Straße schauen Nachbarn nur noch auf ihre Schuhspitzen. Nicht mal der Heinrich brüllt seinen Senf aus dem Fenster. Und Pater Remigius krächzt mit letztem Stimmchen ins Telefon, dass du ihn sofort zurückrufen sollst, wenn du wieder zu Hause bist. Was hab ich verpasst?«

Während der Aufzählung ihres Mannes wurden Katis Augen immer runder. Sie setzte sich auf den nächstbesten Küchenstuhl und berichtete von ihrem Verhör auf der Polizeiwache.

Jo stellte den Herd ab, drückte Benedikt drei Teller in die Hand und schraubte den Korkenzieher in die Weinflasche. Mit einem satten Plopp öffnete er den Rioja und goss einen Schluck ins Glas. Er betrachtete das dunkle Rot, atmete den würzigen Geruch ein und probierte. Dann schenkte er das zweite Glas ein, stellte es vor seine Frau und füllte sein eigenes Glas nach.

»Dieser Kommissar glaubt allen Ernstes, ich hätte den Kaplan vergiftet«, ereiferte sich Kati.

Jo setzte sich neben sie, legte einen Arm um ihre Schulter und drückte ihr einen Kuss aufs Haar. »Wenn ich dich nicht schon seit der Erschaffung des Paradieses kennen würde, würde ich dich auch für die Mörderin halten. Es passt einfach alles zusammen.«

Kati stiegen die Tränen in die Augen. Tränen der Anspannung und der Wut.

»Ob mir jemand etwas anhängen will und den Tod des Kaplans nur billigend in Kauf genommen hat?«, mutmaßte sie und nahm einen kräftigen Schluck Rotwein.

»Dass jemand versucht, dir die Schuld in die Schuhe zu schieben, glaube ich sofort. Aber doch wohl nur, um den Verdacht von sich abzulenken.« Jo platzierte zwei Topfuntersetzer auf dem Küchentisch und holte die Pfanne vom Herd. Benedikt hatte in der Zwischenzeit Besteck neben die Teller gelegt und zwei Flaschen Wasser auf den Tisch gestellt.

»Das Gift war im Messwein in der Kapelle. Wie kam es dort hin?«, mischte er sich in die Überlegungen ein.

»Sicher ist nur, dass es nicht von Anfang an drin gewesen ist«, gab Kati zu bedenken. »Die Flasche war angebrochen.«

»Lasst uns mal eine Liste mit den Namen aufstellen, die einen Schlüssel zur Kapelle haben.«

»Das geht schnell«, winkte Kati ab. »Das sind nicht viele.«

»Als Küsterin weißt du doch bestimmt, wer sich über den Kaplan aufregt. Und über wen er sich aufgeregt hat. Vielleicht finden wir ein plausibles Motiv«, schlug Benedikt vor.

Kati Küppers holte tief Luft, schloss für einen Augenblick die Augen und ging in Gedanken eine ganz andere Liste durch. Die der vierzehn Nothelfer. Die heilige Barbara hatte sie heute Morgen direkt bemüht. Der heilige Achatius, Helfer in Lebensnöten und Todesängsten, schien ihr tröstlich. Allerdings könnte ihr Anliegen auch in die Zuständigkeit des heiligen Cyriakus fallen, dem Diakon mit dem gefesselten Dämon. Dem Helfer gegen böse Geister. Dem Patron der Unterdrückten. Beiden schickte sie ihren Hilferuf. Sie schaute Benedikt traurig an und sagte: »Die Letzte, die sich mit ihm gestritten hat, war wahrscheinlich ich.« Sie ließ den Kopf hängen, griff nach ihrem Glas und nahm einen weiteren kräftigen Schluck, bevor sie erzählte, was in der Kapelle vorgefallen war.

Jo stellte den Kartoffeltopf auf den Tisch und teilte jedem drei volle Löffel zu. Darüber verteilte er Geschnetzeltes mit Zwiebeln und Champignons. Schließlich setzte er sich, senkte den Kopf und faltete die Hände.

»Lasst uns beten: Alle guten Gaben ...« Kati und Benedikt stimmten in das Tischgebet ein.

Die ersten Bissen aßen sie schweigend, jeder hing seinen Gedanken nach. Dann zog Benedikt sein Smartphone aus der Tasche und wischte darauf herum.

»Ich muss mir ein paar Notizen machen«, erklärte er. »Unterbrecht mich, wenn ich etwas missverstanden habe. Also, der Täter hat Gift in den Messwein geschüttet. Damit haben wir es wahrscheinlich mit einer Frau zu tun.«

Kati schnappte nach Luft. »Soll das heißen, mit Gift morden nur Frauen? Lass das nicht die Gleichstellungsbeauftragte der katholischen Kirche hören.«

»Sowas gibt es?«, amüsierte sich Benedikt. »Hilft die den Frauen, die sich fürs Papstamt bewerben?« Es tat gut, die Spannung wegzulachen.

»Wann war die letzte Messe in der Kapelle?« Benedikt war schnell wieder bei der Sache.

»Im Oktober finden dort nur freitags Messen statt. Demnach war die letzte Messfeier vergangenen Freitag.«

»Wer hat die gemacht?«

»Zelebriert, sagt man«, korrigierte Oma Kati ihren Enkel und hörte sich dabei an wie seine Geschichtslehrerin. »Die hat auch Kaplan Overath gelesen.«

»Ich dachte, es heißt zelebriert«, erwiderte Benedikt spitz und Kati verdrehte die Augen.

»War die Flasche an dem Freitag schon angebrochen?«

Oma Kati nickte.

»Okay«, fuhr Benedikt fort und tippte ein Memo ins Handy. »Das grenzt den Zeitraum schon einmal ein. Der Täter hat also irgendwann zwischen letzter Woche Freitag - und zwar nach der Messe - und heute Morgen vor der Messe das Gift in den

Wein gekippt.« Kati und Jo quittierten die Kombinationsgabe ihres Enkels mit einem anerkennenden Nicken.

»Wer war in dieser Zeit in der Kapelle?«

»In der Kapelle waren einige. Aber wir können uns auf die konzentrieren, die in der Sakristei waren.«

Kati sah Benedikts fragenden Blick und hob zu einer Erklärung an. »Dort werden der Messwein und die nicht konsekrierten Hostien aufbewahrt.«

»Die was?«

Kati lächelte. »Nicht konsekrierte Hostien sind die Hostien, die noch nicht durch den Priester während der Messe in den Leib Christi gewandelt wurden. Wenn du so willst, handelt es sich zu diesem Zeitpunkt noch um stinknormale Oblaten. Obwohl so stinknormal auch wieder nicht. Wir kaufen die nicht bei Aldi.«

»Sondern?«, fragte Benedikt interessiert.

»Sie werden im Kloster der Benediktinerinnen gebacken. Dein Namenspatron, der heilige Benedikt, legte in seiner Ordensregel nämlich großen Wert darauf, dass die Mönche von ihrer Hände Arbeit lebten.«

»Und die Nonnen können von der Hostienbäckerei leben?«

»Nein, davon allein sicher nicht. Sie sticken auch Priestergewänder und Fahnen. Paramentenstickerei. Schon mal gehört?«

Benedikt schüttelte den Kopf. »Fahnen?«

Kati grinste. »Keine billigen Deutschlandfähnchen fürs Auto. Aber es gibt ja hier Gott sei Dank genug Vereine, denk nur an die Schützen, die ihr Brauchtum pflegen und damit auch die Klöster am Leben halten.«

»Das erste Mal, dass ich diesen Vereinen was abgewinnen kann.« Benedikt rümpfte die Nase.

»Täusch dich nicht, junger Mann«, mischte sich jetzt Jo ein. »Manchmal lohnt sich ein zweiter Blick.«

»Warum marschierst du dann nicht im Schützenzug mit?«

Jo grinste. »Ich trinke lieber Wein als Bier.« Er hob sein Glas und prostete seinem Enkel zu.

»Also«, fuhr Benedikt fort, »Hostien und Messwein werden in der Sakristei aufbewahrt. Und die ist immer verschlossen?«

»Ja. Man gelangt auf zwei Wegen in die Sakristei. Einmal direkt. Der andere führt durch die Kapelle. Aber für beide braucht man einen Schlüssel. Nur wenn Messe ist, ist die Kapelle geöffnet.« Kati legte Gabel und Messer schräg auf den leeren Teller und schob ihn von sich.

»Und wer hat jetzt alles einen Schlüssel außer dir?«, ließ Benedikt nicht locker.

»Kaplan Overath hatte einen. Pater Remigius.« Plötzlich sprang Kati auf. »Himmel, ich sollte ihn doch zurückrufen. Aber wenn er kaum einen Ton herausbekommt, gehe ich vielleicht besser bei ihm vorbei?«

Jo nickte zustimmend. »Gute Idee. Nimm ihm den Rest Fleisch und Kartoffeln mit. Wenn er krank ist, ist er vielleicht froh, nicht kochen zu müssen.«

Kati drückte Jo einen dicken Kuss auf die Wange, kippte das Fleisch mit der Soße über die restlichen Kartoffeln und eilte mit dem Topf aus der Tür.

Jo erhob sich und räumte die Teller zusammen. »Ich kann dir leider bei deiner Schlüsselliste nicht weiterhelfen. Das weiß Oma besser. Aber mir geht die ganze Zeit durch den Kopf, dass die Polizei Oma verdächtigt, weil sie Apothekenhelferin war.«

»Wie hieß nochmal das Gift, das die Mörderin verwendet hat?«

»Sie sprach von Strychnin.«

Benedikt tippte das Gift in sein Smartphone. »Mist, ich hab hier keinen vernünftigen Empfang.«

»Geh doch an den Rechner im Gästezimmer. Da kannst du auch ausdrucken.« Benedikt wollte gerade Opa Jo erklären, dass man die Umwelt schont, wenn man nicht jeden Fitzel ausdruckte. Außerdem musste er dringend Omas Laptop aufsetzen. Der alte PC im Gästezimmer war lahm wie Lazarus. Doch als er sah, wie Opa Jo grübelnd den Tisch abräumte, ließ er es bleiben. Er hielt das Handy hoch und hoffte, dass es eine Stelle in der Küche gab, an der sich das Signal verstärkte. Jo zwinkerte seinem Enkel zu. »Versuch es mal oben im Treppenhaus. Vielleicht ist da der Empfang besser.«

13

Kalle hatte reingehauen. Wenn seine Hedwig Grünkohl mit Panhas auf den Tisch brachte, gab es für ihn kein Halten mehr. Beim ersten Nachschlag hatte sie sich gefreut, dass es ihm so gut schmeckte. Beim zweiten hatte sie versucht, streng zu gucken. Den dritten hatte sie ihm verweigert und die Verantwortung auf Dr. Hartwig abgeschoben.

Daraufhin hatte er sich grummelnd zu seinem obligatorischen Nickerchen in den Relax-Sessel zurückgezogen. Ohne sein Stündchen Entspannung nach dem Essen war er nicht zu genießen. Wenn man ihm aber seine Ruhe gewährte, ließ er sich danach zu allem überreden. Jedenfalls wenn er das Gefühl hatte, gut dazustehen oder selbst Urheber des Vorhabens gewesen zu sein. Er reckte sich und gähnte den Rest Schlaf beiseite. Dann griff er zur Zeitung und las die Artikel, die er heute Morgen übersehen hatte. Als er die Seite mit den Todesanzeigen überflog, fiel ihm der Treppensturz des Kaplans wieder ein. Nachlässig raffte er die Zeitung zusammen und suchte nach dem Telefon.

Schließlich fand er es in der Küche, wo sich der Abwasch türmte, während seine Frau in aller Seelenruhe mit ihren Freundinnen plauderte. Fernmündlich versteht sich. Nur über Hedwigs Leiche hätte jemand den aktuellen Zustand der Küche zu Gesicht bekommen. Kalle räusperte sich und bekam, was er wollte.

Hektisch unterbrach Hedwig die Freundin: »Liebes, ich muss Schluss machen. Wir sehen uns heute Abend in der Kirche. Tschüsskes.«

»Hast du sie jetzt alle durch?«, fragte er und hielt die Hand auf. Hedwig übergab ihm das Telefon, ohne auf seine Frage zu reagieren, und begann, die Küche aufzuräumen.

Auf dem Weg ins Wohnzimmer durchsuchte Kalle das digitale Telefonbuch und drückte auf ›Heinrich Pomarowski‹. Er hörte die Melodie, mit der die Leitung aufgebaut wurde, dann das Besetzt-Zeichen. Schnaufend ließ er sich in seinen Sessel fallen.

Bei ›Michael Schulze‹ hatte er mehr Glück. Nach dem dritten Tuten meldete sich der gewünschte Gesprächspartner. Er wirkte etwas außer Atem und bestätigte auf Kalles Nachfrage, dass er gerade erst von der Arbeit nach Hause gekommen war. Kalle witterte seine Chance. Tatsächlich war er der Erste, der den Brudermeister der Sebastianus-Schützen über den tragischen Tod des beliebten Kaplans in Kenntnis setzte.

»Deshalb habe ich für morgen Abend eine Kirchenvorstandssitzung einberufen. ... Ja, ich weiß, dass morgen Samstag ist. Aber heute Abend ist zu kurzfristig. ... Bisher haben alle, die ich erreicht habe, zugesagt ...« Musste er Schulze auf die Nase binden, dass er bisher nur eines der acht Mitglieder erreicht hatte? »Natürlich weiß ich, dass du viel um die Ohren hast ...« Kalle sprach seinen Gedanken nicht aus. Vermutlich hielt man ihn für pietätlos, wenn er Schulze nahelegte, sein Bier bei der Sitzung des Kirchenvorstands zu trinken statt auf dem Schießstand. »Morgen Abend, neunzehn dreißig, im Thekenraum des Pfarrzentrums. Gut, dass du kommst. Tagesordnung? Ja, mach ich noch fertig«, versprach Kalle, beendete zügig das Gespräch und wählte die nächste Nummer.

Irgendwann zwischen dem dritten und vierten Telefonat rief Hedwig aus dem Flur: »Ich bin in der Kirche, wenn du mich suchst.« Kalle quittierte die Information mit einem stummen Kopfnicken, das seine Frau weder erwartet noch gesehen hatte. Suchen würde er sie bestimmt nicht. Dazu war er viel zu sehr mit der bevorstehenden Sitzung beschäftigt. Endlich bot sich ihm die Chance, die Pläne des Kaplans einzustampfen. Das konnte er sich nicht entgehen lassen. Dafür war er sogar bereit, die verhasste Tagesordnung am Computer zu erstellen, selbst wenn er sich dabei einen abbrach.

14

Lässig setzte Rommerskirchen seinen Audi in die enge Parklücke. Vor dem Haus stand Rike mit einem Mann mittleren Alters und winkte. Als Rommerskirchen auf die beiden zuging, streckte der Mann ihm die Hand entgegen.

»Herr Rommerskirchen, richtig? Ich bin Thomas Baumann von der Makleragentur. Schön, dass Sie so schnell kommen konnten. Dann wollen wir uns die Wohnung doch mal ansehen, solange es noch hell genug ist. Ich bin mir nämlich nicht sicher, ob der Vormieter noch eine Lampe hängen gelassen hat.« Er lächelte und entblößte dabei zwei Reihen strahlend weißer Zähne. Rike kicherte, stellte sich auf die Zehenspitzen und wartete, bis Rommerskirchen sich zu einem Kuss hinunterbeugte. Im ersten Stock über ihnen schloss jemand geräuschvoll das Fenster. Als Rommerskirchen hochschaute, schwang die Gardine heftig hin und her. Herr Baumann hatte in der Zwischenzeit die Haustür aufgeschlossen.

»Bitte, nach Ihnen«, ließ er Rike den Vortritt und schob sich lächelnd vor Rommerskirchen durch die Tür. »Wir müssen in den zweiten Stock. In diesem Haus wohnen drei Parteien. Ein ruhiges älteres Ehepaar im Parterre. Leider haben Sie nicht die Möglichkeit, den herrlichen Garten mitnutzen zu können. Auf der mittleren Etage wohnt ein alleinstehender älterer Herr, den wir zumindest eben gehört haben«, Baumann lachte am lautesten über seinen Witz, »und hier ist vielleicht Ihr zukünftiges Reich.«

Sie waren inzwischen vor der Wohnungstür angekommen und der Makler brauchte mehrere Versuche, den richtigen Schlüssel zu finden. Dann öffnete er die Tür und ließ dieses Mal beiden den Vortritt: »Voilà. Bitte sehr. Treten Sie ein. Schauen Sie sich um.«

Die Wohnung war hell und warm. Im Flur roch es nach Farbe. Links zweigten Küche und Badezimmer ab. Während Rommerskirchen das Bad inspizierte, in Gedanken als Erstes den

Duschvorhang entsorgte, und die Ecken nach Stockflecken und Schimmelspuren absuchte, überboten sich Rike und der Makler in ihren Begeisterungsbekundungen über die grandiose Aussicht auf die schlichte Schönheit der romanischen Dorfkirche. Rommerskirchen trat hinter sie, warf einen Blick auf Kirche und Straße und kommentierte kurz und knapp: »Schön.« Dann inspizierte er interessiert den Herd, der aus den frühen 50ern des letzten Jahrtausends zu stammen schien. Er hätte sich gut in einem Museum gemacht, wenn jemand den Elan aufgebracht hätte, die Gebrauchsspuren und Verkrustungen der letzten Jahrzehnte zu beseitigen. Mit spitzen Fingern öffnete Rommerskirchen die Ofenklappe und stellte fest, dass es keine Innenraumbeleuchtung gab. Draußen setzte langsam die Dämmerung ein. Bei Licht hätte er die Ofentür wahrscheinlich nicht einmal berührt. Hinter der Tür stand ein Besenschrank, der fast bis unter die Decke reichte, und so schief in der Ecke lehnte, dass man vorsichtig an ihm vorbeischlich, um keinen Windhauch zu riskieren, der das Ding zum Einsturz bringen könnte.

»Schön«, wiederholte Rommerskirchen schmallippig und sah sich im hinteren Teil der Wohnung um. Der Makler hatte ihn überholt und kommentierte. »Wohnzimmer, Schlafzimmer, Kinderzimmer.«

Rike kicherte. Rommerskirchen funkelte den Immobilienvermittler an. »Arbeitszimmer«, korrigierte er ihn.

»Der Vermieter stellt Ihnen frei, die Teppichböden zu übernehmen oder rauszureißen. Laminat untersagt er allerdings. Wegen der Lärmbelastung für die Mieter unter Ihnen.«

Es klingelte und der Makler betätigte den Türöffner, ohne die Gegensprechanlage zu benutzen.

»Wenn Sie noch Fragen haben, ich bin noch eine Weile hier. Und wenn Sie an der Wohnung interessiert sind, schicken Sie mir einfach eine SMS. Die Nummer haben Sie ja«, wandte er sich an Rike, bevor er der nächsten Interessentin die Hand schüttelte.

Rommerskirchen schaute aus dem Giebelfenster des Arbeitszimmers. In gebührendem Abstand standen zwei Reihen Häuser, dahinter erstreckten sich Felder bis zum Horizont, hier und dort von ein paar Bäumen und Büschen unterbrochen. Schließlich entdeckte er das Band der Autobahn, auf dem sich Auto an Auto im Feierabendverkehr nach Hause schob. Rike stellte sich neben ihn und hakte sich bei ihm unter.

»Und?«, fragte sie und blickte ihn erwartungsvoll an. Er schwieg. »Sag schon«, ließ sie nicht locker. »Wie gefällt sie dir?«

Er zählte bis fünf, ehe er antwortete. Rike wippte neben ihm auf und ab.

»Der Preis ist gut. Die Lage ist gut. Der Schnitt der Wohnung ist gut. Küche und Bad haben ein Fenster.« Rike strahlte. Rommerskirchen konnte sich nicht beherrschen, ihre Begeisterung zu dämpfen. »Der Herd ist scheiße. Der Teppich siffig. Und die Kacheln im Bad strahlen einen exorbitanten 70er-Jahre-Charme aus.«

Der Makler hatte unbemerkt den Raum betreten und gluckste leise. »Ist wieder voll im Trend«, bekundete er vergnügt. »Aber Ihre Kacheln sind original, nicht Retro.«

Rommerskirchen fühlte sich ertappt. Rikes runde Augen, bevor sie stumm den Blick senkte und das Zimmer verließ, brannten sich in sein Herz.

»Gibt es noch Kellerräume und einen Dachstuhl zum Wäschetrocknen?«

»Wenn Sie noch einen Augenblick Zeit haben, gehen wir gemeinsam in den Keller. Den Dachstuhl finden Sie bestimmt auch ohne mich.«

Rommerskirchen nickte und verließ die Wohnung. Er schaute ins Treppenhaus hinunter. Von Rike keine Spur. Dann stieg er die Treppe zum Dachstuhl hoch. Auf der vorletzten Stufe saß ein schlaksiger Jugendlicher und daddelte auf seinem Smartphone, das prompt mit einem Pfeifton antwortete.

»Da ist zu«, bemerkte er lapidar, als er hochschaute.

»Okay«, antwortete Rommerskirchen und hob abwinkend die Hand. »Meine Freundin und ich haben uns gerade die Wohnung im oberen Stock angesehen.«

Der Junge nickte nur kurz und schwieg.

»Wohnst du hier?«

Jetzt schüttelte er den Kopf.

»Nur zu Besuch bei meinen Großeltern.«

»Schade«, gab Rommerskirchen zurück. »Dann kannst du mir wahrscheinlich nicht verraten, ob man es hier auch längerfristig aushalten kann.« Er grinste spitzbübisch und zuckte mit den Schultern.

Der Junge tat es ihm gleich.

»Wahrscheinlich.«

Rommerskirchen strich sich übers Kinn.

»Wahrscheinlich kannst du es mir nicht sagen oder wahrscheinlich kann man es hier aushalten?«

»Beides.«

»Ich merke schon«, seufzte Rommerskirchen und setzte sich neben den Jungen auf die Treppenstufe, »wenn du einmal ins Reden kommst, wird deine Informationsflut zum reißenden Tsunami.«

Der Junge grinste breit.

»Hier oben unterm Dach haben Sie Handyempfang.«

Rommerskirchen hob den Daumen. Als Jugendlicher brauchte man heute wirklich nicht mehr viele Worte.

»Ich heiße übrigens Philip.« Er steckte betont lässig die Hände in die Potaschen.

»Bene«, antwortete der Junge und streckte ihm altmodisch die Hand entgegen.

»Va bene.« Rommerskirchen schüttelte ratlos die gereichte Hand. »Und du heißt?«

Der Junge stutzte kurz, dann wiederholte er: »Bene. Eigentlich Benedikt, aber das ist den meisten zu lang.«

Rommerskirchen schlug sich vor die Stirn.

»Jetzt hab auch ich es kapiert. Eigentlich ganz klar.« Im Stockwerk unter ihnen hörte man den Makler mit der anderen Interessentin in den Flur treten.

»Ich muss los.« Rommerskirchen erhob sich. »Vielleicht sieht man sich ja noch mal.«

Bene nickte. »Viel Glück«, murmelte er und wünschte sich, dass dieser coole junge Mann bald hier wohnte.

15

Kati hatte bereits zum dritten Mal geklingelt, als Pater Remigius endlich die Tür öffnete. Er hatte sich einen dunkelblauen Frotteebademantel über den schlabberigen Pyjama geworfen. Seine nackten Füße steckten in ledernen Latschen, deren vordere Kanten an mehreren Stellen Löcher aufwiesen. Sein graues kurzes Haar war lang genug, um zerzaust vom Kopf abzustehen. Dass er krank war, sah Kati vor allem an den blauen Augen, die jeglichen Glanz verloren hatten.

»Ach, Frau Küppers. Kommen Sie rein. Entschuldigung. Ich muss eingeschlafen sein.«

Seine Stimme war nicht besser geworden und Kati hatte Mühe, ihn zu verstehen. Er gab die Tür frei in einen langen, schmalen, dunklen Flur.

»Ich hab Ihnen etwas zum Essen mitgebracht.«

Pater Remigius hob abwehrend die Hand. »Das ist sehr nett, aber ...«

Kati ließ den Pater in der Tür stehen und stellte den Topf in der penibel aufgeräumten Küche auf den Herd.

»Mein Mann hat gekocht«, erklärte sie grinsend. »Also lassen Sie es sich schmecken. Wenn nicht jetzt, dann später.«

Pater Remigius lächelte. Ihm fehlte die Kraft, sich zu wehren. Genauso, wie sich selbst etwas zu Essen zu machen.

»Danke«, krächzte er.

Mit einer Armbewegung deutete er auf den Flur. Kati folgte ihm ins Wohnzimmer, das eigentlich diese Bezeichnung nicht verdiente. Hier wurde nicht gewohnt, sondern gearbeitet. In den dunklen Regalen, die sich an den drei Wänden ohne Fenster vom Boden bis unter die Decke erstreckten, standen Bücher, akkurat Buchrücken an Buchrücken, als ob sich jemand die Mühe gemacht hätte, sie mit einem Lineal auszurichten. Keines tanzte aus der Reihe. Dennoch wirkten sie wie ein heilloses Durcheinander. Mitten im Raum stand ein gewaltiger massiver Schreibtisch, der im krassen Gegensatz zum sonstigen Erscheinungsbild der Wohnung stand. An seinen Rändern stapelten sich Bücher, teils aufgeschlagen, teils mit Zetteln versehen, die über die Buchseiten hinausragten, und auf der Schreibunterlage türmten sich Kladden, Schreibhefte und lose Blätter. Zwischen dem Durcheinander entdeckte Kati einen Köcher mit Stiften, eine Teekanne und einen großen Henkelbecher.

Dem Pater war es spürbar unangenehm, dass er ihr keinen freien Stuhl anbieten konnte. Er seufzte und bedeutete Kati, in einem der drei Sessel Platz zu nehmen, die ihr stiefmütterliches Dasein zwischen Schreibtisch und Fensterfront fristeten und dem Aussehen nach selten genutzt wurden.

»Tee?«, fragte Pater Remigius, als Kati sich gesetzt hatte.

»Nein, danke. Bitte machen Sie sich keine unnötige Mühe, Pater.«

Der Mönch holte Teekanne und Tasse vom Schreibtisch und stellte sie auf das Beistelltischchen neben den Sessel, der Kati gegenüberstand. Dann sank er erschöpft ins Leder.

»Was für ein Grauen.«

Kati nickte stumm und knetete die Hände in ihrem Schoß. Wer hatte ihrem Dienstherrn die schreckliche Nachricht mitgeteilt? Das wäre ihr Part gewesen. Sie schämte sich. Rücksichtnahme auf die gesundheitliche Verfassung des Geistlichen war nur eine Schutzbehauptung, die ihr Gewissen nicht gelten ließ.

Pater Remigius beugte sich vor, tätschelte ihre Hand und lächelte milde. Kati hatte immer schon den Verdacht, dass er Gedanken lesen konnte. Er goss Tee in die Tasse und wärmte an ihr seine knochigen Finger.

»Ich habe das Generalvikariat noch nicht verständigt. Bin ja krank. Nächste Woche reicht. So lange machen Sie weiter wie gewohnt.« Er schaute Kati an und stellte den Becher zur Seite, ohne getrunken zu haben. Eine unangenehme Pause entstand.

»Ich kann die Gedanken nicht denken«, flüsterte der Pater schließlich und schüttelte den Kopf. »Gift im Messwein! Kaplan Overath nicht mehr unter uns. Galt der Anschlag wirklich ihm? ... Oder mir? ... Oder der Amtskirche?« Wieder schüttelte er den Kopf. »In Rom vielleicht. Meinetwegen auch in Berlin.

Oder möglicherweise in Köln. Aber in Niederbroich? Ungeheuerlich.«

Die ruhige Atmosphäre und das schwindende Licht lösten bei Kati die Tränen. Stumm kullerten sie über ihre Wangen und tropften in ihren Schoß. Pater Remigius tätschelte ihr erneut die Hand.

»Einer von uns?« Er schluckte hörbar. »Eine von hier? Ich kann es nicht denken. Sollte ich den Menschen wirklich kennen, der zu einer solchen Tat fähig ist?«

Kati kramte in ihrer Hosentasche nach Taschentüchern und wurde schließlich fündig. Sie putzte sich ausgiebig die Nase und wischte die Tränen von den Wangen, bis sie genug Mut gesammelt hatte.

»Die Polizei verdächtigt mich«, brachte sie schließlich heraus und hörte sich fast so heiser an wie der Pater.

Dieser nickte.

»Sie haben nicht viel Zeit. Spätestens Montag muss ich Köln informieren. Dann liegt es nicht mehr in meiner Hand, ob Sie vorübergehend beurlaubt werden«, flüsterte er, blickte auf seine Pantoffeln und zuckte hilflos mit den Schultern.

Kati schaute den Priester mit großen Augen an und sah seinen Schmerz. Als er sie wieder ansah, flackerte in seinem Blick grimmige Entschlossenheit auf. »Finden Sie den Mörder, Frau Küppers. Je schneller, desto besser.«

16

Sie hatte sich in ihr Zimmer geschlichen, Mütze, Handschuhe und Jacke aufs Bett geschmissen und hundert Sit-ups gemacht, bis ihr der Schweiß auf die Stirn trat und sie sich besser fühlte. Diesen Augenblick nach der Anstrengung genoss sie besonders, wenn sie sich endlich wohlfühlte in ihrem Körper. Dann lag sie auf dem Boden, Arme und Beine weit von sich gestreckt, wie die Studie des Menschen von Michelangelo, und träumte sich weg. In ein Leben mit einem gutaussehenden Mann an ihrer Seite und wohlerzogenen glücklichen Kindern. Gemeinsam trieben sie Sport und lachten dabei, bis ...

»Sabine?«, schallte es durch den Flur. »Sabine? Bist du schon da?« Im nächsten Moment wurde die Tür zu ihrem Zimmer aufgerissen. »Ach, warum sagst du denn nichts, Kind?«

»Hallo Mama, ich bin zu Hause«, antwortete sie lahm.

»Das sehe ich jetzt auch«, antwortete Frau Kirschbaum beleidigt. Sabine seufzte.

»Warum klopfst du nicht an?« Vor wenigen Wochen hätte sie diese Frage nicht gestellt.

»Ich dachte, du wärst nicht da«, schnaubte die Mutter.

»Du marschierst in mein Zimmer, wenn ich nicht da bin?«

»Was redest du für einen Unsinn? Natürlich nicht!«

»Aber du bist doch ...«

»Ich habe Geräusche gehört.«

»Ich habe keine gemacht.«

»Also, weißt du ...«, empörte sich Frau Kirschbaum, »ehrlich, Sabine.«

Sabine schloss die Augen und atmete ruhig ein und aus.

Die Mutter sah fassungslos auf ihre am Boden liegende Tochter.

»Schön, dass du wieder zu Hause bist.« Ihre Stimme traf wie ein Dolch. Dann drehte sie sich um und knallte die Tür hinter sich zu.

»Scheiße«, entfuhr es Sabine. Zwei Minuten. Nur lausige

zwei Minuten später wäre sie aus ihrem Zimmer in den Flur getreten, hätte ihre Sachen an die Garderobe gehängt und fröhlich geträllert: »Hallo Mama, ich bin wieder da.«

Sie rappelte sich hoch, nahm ihre Jacke vom Bett und hängte sie im Flur an den Haken. Dann ging sie in die Küche. Mutter saß jetzt im Wohnzimmer auf der Couch und drehte das Glas in ihren Händen. Sie wusste es. Ebenso wusste sie, dass sie zu ihr gehen und sich entschuldigen würde, bevor sie vorschlug, etwas zu kochen. Sabine atmete tief ein und aus.

Als sie ins Wohnzimmer kam, war das Sofa leer, ebenso das Glas auf dem Couchtisch und die Flasche, die auf dem Teppich lag. Hinter der Tür kramte ihre Mutter nach einer neuen Flasche Southern Comfort. Sabine ließ die Schultern hängen. In diesem Stadium traf ihre Entschuldigung auf taube Ohren.

»Ich mach uns was zu essen«, sagte sie und war froh über den Vorwand, das Zimmer verlassen zu können. Während sie ihre Finger mit einfachen Bewegungen beschäftigte, konnte sie ihre Atemübungen machen. Und sich wegträumen.

Sie durchsuchte das Gemüsefach des Kühlschranks, fand eine verschrumpelte Paprika und eine halbe Zucchini. Mit Zwiebeln und einer Dose gehackte Tomaten ergäbe das eine vernünftige Gemüsepfanne. Vorausgesetzt, sie fände noch eine Packung Reis. Sie inspizierte die Vorräte in der Kabaus und stellte die Zutaten neben den Herd. Während der Reis bald vor sich hinblubberte, putzte sie Paprika und Zucchini und schnitt beides in kleine Stücke. In Gedanken legte ihr Mann seinen Arm von hinten um ihre Taille und drückte ihr einen Kuss auf die Wange. Schon stürmten ein Junge und ein Mädchen in die Küche. »Mama, Mama, wann gibt es etwas zu essen? Wir haben solchen Hunger.« Sie zupften Sabine am Pulli, bis ihr Mann sich das Mädchen schnappte, sie in die Luft warf und lachend wieder auffing. »Kommt, wir decken schon mal den Tisch.« Er beugte sich zu dem Jungen hinunter und flüsterte ihm ins Ohr: »Dann geht es nicht nur schneller. Man kann auch schon mal probieren.« Er zwinkerte seinem Sohn zu und steckte ihm ein Stückchen Paprika in den Mund.

Sabine seufzte und knöpfte sich die Zwiebel vor. Schon beim Häuten schossen ihr die Tränen in die Augen und daran waren keineswegs nur die ätherischen Öle der Knolle schuld. Sie ließ den Tränen freien Lauf. Besser hier in der Küche als heute Abend beim Taizégebet. Die Tränenspuren auf ihren Wangen wischte sie mit dem Ärmel fort. Taizégebet. Der Gedanke ließ ihr Herz schneller schlagen. Sie sprintete in ihr Zimmer und überzeugte sich, dass die Blätter, die sie letzte Woche sorgfältig zusammengestellt hatte, in einer Klarsichthülle auf ihrem Schreibtisch lagen. Sie brauchte sie später nur einzustecken. Unvermittelt tauchte der Streifenwagen in ihren Gedanken auf. Sie hätte dekorieren sollen. So war es vereinbart. Ob Frau Küppers auf sie wartete? Sabine ging in den Flur, wo das altmodische Schnurtelefon stand, und hob den Hörer ab.

»Sa-wi-ne?«, lallte es aus dem Wohnzimmer.

Leise legte sie den Hörer auf und stellte sich an den Herd. Nein, dachte sie, ich habe dich nicht gehört. Ich bin in der Küche und koche.

Für einen Moment schloss sie die Augen, hörte ihrem Atem zu und spürte der Melodie nach, die zart und leise in ihr zu singen begann. Sie wurde lauter und weiter, füllte ihre Lunge, ihren Kopf, bis sie ihr schließlich über die Lippen schlüpfte. Erst summte sie sie, dann sang sie leise, schließlich laut. »Bei Gott bin ich geborgen, still wie ein Kind. Bei ihm ist Trost und Heil.«

Immer und immer wieder sang sie die Zeile. Die Melodie wiegte sie dabei wie eine Mutter ihr Baby. Bis ihre Seele spürte, was sie sang. Trost und Heil.

Als sie schließlich verstummte, war die Gemüsepfanne fertig, ohne dass Sabine sagen konnte, wie. Sie hob den Reis unter und stellte die Pfanne auf den Küchentisch.

»Essen ist fertig«, rief sie laut. Im Haus blieb es still.

Sie deckte den Tisch für zwei und schaute ins Wohnzimmer.

»Kommst du essen?«, fragte sie und rüttelte die Mutter an der Schulter. Sie saß auf dem Sofa, den Kopf nach hinten gelehnt, den Mund offen, und schnarchte leise. Ohne die Augen zu öffnen, versuchte sie ungelenk die Hand ihrer Tochter abzustreifen. Dabei knurrte sie: »Lass mich.«

»Ich hab für uns was Leckeres gekocht«, versuchte Sabine es noch einmal.

Mittlerweile hatte die Mutter das Gleichgewicht verloren und kippte zur Seite. Ihr Gesicht drückte sie ins Kissen, sodass Sabine ihr Genuschel nur verstand, weil sie es schon zu oft gehört hatte. »Kein Hunger.«

Sabine verließ das Wohnzimmer, schloss leise die Tür hinter sich und setzte sich an den Küchentisch.

Mit einem guten Mann an ihrer Seite und zwei wunderbaren Kindern würden sie sich jetzt an den Händen fassen und sich einen guten Appetit wünschen.

Sie schob den Küchenstuhl zurück, zog Jacke, Mütze und Handschuhe an und verließ das Haus. Der Appetit war ihr vergangen.

17

»Na, hast du was rausgekriegt?«, wollte Opa Jo wissen, als Benedikt klingelte.

»Ja, oben hat man einen guten Empfang. Und die Wohnung steht leer. Seit wann eigentlich?«

Opa Jo ging ins Wohnzimmer und machte es sich auf der Couch bequem.

»Bestimmt schon ein paar Monate. Warum? Willst du mit deiner Mutter nach Niederbroich ziehen?«

Er lachte laut und Benedikt wusste, dass er die Frage nicht ernst gemeint hatte.

»Ich hab noch was rausgekriegt«, fuhr Benedikt fort und setzte sich neben ihn. »Strychnin löst sich nur in Alkohol auf. Wie gut, dass ich keinen trinke.«

Er grinste seinen Opa an, der interessiert die buschigen Augenbrauen hob.

»Was sagt uns das über den Täter?«

»Naja, sie muss schon gewusst haben, was sie tut. Aber das tun viele andere auch. Ärzte, Sanitäter, Krankenschwestern. Die Liste ist lang.«

»Also nicht nur Apothekenhelferinnen.« Opa Jo nickte zufrieden. »Wir suchen jemanden, der medizinische Kenntnisse hat und gleichzeitig Ärger mit dem Kaplan.«

»So sieht's aus«, bestätigte Benedikt.

Opa Jo schüttelte den Kopf. »Hedwig Hamacher hat lautstark gegen den Kaplan gewettert, als sie erfuhr, dass er eine Pilgerreise für die Gemeinde nach Irland plante.«

»Was ist daran so schlimm?«

»Der Zeitpunkt«, erwiderte Opa Jo. »Der Kaplan hatte seine Pläne und Ideen. Aber nicht das geringste Gespür, was in der Gemeinde geleistet wurde. So erfuhren die freiwilligen Mitarbeiter für ihre Arbeit auch keine Wertschätzung.« Wieder schüttelte er den Kopf. »Aber sie ist weder Krankenschwester noch Apothekerin oder sonst was Medizinisches.«

»Warum regt sie sich darüber auf? Warum fährt sie nicht einfach mit?«

»Sie leitet die Frauenarbeit in Niederbroich. Damit ist sie automatisch zuständig für das halbe Pfarrfest. Ohne ihr Engagement könnte das gar nicht stattfinden.«

»Ist das Pfarrfest ihre einzige Aufgabe?«

»Natürlich nicht«, widersprach Opa Jo der abschätzigen Frage seines Enkels. »Hedwig Hamacher kümmert sich um das Gemeinschaftsgefühl unter den Frauen im Dorf. Sie organisiert den Krankenhausbesuchsdienst, bereitet Adventsfeiern vor, plant Ausflüge, veranstaltet Einkehrtage ...«

»Spannend«, bemerkte Benedikt spöttisch und gähnte.

Opa Jo drohte mit dem Finger und grinste. Dann runzelte er die Stirn und rieb sich die Nase.

»Was ist?«

»Mir fällt gerade ein, dass früher immer Pater Remigius die Einkehrtage gehalten hat. Dafür konnte er sich und andere richtig begeistern. Das ist sein Steckenpferd. Dann kam Kaplan Overath in die Pfarre und entlastete den Pater. Doch schon bald hat sich der junge Mann die Rosinen rausgepickt. Darunter eben auch die Einkehrtage. Pater Remigius ist sehr zurückhaltend, manchmal zu sehr. Aber damals ist er richtig aufbrausend geworden. Er ließe sich seine Arbeit nicht von einem jungen Schnösel kaputtmachen.«

Benedikt schürzte die Lippen. »Nummer zwei auf der Liste der Leute, die sich über den Kaplan ärgern. Weiter, Opa, wer fällt dir noch ein?«

Opa Jo kniff die Lippen zusammen. Das Unbehagen stand ihm ins Gesicht geschrieben. »Ärger hin, Ärger her. Reicht so etwas, um einen Menschen zu vergiften?« Er schüttelte sich. »Wenn mir noch mehr einfällt, steht bald das halbe Dorf unter Mordverdacht.« Er erhob sich vom Sofa und verließ das Wohnzimmer.

18

»Bevor ich mich auf Mörderjagd begeben kann, muss ich mit Sabine Kirschbaum die Kirche für das Taizégebet heute Abend herrichten«, wandte Kati ein und verabschiedete sich von Pater Remigius.

Auf dem Weg nach Hause fielen ihr die schmutzigen Kerzengläser ein, die sie achtlos in den Flur gestellt hatte. Heute Mittag. Nachdem die Polizei den Kaplan eingepackt hatte und abgezogen war. War das wirklich erst ein paar Stunden her? Kati schaute auf die Uhr. Langsam wurde die Zeit knapp. Sie war sich nicht mehr sicher, wann Sabine zum Helfen kommen wollte. Als sie die Wohnungstür aufschloss, hörte sie Jo in der Küche hantieren. Ihr Mann stellte die gespülten Kerzengläser in die Waschbütte zurück.

»Wenn ich dich nicht hätte«, sagte sie. Jo drehte sich lächelnd zu ihr um und deutete auf seine Wange. Kati gab ihm den verdienten Kuss.

»Hat sich Sabine Kirschbaum gemeldet?«, fragte sie hoffnungsvoll. Jo schüttelte den Kopf.

»Ich weiß nicht, wie ich es rechtzeitig schaffen soll, die Tücher und Kerzen ohne Hilfe zu drapieren. Allein das Anzünden dauert ewig. Sie hätte sich doch wenigstens melden können.« Noch während Kati vor sich hinbrummelte, klingelte es an der Tür. Sabine Kirschbaum stand im Hausflur, jederzeit bereit zur Flucht, vor wem auch immer. Sie knetete ihre Hände in den Handschuhen. Dabei huschte ihr Blick immer wieder ins Treppenhaus und zur Eingangstür.

»Hallo«, hauchte sie und versuchte ein Lächeln.

»Gut, dass du da bist. Lass uns gleich rübergehen und alles vorbereiten.« Kati griff erleichtert nach der Waschbütte mit den Gläsern, als Benedikt in den Flur kam.

»Soll ich mithelfen?«, bot er an.

Kati nickte. »Gerne.« Sie drückte ihm die Bütte in die Hand und kramte nach dem Kirchenschlüssel.

»Zwischendurch habe ich befürchtet, dass das Taizégebet heute gar nicht stattfinden kann. Aber die Polizei war schnell genug«, erklärte sie Sabine auf dem Weg zur Kirche.

Sabines Nasenflügel bebten, als sie laut einatmete.

»Die Polizei?«, fragte sie und ihre Stimme zitterte leicht.

Schnell brachte die Küsterin Sabine auf den neuesten Stand. Das Gift behielt sie für sich. Benedikt beobachtete die Frau, die im Alter seiner Mutter sein musste. Vielleicht waren sie zusammen zur Schule gegangen. Er wunderte sich über ihre Reaktion. Ein regloses »Ach« war alles, was sie von sich gab. Kein Schreck, keine Trauer. Im Stillen setzte er sie als Nummer drei auf seine Liste.

Die beiden Frauen holten die Tücherrollen aus der Sakristei und drapierten sie gekonnt über den Altar und die Stufen bis hinunter ins Kirchenmittelschiff. Rote, orange und gelbe Bahnen liefen teils über-, teils nebeneinander. Mal sahen sie aus wie ein Fluss aus glühender Lava, mal erinnerten sie an Feuerzungen.

Benedikt konnte sich nicht festlegen. Er hatte die leeren Gläser mit Teelichten bestückt und verteilte sie auf den transparenten Stoffbahnen. Sabine Kirschbaum hockte sich neben ihn und half mit.

»Waren Sie schon einmal in Taizé?«, fragte sie, ohne aufzusehen.

»Sie können mich ruhig duzen. Ich bin Bene.« Er hielt ihr die Hand hin und lächelte. Sabine hielt inne, stellte das Glas aus der Hand und reichte ihm ihre Rechte. Sie atmete tief durch, schaute Bene in die Augen und lächelte zurück. »Ich duze dich nur, wenn du mich Sabine nennst.«

»Okay«, erwiderte er und ließ sich Zeit, ihre Frage zu beantworten. »Ich hab schon einiges über Taizé gehört. Hab sogar in Reli mal ein Referat über Frère Roger halten müssen. Ich mag die Lieder. Aber ich bin noch nie dagewesen.« Er zuckte die Schultern. »Vielleicht komm ich ja noch mal hin.«

»Wenn du die Gelegenheit bekommst, nimm sie wahr«, sagte Sabine und ihre Stimme veränderte ihren Klang. Sie wurde weich und dunkel, wie Samt. Nicht mehr so spröde wie das Stimmchen, mit dem sie vorhin an der Haustür seiner Großeltern »Hallo« gesagt hatte. Ihre Augen glänzten. Benedikt registrierte erstaunt die Veränderung.

»Kommst du heute Abend?«

»Klar. Wann geht's los?«

»Um sieben.« Sie strahlte ihn an. »Heute begleitet mich Mirco an der Gitarre. Das wird schön.«

Plötzlich senkte sie den Kopf und verfiel wieder in das unsichere Verhalten von vorhin. Bene drehte den Kopf, um zu sehen, was den Wandel verursacht hatte.

In der offenen Kirchentür stand eine imposante Gestalt, die sich dunkel vor dem Licht am Eingang abzeichnete. Ihre Silhouette erinnerte Benedikt an eine Matroschka. Sie stand reglos im Eingang, dann drehte sie sich plötzlich um und verschwand. Die Tür schloss mit einem dumpfen Knall. Fragend blickte Benedikt zu Sabine, doch die zündete mit einem langen biegsamen Docht die Teelichte an und schaute nicht auf.

In diesem Moment kam Oma Kati mit einem Karton aus der Sakristei und stellte ihn auf die vorderste Kirchenbank.

»Wir brauchen noch mehr Kerzen für die Kirchenbänke«, erklärte sie Benedikt und bedeutete ihm, ihr zu helfen. Sabine schaute wieder konzentriert auf die Kerzen, die sie entzündete, und murmelte: »Falls überhaupt jemand kommt.«

Benedikt hätte sie gerne gefragt, wer die Erscheinung in der Kirchentür gewesen war, aber etwas hielt ihn davon ab. Er eilte hinter Oma Kati her und zündete die Teelichte an, die sie aufstellte. Als sie bei der hintersten Kirchenbank angekommen waren, drehten sie sich um und blieben stehen. Das Kerzenlicht tauchte die Kirche in eine geheimnisvolle Atmosphäre, die in Benedikt ein kribbeliges Gefühl hochkommen ließ.

»Bleibst du auch hier?«, flüsterte Benedikt Oma Kati zu. Sie hob die Augenbrauen und schaute ihren Enkel einen Augenblick erstaunt an.

»Ja«, sagte sie schließlich, »ja, wir sollten heute wirklich hierbleiben.« Sie nahm Benedikt den Docht aus der Hand, mit dem er gerade die Kerzen angezündet hatte, legte ihn in den Karton und verschwand damit durch den Mittelgang in die Sakristei.

Benedikt griff in die Hosentasche und zog sein Smartphone heraus. 18:39 leuchtete blau vor dem Hintergrundbild auf dem Display. Er stellte den Klingelton auf Vibrieren und steckte das Handy wieder ein.

Sabine verteilte in den ersten Bänken Liedzettel. Sie reichten nicht weit. Mit vielen Besuchern schien sie wirklich nicht zu rechnen. Benedikt stand immer noch hinten im Mittelgang. Sabine drückte ihm das letzte Liedblatt in die Finger. Der Strahler an der Marienstatue tauchte die Kirche in Sonnenaufgangslicht. Benedikt setzte sich in die vorletzte Bank und machte sich bereit, jeden Besucher genau ins Visier zu nehmen.

19

Rike sah an der Hausfassade hoch und wippte von den Fersen auf die Zehenspitzen und wieder zurück.

»Mir gefällt's. Wohnung, Haus, Lage. Wie für uns gemacht.« Sie zog eine Schnute und beobachtete ihren Freund von der Seite. »Wusste nicht, dass wir nicht die einzigen Interessenten sind.« Als Rommerskirchen schwieg, fügte sie hinzu. »Ich kenn den Typ aus dem Fernsehen.«

Jetzt hatte sie seine ungeteilte Aufmerksamkeit.

»Wen?«

»Den Makler.«

»Aus dem Fernsehen?«

»Ja. Wohnen, Kaufen, Mieten.«

Rommerskirchen schüttelte den Kopf. »Echt jetzt? Wir unterschreiben aber einen Mietvertrag und keine Drehgenehmigung, oder?«

Rike knuffte ihn in die Seite und grinste.

»Wenn du die Miete nicht pünktlich überweist, steht am nächsten Tag das Kamerateam vor der Tür und macht aus unserem Balkon das Dschungelcamp.«

Rommerskirchen ahmte den legendären Tarzanschrei nach und wirbelte Rike durch die Luft, bis sie quietschte.

»Ich schreib Herrn Baumann jetzt eine WhatsApp, dass wir die Wohnung haben wollen. Und du, Herr Kommissar, geh endlich arbeiten.«

Rommerskirchen drückte ihr einen Kuss auf die Stirn. »Jawohl, Frau Oberkommandeurin. Bin schon weg.«

»Ich dich auch«, rief sie ihm nach und warf ihm ein Kusshändchen hinterher. Sein erster Weg führte ihn in die Bäckerei. Brot-Regale und Teilchen-Theke wirkten geplündert. Ein einsames Mandelhörnchen fristete sein Dasein in der Auslage. Die Verkäuferin hinter dem Tresen klappte geräuschvoll ein dickes Buch zu, ließ die Brille von ihrer Nase rutschen und am Goldkettchen vor ihren Busen baumeln.

»Bitte schön«, sagte sie, als ob sie Rommerskirchen bereits das Gewünschte über die Theke gereicht hätte.

»Ich hätte gerne das Mandelhörnchen«, erwiderte Rommerskirchen und kramte sein Portemonnaie aus der Gesäßtasche.

»Das große oder das kleine?«

Rommerskirchen hörte auf, in seiner Geldbörse die passenden Münzen zu suchen, und sah die Verkäuferin irritiert an. Sie grinste von einem Ohrläppchen zum anderen.

»In Ordnung, junger Mann. Sie bekommen heute hier und jetzt das große zum Preis vom kleinen. Macht Zwei fuffzisch.« Sie steckte das Mandelhörnchen mit einer Gebäckzange in die Tüte und reichte sie Rommerskirchen herüber, während sie die andere Hand aufhielt, um das abgezählte Kleingeld entgegenzunehmen.

»Kann ich sonst noch was für Sie tun?«

Rommerskirchen musterte die Verkäuferin. Er mochte ihre Art von Humor. Vielleicht hatte er Glück. Er lächelte breit.

»Eine Tüte Neuigkeiten hätte ich gerne noch.«

Aus den Augen der Verkäuferin verschwand das Lächeln, während ihr Mund in derselben Stellung verharrte. Rommerskirchen legte nach: »Ich habe mir gerade eine Wohnung mit meiner Freundin angesehen. Während sie total begeistert ist, würde ich gerne wissen, wo ich hier hinziehe.«

Die starre Miene der Frau hinter der Theke entspannte sich. »Frauen haben meistens einen guten Riecher. Hören Sie auf Ihre Freundin. Und herzlich willkommen in Niederbroich. Wir haben auch einen Lieferservice für Brötchen.« Sie schob ihm einen DIN-A5-Zettel über den Tresen, auf dem er Sorte und Anzahl der gewünschten Brötchen ankreuzen konnte. Rommerskirchen gab auf. Jetzt seinen Dienstausweis zu zücken und Fragen zu stellen wäre das Blödeste, was er machen konnte. Er bedankte sich, steckte den Bestellschein in die Jackentasche und verließ den Laden.

Mittlerweile war es fast dunkel. Er schaute zur Kirche hinüber und sah flackerndes Licht hinter den bunten Fenstern. Das mussten die Vorbereitungen für das Taizégebet sein, von dem Frau Küppers vorhin gesprochen hatte. Er ging quer über den Kirchplatz und fand schnell das Haus mit der Nummer 1. An der Klingel stand »Pfarrhaus«. Er zögerte kurz, dann schellte er. Hinter den Fenstern links und rechts neben der Tür war es dunkel. Drinnen schien sich nichts zu rühren. Noch einmal klingelte er, trat zwei Schritte zurück und versuchte, in das Fenster zu seiner Linken zu sehen. Als er gerade gehen wollte, öffnete sich die Tür einen Spalt und Pater Remigius streckte den Kopf heraus.

Rommerskirchen hielt seinen Dienstausweis hoch. »Pater Remigius? Ich bin Kommissar Rommerskirchen. Wir haben heute Morgen miteinander telefoniert. Ich hätte da noch ein paar Fragen. Darf ich reinkommen?«

Der Pater öffnete die Tür weiter und bedeutete dem Kommissar, einzutreten. Erst jetzt sah Rommerskirchen, dass der Geistliche einen Bademantel trug.

»Soll ich lieber morgen wiederkommen?«, fragte er und biss sich auf die Unterlippe.

»Bleiben Sie ruhig, wenn Sie mein Aufzug nicht stört«, gab der Pater zurück, »und wenn Sie gute Ohren haben, ich kann nur flüstern.« Rommerskirchen nickte.

»Ich werde mich kurz fassen, damit Sie sich auskurieren können.«

Pater Remigius führte den Kommissar ins Wohnzimmer und wies ihm den Sessel zu, auf dem vorhin Kati Küppers gesessen hatte.

»Wir haben Strychnin im Messwein gefunden. Haben Sie eine Idee, wie das Gift dort hineingekommen ist?«

Der Pater schüttelte den Kopf. Wieder und wieder. Schließlich flüsterte er: »Ich grübele schon die ganze Zeit darüber nach, wer zu einer solchen Tat fähig ist. Ich kann mir nicht vorstellen, diese Person zu kennen. Vor allem aber frage ich mich nach dem Warum.«

»Das tun wir auch, Pater«, versicherte Rommerskirchen.

»Wenn ich nicht krank geworden wäre, hätte es mich getroffen«, vermutete der Pater. Der Schmerz in seinem Blick berührte Rommerskirchen tief.

»Das wissen wir nicht mit Sicherheit. Noch haben wir nicht die leiseste Ahnung, warum Kaplan Overath vergiftet wurde. Gab es Streit? Hatte er Feinde?«

»Streit gibt es immer und überall. Aber deshalb begeht man doch keinen Mord!«

Kommissar Rommerskirchen fuhr sich durch die Haare.

»Gab es Drohungen? Gegen den Kaplan? Oder gegen Sie?«

Der Geistliche schüttelte den Kopf.

»Sie haben einen Schlüssel für die Kapelle.« Pater Remigius nickte zustimmend.

»Haben Sie ihn in letzter Zeit verliehen?« Der Priester überlegte kurz, dann schüttelte er entschieden den Kopf.

»Eine letzte Frage noch. Dann lasse ich Sie für heute in Ruhe.« Rommerskirchen suchte nach den passenden Worten. »Was halten Sie von Ihrer Küsterin, Frau Küppers?«

Der Pater runzelte die Stirn. »Frau Küppers genießt mein uneingeschränktes Vertrauen und meinen Respekt. Sie ist pünktlich, zuverlässig, immer bereit, mit anzupacken. Sie ist meine rechte Hand. Ich kann mir keine bessere Küsterin wünschen.« Er sah dem Kommissar in die Augen. »Und ich glaube nicht, dass sie irgendjemanden vergiftet hat.«

Rommerskirchen lächelte betreten. »Und wenn sie auch noch Ihre linke Hand werden will?«

Der Pater lachte heiser und musste husten. Als er sich wieder beruhigt hatte, antwortete er: »Was hätte sie davon außer noch mehr Arbeit?«

Philip Rommerskirchen seufzte, dankte dem Pater für die Unterstützung und verließ das Pfarrhaus.

Die Kirchenfenster leuchteten bunt in die Dunkelheit. Rommerskirchen konnte leise Musik vernehmen. »Wenn du nicht weiterkommst, hilft immer noch beten«, sagte seine Oma Lisbeth immer. Auf einen Versuch könnte er es ankommen lassen.

20

»Willst du die Leute kurz begrüßen?«, flüsterte Mirco Sabine zu und legte die rechte Hand auf die Gitarrensaiten. Sabine schüttelte den Kopf. Sie schaute auf die Uhr an ihrem Handgelenk. Drei Minuten nach sieben. Ihr Puls raste so schnell, dass sie glaubte, ihr Herz würde jeden Moment ihren Brustkorb sprengen. Sie war immer aufgeregt, bevor es losging. Aber heute war es besonders schlimm.

Kaum hatte Mirco die Kirche betreten, sich auf die Altarstufen gesetzt, seine Gitarre gestimmt und mit ihr ein letztes Lied geprobt, da füllten sich die Bankreihen. Bei den ersten Besuchern freute Sabine sich und ihre Wangen färbten sich passend zu den leuchtenden Stoffbahnen, neben denen sie hockte.

Nur wenige Besucher gehörten zu denen, die regelmäßig kamen und ihr nun freundlich zunickten. Doch was Sabine wirklich nervös machte, waren die Leute, die jetzt in Scharen die Bänke füllten. Sie wusste, dass sie »dat Jedöns« nicht mochten. Warum kamen sie dann heute Abend zum Taizégebet? Die ausgeteilten Liedzettel reichten bei Weitem nicht.

Sabines verstohlener Blick wanderte an den Kirchenbänken vorbei zum Schriftenstand neben dem Haupteingang. Dort hatte sie liebevoll Wein, Wasser und Gläser deponiert. Daneben warteten Brot, Schmalz, Tomaten und Gurken auf die Besucher. Ganz wie in Taizé. Doch wer hätte mit so vielen Menschen gerechnet?

Sie zitterte, als sie die Flöte an ihre Lippen hob und Mirco zunickte. Das Gemurmel verebbte. Die Melodie schwebte durch den Raum. Nach zwei Wiederholungen legte Sabine die Flöte zur Seite und sang.

Statt in das Lied mit einzustimmen, hielten die meisten Besucher den Atem an und lauschten fasziniert der vollen, glockenklaren Stimme, die so gar nicht zu Sabine Kirschbaum passen wollte.

Auch Benedikt konnte sich der Wirkung ihrer Stimme nicht entziehen. Sie schien nur zum Lobe Gottes zu singen und damit eine Brücke zu bauen zwischen den Menschen in den Kirchenbänken und dem Unsichtbaren. Ihre Stimme hüllte Benedikt ein, als ob Gott liebevoll den Arm um seine Schultern legen würde. So etwas hatte er noch nie erlebt. Schließlich griff Sabine wieder zur Flöte und spielte das Intro zum nächsten Lied. Mittlerweile sangen mehr mit. Die Strophen wurden in Latein, Deutsch, Englisch und Französisch gesungen. Eine Herausforderung für alle, die kein Liedblatt ergattert hatten. Ein paar Blätter wurden nach hinten weitergereicht. Die meisten Besucher schauten zu zweit und zu dritt hinein.

Nach dem zweiten Lied las Mirco das Tagesevangelium vor. Er gab an, wo man den Text in der Bibel finden konnte, doch wie üblich hatte niemand eine zum Mitlesen dabei. Der Text handelte vom Schäfer, der ein Schaf verloren hatte und die übrigen neunundneunzig Schafe zurückließ, um das eine zu suchen. Als er es fand, freute er sich mehr über das eine wiedergefundene als über die neunundneunzig, die nicht weggelaufen waren.

Benedikt schaute sich um. Ob die Mörderin des Kaplans hier zwischen den anderen in der Kirchenbank saß? Ob sie sich finden ließ? Ob Gott sich über sie freute?

Er zuckte zusammen, als er plötzlich aus seinen Gedanken gerissen wurde. Philip, der coole Typ, dem er eben in Omas Dachgeschoss begegnet war, setzte sich neben ihn und lächelte verlegen.

Das nächste Lied wurde angestimmt. Dann folgte eine zehnminütige Stille. Jedenfalls stand es so auf dem Liedblatt. Tatsächlich ging ein Wispern und Raunen durch die Reihen. Nahezu jeder steckte den Kopf mit seinem Banknachbarn zusammen.

»Ist ja richtig voll«, flüsterte Rommerskirchen Benedikt zu. Der zuckte mit den Schultern.

»Ist wohl nicht immer so«, gab er leise zurück.

»Schlimme Ereignisse treiben die Leute in die Kirche«, murmelte Rommerskirchen mehr zu sich selbst. Benedikt hob die Augenbrauen und musterte den Kerl neben sich aus den

Augenwinkeln. Dafür, dass er ortsfremd war, war er gut informiert.

Auf den Stufen des Altars saßen Sabine und Mirco und schauten sich fragend an. Die Stille, die nicht eintrat, zerrte an Sabines Nerven. Schließlich beugte sie sich zu Mirco rüber und signalisierte ihm, das nächste Lied anzustimmen. Das Gemurmel ließ nach.

Als Sabine und Mirco die Fürbitten im Wechsel vortrugen und die Gemeinde mit dem Kehrvers antwortete, hob Rommerskirchen kurz die Hand zum Abschied und schlich sich aus der Kirche. Benedikt nickte ihm zu und wartete gespannt, ob die Ereignisse des Tages irgendwann in den Bittgebeten erwähnt würden. Doch die Formulierungen blieben so allgemein, dass sie alles und nichts meinen konnten. Enttäuscht blickte Benedikt auf die Uhr. Zum »Vater unser« erhoben sich alle von den Plätzen. Dann kam das Schlusslied.

Ein Felsbrocken fiel Sabine vom Herzen. Mit Bravur hatte sie den Abend durchgestanden. Jetzt erhob sie sich, bedankte sich für die Teilnahme und lud die Besucher ein, noch im Gespräch hinten in der Kirche zu verweilen. Mit Brot und Wein. Sie nahm die Lied- und Gebetszettel, packte ihre Flöte ein und ging mit Mirco den Gang entlang. Nur einzelne Besucher erhoben sich.

Plötzlich hallte eine monotone Stimme aus den mittleren Bankreihen der rechten Seite: »Im Jedenken an die Ereischnisse des heutijen Tages und als letzte Ehrerweisung für unseren hochjeschätzten Kaplan Overath, der auf heimtückische Weise aus dem Leben jerissen wurde, wollen wir den schmerzhaften Rosenkranz beten. Die rechte Seite bejinnt. Jejrüßet seist du, Maria …«

Sabine blieb wie angewurzelt stehen. Es waren nur noch wenige Schritte bis zum Ausgang. Die Tränen stiegen ihr in die Augen. Dann stürmte sie aus der Tür.

Die kalte Luft tat gut. Erst hier merkte sie, wie wenig Sauerstoff in der Kirche vorhanden war, und atmete tief durch.

Aus dem Schatten neben der Tür löste sich eine Gestalt. Sabine sah zuerst nur das glimmende Ende einer Zigarette.

»Guten Abend.« Der Mann trat in den Lichtkreis der Laterne und reichte ihr ein Taschentuch. »Ist viel passiert heute, nicht?« Sabine trocknete die Tränen und putzte sich geräuschvoll die Nase.

»Ein bewegender Abend. Sie haben eine fantastische Stimme. Gänsehaut.« Er lächelte.

»Danke«, schniefte sie. Dann erinnerte sie sich an ihre Übung, atmete tief ein und aus, schob das Kinn nach vorn und lächelte bitter vor sich hin.

»Tja, so macht man das unter den Frommen. Wenn einem etwas nicht passt, spricht man es nicht offen an. Nein, man setzt einfach sein Programm dagegen und zieht es eiskalt durch.«

Der Mann sah sie fragend an.

»Entschuldigung. Ich knatsche Ihnen hier die Ohren voll.«

Er hob die Hand. »Ich finde das interessant. Erzählen Sie.«

Sabine straffte den Rücken, schluckte hörbar und fuhr dann fort: »Glauben Sie nicht, die seien wegen mir gekommen. Bei den bisherigen Taizégebeten waren wir zu fünft oder sechst, wenn's hochkommt acht.« Der Mann hob überrascht die Augenbrauen, schwieg aber.

»So ist das hier im Dorf, wenn man neue Ideen hat und der Kaplan sie als ›Firlefanz‹ abtut.« Sabine holte die Mütze aus ihrer Tasche und zog sie über die Ohren, als könnte sie damit das Geschehen hinter ihr ausblenden.

Der Fremde hielt ihr eine Schachtel hin und fragte: »Zigarette?«

Sabine hob abwehrend die Hand. »Nein, danke. Ich bin Sportlehrerin.« Er entschuldigte sich, steckte die Packung wieder ein und wendete den Kopf, damit sie den Rauch seiner Zigarette nicht abbekam.

»Ich hab zwischendurch überlegt, wo ich noch Wein herbekomme, wenn die alle nach dem Gebet … Ich Idiot!«

»Wein?«, fragte er interessiert.

»Wir bleiben nach dem Gebet noch zum Gespräch in der Kirche und dazu gibt es Wein. Oder Wasser. Brot, Tomaten, Gurken, Kleinigkeiten halt. So hab ich es in Taizé kennengelernt.«

»Das ist doch toll.«

»Aber nicht in St. Marien in Niederbroich.«

Er zuckte hilflos mit den Schultern. »Wieso?«

Sie zog ebenfalls die Schultern hoch und legte den Kopf schief. »Weil wir katholisch sind«, mutmaßte sie. »Weil Jesus im Tabernakel anwesend ist?«

Der junge Mann hob die Hände. »Das ist mir zu hoch. Davon versteh ich nix. Aber wenn ich mich richtig erinnere, hat Jesus mit seinen Freunden auch Wein getrunken. Wenn Sie mir nicht weglaufen, hol ich uns beiden ein Glas.« Er lächelte sie bittend an.

»Also meinetwegen«, stimmte sie lachend zu.

Sie nutzte den Augenblick des Alleinseins für ein paar weitere Atemübungen und putzte sich noch einmal die Nase. Dann erschien ihr Kavalier mit zwei Gläsern, in denen der Wein dunkel funkelte.

»Sie haben mir einen wunderbaren Abend bereitet.« Er reichte ihr ein Glas und hielt seines hoch, als ob er eine längere Rede halten wollte. »Vorhin. Mit Ihrer tollen Stimme. Sie sind Sportlehrerin, sagten Sie? Nicht Opernsängerin? Oder Musicaldarstellerin?« Er grinste ihr amüsiert zu.

»Sabine Kirschbaum.« Sie streckte ihm die Hand hin. »Ich leite hier in der Gemeinde die Gymnastikgruppe für Senioren und unterrichte in der Stadt weitere Kurse in Pilates, Zumba, Callanetics ...«

»Philip Rommerskirchen«, erwiderte er und schüttelte ihre Hand. »Ich habe mir heute mit meiner Freundin eine Wohnung direkt neben der Kirche angesehen.« Er registrierte die Enttäuschung in ihrem Blick, als er von Rike sprach. Mein Gott. Hatte die Frau Augen im Kopf? Sie war fast doppelt so alt wie er. Nun gut, nicht ganz. Aber auf jeden Fall deutlich älter. Tolle Stimme hin, tolle Stimme her. Rommerskirchen beschlich ein Verdacht.

21

Kati wälzte sich auf die rechte Seite und zog die Decke über die Ohren, um Jos Schnarchen nicht zu hören. Doch der Lärm von der anderen Betthälfte überschritt die erlaubten Dezibel für die noch andauernde Nachtruhe erheblich. Mit dem regelmäßigen Schnorcheln des Göttergatten verwob sich erst leise, dann lauter das monotone Klingeln des Weckers. Kati versuchte verzweifelt, beide Geräusche aus ihrem Traum zu verbannen, in dem sie gerade noch unter dem Apfelbaum in der Hängematte ihren neuen Schmöker las. Vergebens. Ihr protestierendes Grunzen brachte wenigstens Jo kurzzeitig zum Verstummen.

Sie tastete nach dem Wecker auf dem Nachttisch und schaltete ihn stumm. Für die nächsten fünf Minuten würde er Ruhe geben. Kati drehte sich auf die andere Seite, zog die Decke über die Schulter, doch der Traum war weg.

Stattdessen schmerzte der linke Arm und Jo begann wieder, den Wald abzuholzen. Kati öffnete genervt das rechte Auge.

Die Sonne bohrte sich bereits durch die Rollläden. Wie spät war es denn?

Sie drehte sich erneut auf die andere Seite und schaute auf den Wecker. Halb acht? Herrgott nochmal, es war doch Samstag! Der einzige Tag, an dem sie mal hätte richtig ausschlafen können, wo sie doch gestern so spät ins Bett gekommen war. Jo tat es lautstark in ihrem Rücken.

»Also schön«, knurrte sie, warf die Decke ans Fußende und schwang die Beine aus dem Bett. Rückengerechtes Aufstehen hatte das Sabine Kirschbaum genannt. Beim letzten Fitnesstraining für die Karnevalsvorführung. Schließlich waren sie ja nicht mehr die Jüngsten.

Kati fischte nach den Gesundheitslatschen und schlurfte in die Küche. Erst mal einen Kaffee. Dann konnte der Tag beginnen.

Eigentlich war sie froh, dass Jo und Bene noch schliefen.

Die ersten Momente am Küchentisch hatte sie gerne für sich. Dann konnte sie in Ruhe den Spruch auf dem Abreißkalender lesen und, falls nötig, ein persönliches Wort an ihren Herrgott richten. Und wann war das nötiger als heute?

Die große Kaffeetasse war längst leer, als Jo Kati geraume Zeit später aus ihren Gedanken riss. Er stellte sich ans Küchenfenster, reckte sich und gähnte herzhaft. Dann warf er einen Blick auf das abgerissene Kalenderblatt.

»Der Herr steht dir zur Seite«, las er laut. »Eine gute Voraussetzung. Wer ist Christoph Wilhelm Hufeland?«

Kati zuckte mit den Schultern. »Keine Ahnung. Warum?«

»Wenn er noch lebt, ruf ihn an. Er schreibt: Seelenruhe, Heiterkeit und Zufriedenheit sind die Grundlagen allen Glücks, aller Gesundheit und des langen Lebens.«

Kati runzelte die Stirn. »Ich fürchte, er hat recht. Aber warum soll ich ihn anrufen?«

»Um zu erfahren, wie man das in deiner Lage erreicht.«

Kati stützte den Kopf in die Hände.

»Ach, Jo, vielleicht sollte ich schon mal meine Beerdigung planen.«

Jo legte seine Hand auf ihre Schulter. »Tut mir leid, Liebes. Ich wollte dich nicht entmutigen.«

Ehe Kati antworten konnte, stand Benedikt im Türrahmen.

»Guten Morgen«, nuschelte er und fuhr sich durch die strubbeligen Haare.

»Morgen ist gut«, grinste Kati nach einem Blick auf die Küchenuhr. »Wollen wir noch frühstücken oder direkt zu Mittag essen?«

»Gebt mir fünf Minuten. Dann spring ich rüber zum Bäcker und hole Brötchen«, schlug Bene vor. Erstaunt schauten sich Oma und Opa an. »Ich hör mich mal ein bisschen nach den neuesten Nachrichten um. Die meisten im Dorf haben doch hoffentlich keine Ahnung, wer ich bin.« Er nickte den beiden aufmunternd zu. Kati wiegte den Kopf.

»Bin gespannt, ob das klappt.«

»Und ich erst«, pflichtete Jo ihr bei. »Du kannst dir nicht vorstellen, wie es ist, wenn sich alle lauthals unterhalten – bis du den Laden betrittst. Sofort herrscht absolute Stille. Auf meine Begleitung wirst du also verzichten müssen.« Er zwinkerte seinem Enkel verschwörerisch zu.

»Geht klar«, lautete dessen kurze Antwort.

»Bene, lass dir von Opa zehn Euro geben. Dann kannst du Teilchen für heute Nachmittag mitbringen und einen Stuten für morgen früh.«

Eine halbe Stunde später hatten Kati und Jo Kaffee und Eier gekocht und den Tisch gedeckt. Als Bene mit den Brötchen zurückkam, fand er zwischen Schinkenwurst, Frischkäse, Gouda, Quark und drei verschiedenen Marmeladen kaum Platz für den Brotkorb. »Wir können das Mittagessen ausfallen lassen und von den Brötchen direkt zu den Puddingteilchen übergehen«, grinste er.

»Hast du was herausbekommen?«, wollte Jo wissen und hielt erst Kati, dann Benedikt den Korb hin. Die frischen Brötchen dufteten verlockend.

»Na ja. Der tote Kaplan ist natürlich Thema Nummer eins. Klar. Die einen fragen sich, ob es wohl einen Neuen in Niederbroich geben wird. Die anderen meinen, keiner käme hierhin, solange der Mörder frei herumläuft. Die Dritten wollen schließlich wissen, wer die Messen liest, solange Pater Remigius krank ist«, berichtete Benedikt und säbelte dabei sein Brötchen in zwei Hälften.

»Das ist eine berechtigte Frage. Ich werde gleich mit Pater Remigius sprechen, ob ich eine Vertretung suchen soll. Der Arme war gestern echt schlecht dran. Ich fürchte, er ist nicht ruckzuck wieder auf den Beinen. Besser gesagt, bei Stimme.«

»Gab es da nicht so einen komischen Segen mit verknoteten Kerzen gegen Erkältungskrankheiten?«, fragte Bene und griff nach dem Holunder-Chili-Gelee.

»Du meinst den Blasius-Segen. Er schützt vor Halskrankheiten, weil der heilige Blasius in seiner Gefangenschaft einen jungen Mann gerettet hat, der sonst an einer Fischgräte erstickt wäre. Der Segen wird aber erst am dritten Februar gespendet«, erklärte Kati.

»Ach, und in der Zwischenzeit muss man an Fischgräten ersticken?«, fragte Benedikt mit vollem Mund und erntete einen bösen Blick seiner Oma.

»Hast du sonst noch was gehört?«

Benedikt schüttelte den Kopf. »Die Schlange beim Bäcker war zwar lang, aber so lang auch wieder nicht.«

22

Michael Schulze war immer noch sauer, dass er gestern zwischen Tür und Angel ans Telefon gehechtet war. Nur um sich von Kalle den Samstagabend kaputtmachen zu lassen. Diese außerordentliche Kirchenvorstandssitzung heute Abend passte ihm überhaupt nicht in den Kram. Nach vielen Freitagabenden, an denen sein einziger Halt die Schützenbrüder waren und sein Bier, war er endlich wieder »atemlos durch die Nacht« gezogen. Helene Fischer nannte sich zwar Nadine und hatte dunkles Haar. Aber die Kurven waren an den richtigen Stellen und ließen alles andere in den Hintergrund treten. Da sie ihn nicht mit zu sich nehmen wollte und sich auch zierte, zu ihm mitzukommen, waren sie eben die ganze Nacht durch die Kneipen gezogen. Fast wie damals nach der Lehre. Als er jedes Wochenende mit Tom, Andi und Ralf um die Häuser gezogen war. Jedes Wochenende eine andere Schönheit im Arm. Bis Tom an einer und Andi an einer anderen hängengeblieben waren. Und Ralf für eine neue Stelle nach Süddeutschland ging.

Atemlos durch die Nacht. Verdammt. Das hätte er heute Abend wieder haben können, wenn er nicht zu dieser blöden Sitzung müsste.

Kalle hatte ihm versprochen, die Tagesordnung zu schicken. Er schaute in die Mails und fand tatsächlich eine mit Anhang. Der Download dauerte ewig. Schließlich öffnete sich das Dokument. Michael kniff die Augen zusammen. Auf der Tagesordnung stand nur ein einziger Punkt. »Beratung und Abstimmung über die Fortführung der finanziellen Unterstützung für diverse Projekte nach dem überraschenden Ableben des Initiators«. Michael schüttelte ungläubig den Kopf. Eine dermaßen ungeschickte Formulierung hätte er Kalle nicht zugetraut. Der Mann war doch Rektor der katholischen Grundschule gewesen. Auch wenn das eine halbe Ewigkeit her sein musste. Michael zuckte die Schultern. Ihm sollte es recht sein, wenn sie kurz berieten, um die Pläne des Kaplans einzustampfen. Eine Mehrheit würde sich sicher schnell finden lassen. Und dann hätte er die Nacht noch vor sich. Wenn ihm bloß kein Schützenbruder auflauerte, um mit ihm ein Bier zu trinken. Als Brudermeister hatte er sich nicht nur um die Seinen zu kümmern, sondern auch Vorbildfunktion. Zumal er der jüngste Brudermeister in der Geschichte der St.-Sebastianus-Schützen von Niederbroich war. »Glaube, Sitte, Heimat« stand auf ihrer Fahne. Und Michael hielt sich auch daran. Er glaubte, es sei gute Sitte, mit einer Frau um die Häuser zu ziehen, solange sie nicht aus der Heimat - sprich aus Niederbroich - kam. Ließ man sich hingegen im Dorf auf dem Schützenfest mit einer Frau sehen, war man so gut wie verheiratet. Das hatte Michael bisher zu verhindern gewusst.

23

Kati schaute auf die Uhr. 17.20 Uhr. In vierzig Minuten begann die Messe.

»Ich geh rüber in die Sakristei, um die letzten Vorbereitungen zu treffen«, rief sie vom Flur aus in die Wohnung, ohne jemanden zu sehen. Sie griff nach dem Kirchenschlüsselbund, der in einer Schale neben dem Telefon auf seinen Einsatz wartete, als ihr Enkel im Türrahmen erschien.

»Warte. Ich komme mit.« Er pflückte seine Jacke vom Haken und schlüpfte in seine Sneaker.

Sie überquerten die Straße, gingen um die Kirche herum und stiegen die Stufen zur Sakristeitür hoch.

»Erstaunlich, wie schnell sich der Tod des Kaplans bis Köln herumspricht«, wunderte sich Bene. Kati nickte.

»Pater Remigius fand das auch. Aber Kaplan Weber hat nur gesagt, das habe ihm jemand gezwitschert.«

»Tja«, grübelte Bene, »war es ein Spatz vom Dach oder ein blaues Vögelchen im Internet?«

»Das musst du ihn selber fragen«, entgegnete Kati lachend. »Ich bin jedenfalls heilfroh, dass er einspringt.«

An der Längsseite der Sakristei, direkt neben dem Fenster, befanden sich Holztüren, die vom Boden bis zur Decke reichten. Im Einbauschrank dahinter verbargen sich Priestergewänder in Violett, Weiß, Rot und Grün, weiße Untergewänder in diversen Größen und eine Reihe weiterer Utensilien, die zur Messfeier gebraucht wurden. Kati griff nach einem grünen Gewand, auf dessen Rückseite zwei Fische und fünf Brote in Gold gestickt waren.

»Heute ist kein besonderer Feiertag. Also nehmen wir das einfache Gewand für jeden Sonntag.«

Bene stutzte. »Heute ist Samstag.«

Kati lachte. »Schon. Aber der Priester feiert die Sonntag-Vorabend-Messe.« Sie breitete das Gewand auf dem Ankleidetisch aus, strich es glatt und holte ein weißes Untergewand aus dem Schrank. »Vielleicht hat das etwas mit dem Judentum zu tun. Die Juden beginnen den Shabbat auch am Abend vorher. Nach Sonnenuntergang.«

Bene zuckte mit den Schultern.

Das Untergewand legte Kati vorsichtig auf das Messgewand und breitete ein dreieckiges Schultertuch darüber aus. Dann suchte sie nach einer passenden Stola, die der Priester ähnlich einem Schal über dem Gewand trug, und legte sie zusammen mit einer weißen Kordel, die das Untergewand fixierte, neben die Gewänder. Bene staunte.

»Trägt der das auch im Hochsommer bei 40 Grad im Schatten?«

Kati nickte und kniff dem Enkel ein Auge. »Jetzt weißt du, warum es in den Kirchen im Sommer so angenehm kühl ist.«

Sie drückte Bene den Kirchenschlüssel in die Hand. »Magst du aufschließen? Seitentüren nicht vergessen.« Ohne eine Antwort abzuwarten, studierte sie den aushängenden Plan, suchte die Tageslesung im Messbuch und legte das grüne Bändchen in die Seite.

Bene öffnete die Tür zur Kirche. Still, kühl und dunkel lag der große Raum vor ihm. Es roch nach Wachs und Blumen. Als er die Stufen vom Altar herunterstieg und auf den Eingang zuging, leuchteten reihenweise die Deckenlampen auf. Erst im Mittelgang, dann an den Seitenschiffen. Schließlich war der ganze Kirchenraum hell erleuchtet, sodass er genau sehen konnte, wohin er trat und wo sich das Türschloss befand. Aber die Kirche verlor auch etwas Sakrales, Ehrfurcht Gebietendes. Das, was Bene am Abend zuvor so fasziniert hatte. Neben Sabines Stimme.

Vor der Tür warteten tatsächlich bereits drei Messbesucher und stürmten an Bene vorbei in die Nische mit dem Marienaltar, um ihre Kerzen gut zu positionieren.

Er runzelte die Stirn und öffnete die beiden Seiteneingänge. Während er auf dem Weg zurück in die Sakristei war, zündete seine Oma bereits die Kerzen am Altar an. Sie winkte ihn zu sich und drückte ihm den Anzündwachs in die Hand.

»Zünde bitte auch die Apostelleuchter dort oben an und die Osterkerze drüben am Taufbecken.« Sie deutete auf die Kerzen, die sich an der Wand hinter dem Altar befanden. Bene musste sich recken, um sie zu erreichen.

»Wie machst du die Kerzen an, wenn ich gerade mal nicht in der Nähe bin?«, fragte er, als er wieder in die Sakristei trat.

Kati grinste und deutete auf einen Stab in der Ecke, an dessen Ende ein Docht befestigt war.

Im gleichen Augenblick wurde die Sakristeitür vorsichtig geöffnet. Ein hagerer junger Mann schob den Kopf hinein, schaute sich um und öffnete dann die Tür so weit, dass er hindurchschlüpfen konnte.

Er trug einen kurzen Mantel mit Fischgrätmuster in Schwarz und Weiß und einen langen grauen Schal, der zweimal um seinen Hals gewickelt war und trotzdem fast in der Sakristeitür hängen geblieben wäre. Der Optik nach zu urteilen hatte er die lederne Aktentasche unter seinem Arm vermutlich von seinem Urgroßvater geerbt.

»Kaplan Weber?« Kati hielt ihm die Hand zur Begrüßung entgegen. »Schön, dass Sie da sind.«

Der Kaplan presste die Aktentasche mit dem Ellbogen an den Körper, um der Küsterin die Hand reichen zu können. Dabei bog er sich ab Taille nach links, damit die Tasche nicht runterrutschte, und machte dabei eine äußerst komische Figur. Bene drückte die Lippen fest aufeinander, um nicht loszuprusten.

»Sie sind?«, fragte der Geistliche, dessen Stimme wie ein Glas mit Glasbrand beim Abtrocknen klang.

»Kati Küppers, die Küsterin.«

Er zuckte mit den Schultern, als ob er sagen wollte, kann ich ja nichts für. Kein Lächeln um seinen Mund. Die grauen Augen glitten über den Steinboden zu Bene.

»Mein Enkel Benedikt. Er ist über die Herbstferien zu Besuch.«

»Benedikt.« Der verzogene Mund des Kaplans sollte wohl ein Lächeln werden, das seine Augen jedoch nicht mitmachten. »Wusstest du, dass der heilige Benedikt von Nursia im Kloster Vicovaro für Ordnung sorgen sollte, weshalb ihn die Mönche mit vergiftetem Wein beseitigen wollten?«

In der Sakristei breitete sich peinliches Schweigen aus. Bene suchte den Blick seiner Oma, doch die starrte den Geistlichen nur mit offenem Mund an.

Ein Klopfen an der Tür brachte die Erlösung. Ein junges Mädchen füllte den Türrahmen aus. An ihren Körper drückte sie ein Bild, von dem man nur die Rückwand und auch davon nicht viel sehen konnte. Bene dachte, sie hätte es in schwarzbraune Tücher eingeschlagen, bis er erkannte, dass es sich um das wallende Oberteil der jungen Frau handelte. Sie lächelte gequält. In dem runden, blassen Gesicht glänzten die Augen rot, ebenso die Nase, und bildeten einen scharfen Kontrast zu den dunklen Haaren, die in kraftlosen Strähnen bis auf die Schultern fielen.

»Hallo Frau Küppers«, stammelte sie und blickte auf das Bild in ihrer Hand.

»Hallo Marie. Wie geht es dir?«

Marie zog geräuschvoll die Nase hoch.

»Wie soll's mir schon gehen?« Sie schüttelte den Kopf. »Im Dorf wird viel erzählt. Ich weiß nicht, was ich davon glauben soll.«

Kati machte einen Schritt auf das junge Mädchen zu, blieb dann aber stehen. Sie wusste, wie sehr Marie an dem Kaplan gehangen hatte. Wusste, wieviel die beiden miteinander geplant und erarbeitet hatten. Feriencamps, Dreck-weg-Tage, Messdiener-Übungsnachmittage, Kinderschminken, Puppentheater, Filmvorführungen beim Missionsbasar oder Ostermarkt. Wusste, wie Marie unter der Wertschätzung des Geistlichen aufgeblüht war. Wie sie sich endlich selbst zutraute, was sie konnte. Wie sie schließlich mit seiner Hilfe zur Leiterin der KJG gewählt wurde. Marie hatte nicht nur den Kaplan ihrer Gemeinde verloren, sondern vor allem einen persönlichen Freund und Mentor. Der Schmerz stand ihr deutlich ins Gesicht geschrieben.

Ruckartig straffte Marie den Rücken und drehte das Bild in ihren Armen um. Es zeigte das Porträt des verstorbenen Kaplans.

»Ich möchte das Bild vor den Altar stellen und die Messe für ihn lesen lassen.«

Kaplan Weber, der inzwischen das Messgewand übergestreift hatte, trat zu den beiden Frauen, betrachtete das Bild, musterte das Mädchen und zuckte wieder mit den Schultern. In seinen Augen funkelte es, aber seine Gesichtsmuskeln veränderten sich nicht.

»Gibt es Messintentionen, Frau Küppers?«

Kati suchte den Zettel mit den Fürbitten, auf dem auch die Namen der Verstorbenen standen, für die die Messe gelesen werden sollte. Sechstes Jahrgedächtnis für Leni Hackenbroich las sie.

»Eine«, antwortete sie dem Priester und suchte nach einem Kuli, um die zweite Intention zu ergänzen.

»Kosten hier die Messen auch elf Euro wie in Köln-Süd?« Kaplan Weber stand vor Marie und hielt die Hand auf. Die Augen des Mädchens wurden rund, doch sie rührte sich nicht.

»Noch nichts von Stipendium gehört?«, wollte der Geistliche wissen. »Damit wird die Ortsgemeinde unterstützt. Und wenn es mehrere Intentionen gibt, so wie heute, auch ärmere Gemeinden in der Mission.« Weber wandte sich an die Küsterin. »Wohin gehen die Stipendien von hier?«

Kati sah die verstörte Marie und ärgerte sich über die mangelnde Feinfühligkeit des Priesters. Natürlich hätte sie ihm eine Auskunft geben können.

»Das regelt das Pfarrbüro«, sagte sie stattdessen und drehte dem Kaplan den Rücken zu, sodass dieser nicht sah, wie sie dem Mädchen zuzwinkerte. »Dort kannst du in der nächsten Zeit vorbeischauen.«

Marie nickte stumm und verließ die Sakristei, um das Bild in der Kirche vor den Altar zu stellen. Eigentlich wollte sie als Messdiener am Gottesdienst teilnehmen. Ein letzter Dienst für Markus Overath. Darüber hätte er sich bestimmt gefreut. Doch dem merkwürdigen Priester aus der Sakristei konnte sie nicht die Gaben reichen, ohne Angst haben zu müssen, jeden Moment in Tränen auszubrechen.

Sie platzierte das Bild am Fuß des Altars und veränderte ein paar Mal den Neigungswinkel, bis es sicher stand. Das hoffte sie zumindest. Dann ging sie rückwärts die Stufen hinunter, machte eine tiefe, lange Kniebeuge und ging den Mittelgang entlang. Bis zur Hälfte. Dabei vermied sie es, hochzuschauen.

Sie wollte niemanden sehen, kein trauriges Nicken, kein verständnisloses Kopfschütteln, kein mitleidiges Lippenaufeinanderpressen. Die Menschen in den Kirchenbänken waren ihr kein Trost.

Sie setzte sich, griff nach dem Gebetbuch und blätterte wahllos darin, um ihre Hände zu beschäftigen. Sie hatte ihn geliebt. Hatte für ihn geschwärmt, von ihm geträumt. Für ihn strampelte sie sich ab, machte die Doppelqualifikation zur Pharmazeutisch-Technischen Assistentin neben dem Abitur. Weil er geglaubt hatte, dass sie das Zeug dazu habe. Sie hätte alles für ihn getan.

Doch dann diese Demütigung. Die Zurückweisung. Das hatte er nun davon. Jetzt konnte er die Ewigkeit bei seinem Gott verbringen. Als ob Gott es ihm übel genommen hätte, wenn er zwischendurch ihr Mann und der Vater ihrer Kinder gewesen wäre. So eine Dummheit. Vergeudung von Potenzial. Waren das nicht immer seine Worte? Wenn sie ihr Licht unter den Scheffel stellte. Sich nicht an die großen Aufgaben herantraute. Zwei hätten ihr gereicht. Ehefrau und Mutter. Hauptsache an seiner Seite. Aber genau dort hatte er sie nicht haben wollen. Idiot.

Als der Priester mit zwei Messdienern aus der Sakristei trat, setzte die Orgel ein. Mechanisch erhob sich Marie, wie alle anderen. Doch innerlich kämpfte sie ihren Kampf. Mit Gott. Mit Markus Overath. Ihrem Geliebten, ob er wollte oder nicht. Mit sich und ihrem Gewissen.

Die Messe rauschte an ihr vorbei. Auch den Anfang der Lesung bekam sie nicht mit. Doch dann erregte der Lektor ihre Aufmerksamkeit mit den Worten: »Ich zog sie Zeptern und Thronen vor, Reichtum achtete ich für nichts im Vergleich mit ihr. Keinen Edelstein stellte ich ihr gleich; denn alles Gold erscheint neben ihr wie ein wenig Sand und Silber gilt ihr gegenüber so viel wie Lehm. Ich liebte sie mehr als Gesundheit und Schönheit und zog ihren Besitz dem Lichte vor; denn niemals erlischt der Glanz, der von ihr ausstrahlt.«

Ja, dachte Marie, so spricht ein Liebender, Markus. Hörst du das? Niemals erlischt mein Glanz. Und hätte auch auf dich ausgestrahlt.

Marie richtete sich auf. Diese Worte waren ihr genug Bestätigung ihres Handelns. Zu dumm nur, dass der Verfasser des biblischen Textes von der Klugheit gesprochen hatte.

24

Bene atmete erleichtert aus, als der Aushilfsgeistliche hinter den Messdienern in die Kirche zog. Kati schloss hinter der kleinen Prozession die Tür.

»Ich und Messdiener.« Er schüttelte schockiert den Kopf. Kati lachte.

»Wie gut, dass Tim und Lisa dir die Arbeit abgenommen haben.«

»Ja, im Ernst. Natürlich kenne ich den Ablauf der Messe. Aber deshalb weiß ich doch nicht, wann ein Messdiener was zu holen, zu bringen, zu bimmeln hat. Oder?«

»Du hast ja recht. Hier wird keiner rausgeschickt, der die Handgriffe nicht vorher hundert Mal geübt hat.«

Bene knurrte zufrieden, als sich die Tür zur Straße hin öffnete und Pater Remigius eintrat. Sein Blick war ernst und besorgt.

»Pater Remigius«, begrüßte ihn Kati und eilte ihm entgegen. »Geht es Ihnen schon besser? Sie sollten sich wirklich schonen.«

»Würde ich gerne«, krächzte der Pfarrer, »aber die Umstände zwingen mich zum Handeln.« Er holte tief Luft und schaute der Küsterin lange in die Augen.

»Es ist eingetroffen, was ich befürchtet habe und gerne bis Montag aufgeschoben hätte. Das Generalvikariat ist über den Mordfall im Bilde.« Er atmete hörbar ein und aus, seufzte und fuhr fort: »Ich bin angehalten worden, Sie bis zur endgültigen Klärung vom Küsterdienst freizustellen.« Sein Blick folgte den Fugen der Steinfliesen, als er murmelte: »Es tut mir leid. Mir sind die Hände gebunden.«

Kati erinnerte in ihrer Haltung an Frau Lot, die laut Bibel zur Salzsäule erstarrte, weil sie wehmütig auf Gomorra zurückschaute. Katis Blick hingegen ging ins Nichts, während sie versuchte, einen klaren Gedanken zu fassen. Wie schon mehrfach in den letzten Tagen rief sie stumm die vierzehn Nothelfer an.

Pater Remigius legte ihr die Hand auf die Schulter. »Frau Hamacher wird Sie vertreten.«

Kati nickte, um dem Priester zu signalisieren, dass sie ihn verstanden hatte. Entlassen war sie also noch nicht. Sie griff nach ihrer Jacke, die am Eingang hing, und wollte gerade den Schlüsselbund einstecken. Wie immer. Doch Pater Remigius war schneller.

»Den nehme ich besser an mich.« Seine langen schmalen Finger umschlossen die Schlüssel für Sakristei, Kirche, Kapelle und Pfarrzentrum und schon waren sie in seiner Jackentasche verschwunden. Ihrem durchdringenden Blick hielt er nicht lange stand. Kati drehte sich auf dem Absatz um und verließ mit wehender Jacke die Sakristei. Ihr Enkel hetzte ihr nach.

Pater Remigius hustete, ließ sich erschöpft auf den Stuhl neben dem Ankleidetisch sinken und stützte den Kopf in die Hand. »Herr, hilf«, betete er. »Und mach schnell.«

Er verschnaufte kurz, dann schaute er auf die Uhr. Bis zur Sitzung des Kirchenvorstands blieben ihm gut anderthalb Stunden. Eine Hitzewelle lief über seinen Körper. Kleine Schweißperlen bildeten sich auf seiner Stirn. Schwäche oder Fieber? Er hievte sich vom Stuhl hoch. Bei Fieber würde er zu Hause bleiben. Und verließ die Sakristei.

25

Das Büro war stickig. Im Sonnenlicht, das in Scheiben geschnitten auf den Boden fiel, wirbelten unzählige Staubpartikel. Kommissar Rommerskirchen stand vor der Magnetwand und pappte gelbe Zettel daran, die er mit den Namen der Verdächtigen beschrieben hatte. Demnach kamen alle Personen in Betracht, die Zugang zum Messwein, zur Sakristei oder zur Kapelle hatten. Hauptverdächtige war und blieb Küsterin Küppers. Auch wenn ihm das zu einfach erschien. Mit Bauchgefühl brauchte er Tietke nicht zu kommen. Das gestand man vielleicht einer Kollegin zu. Dann musste Rommerskirchen es eben im Urin haben. Neben den gelben Zetteln prangte ein roter. »Wem galt der Anschlag?«

Darunter drei weitere Zettel in Grün: Markus Overath, Pater Remigius, Institution Kirche. Tietke betrachtete das Stillleben und schüttelte den Kopf.

»Auch wenn wir seit der NSU-Affäre sensibler sein sollen, einen terroristischen Hintergrund können wir ja wohl ausschließen. Es war Gift. Keine Bombe.«

»Nur für den Staatsanwalt und den Hinterkopf.« Rommerskirchen klang selbst nicht recht überzeugt, dass der Giftanschlag Rom galt. Vielmehr hatte ihn die Bemerkung von Pater Remigius ins Grübeln gebracht, das Gift sei vielleicht gar nicht für den Kaplan bestimmt gewesen.

Da das Opfer aber nun einmal Markus Overath hieß, lag für den Kommissar das weitere Vorgehen auf der Hand.

»Wir müssen das private Umfeld des Kaplans genauer unter die Lupe nehmen. Freunde, Familie, Kollegen. Was hat er gemacht? Mit wem hat er sich getroffen?«

Tietke nickte. »Ich kümmer mich drum.«

»Okay. Ich geh heute Abend die Protokolle noch mal durch. Wenn nichts mehr ist, schönes Restwochenende. Bis Montag.«

Rommerskirchen war schon an der Tür, als Tietke einwarf: »Ich versteh nicht, dass du die Küppers laufen lässt.«

Der Kommissar hielt inne und drehte sich um.

»Tu ich nicht«, rechtfertigte er sich. »Ich hab sie nur nicht in U-Haft genommen, weil ich nicht glaube, dass sie abhaut. Für die ist Niederbroich der Nabel der Welt.« Scheiß Intuition. Wenn er sich da nur nicht in eine fixe Idee vergaloppierte. »Bis Montag.« Er bemühte sich um ein lässiges Winken und verließ das Büro.

26

Kati stapfte in die Küche, wo Jo wieder mal am Herd stand. Die Kartoffelsuppe blubberte bereits leise vor sich hin, die daneben stehende Pfanne hatte er noch nicht angeheizt. Der Teig sollte eine halbe Stunde ruhen. Er drehte dem Abendessen den Rücken zu und lehnte sich gegen die Küchenzeile.

Kati hatte den Stuhl vom Tisch weggeschoben und hockte nun mit verschränkten Armen und vorgeschobener Unterlippe im Türrahmen, wie ein beleidigtes Kind, das man zur Beruhigung in die Ecke geschickt hatte.

Jo ließ ihr Zeit. Er brauchte nicht lange zu warten.

»Ich hab alle durch. Alle. Und was is? Nix is!« Kati schnaubte und fixierte einen imaginären Punkt in Höhe des Backofens.

Jo hob die Augenbrauen. Auf dem Tisch lag Benes Liste mit den Namen derer, die einen Schlüssel zur Kapelle besaßen. Kati hatte sie vorhin ergänzt.

»Du hast die Liste abtelefoniert?«, fragte er vorsichtig und überlegte, wann. Er hatte jedenfalls nichts davon mitbekommen. Kati hob den Kopf und legte die Stirn in Falten.

»Liste? Abtelefoniert?« Sie schüttelte irritiert den Kopf. »Nee, ich sprech von den Nothelfern. Da empfiehlt einem die Kirche vierzehn Heilige, die man in der Not anrufen soll, und nix passiert. Ob sich da keiner zuständig fühlt? Bei so vielen?«

Jo grinste. So kannte er seine Kati. Herr, schenk mir Geduld, aber bitte flott, hätte ihr Leitspruch sein können. Jetzt knetete sie ihre Unterlippe.

»Pater Remigius hat mich beurlaubt«, murmelte sie.

Jo pfiff leise durch die Zähne.

»Er konnte nichts machen. Köln weiß schon Bescheid.« Kati löste die verschränkten Arme und richtete sich kerzengerade auf. »Ach, da hätte ich ja schon eher drauf kommen können.«

»Worauf?«

»Na, die heilige Ursula um Hilfe zu bitten. Mit Köln kennt die sich aus.«

Jo war sich nicht mehr sicher, ob die heilige Ursula mit einer Schiffsladung Jungfrauen davongekommen war. Aber das wollte er jetzt lieber nicht erfragen.

»Vielleicht versuchst du es zusätzlich mit der Liste?«, schlug er vor und deutete auf den Zettel, der nach wie vor auf dem Küchentisch lag.

Kati knurrte, schnappte sich das Stück Papier und verließ die Küche. Fast wäre sie mit Bene zusammengestoßen, der das Gespräch von der Diele aus verfolgt hatte.

»Warum stehst du hier im Flur rum?«

Der Junge zuckte die Schultern und ließ sich auf dem frei gewordenen Küchenstuhl nieder. Mit einem Ohr versuchte er, dem Gespräch im Wohnzimmer zu folgen. Als Opa Jo die Dunstabzugshaube einschaltete, gab er auf und erzählte stattdessen von dem Mädchen, das in der Kirche aufgetaucht war, um ein Bild des verstorbenen Kaplans an den Altar zu stellen.

»Das war sicher Marie«, überlegte Jo.

Bene nickte.

»Marie macht was mit Pharmazie, zusätzlich zum Abi.« Jo zuckte die Schultern. »Gehört also auch zu den Leuten, die sich mit Strychnin auskennen könnten.«

Bene zog sein Smartphone aus der Hosentasche und notierte sich die Neuigkeit.

»Doch was für ein Motiv hätte sie gehabt?«, grübelte Jo, während er Apfelscheiben auf dem flüssigen Teig in der Pfanne verteilte, einen Augenblick wartete, bis er stockte, und dann die Pfannkuchen wendete. Er berichtete Benedikt von der erfreulichen Wirkung, die Kaplan Overath auf das Mädchen hatte, dem im Leben bis dato nichts zugeflogen war.

»Kam sie mit dem Pater genauso gut klar?«

»Es gab keine Schwierigkeiten zwischen den beiden. Pater Remigius hat Maries KJG-Arbeit zwar nicht aktiv unterstützt, aber gut geheißen. Ob Gemeindeaktionen oder Ferienfahrten, er konnte sich auf sie verlassen. Und das tat er auch.«

»Also kein Grund, den Pater aus dem Weg zu räumen, falls sein Verdacht richtig ist, dass das Gift für ihn bestimmt war?«

Jo schüttelte nachdenklich den Kopf und goss die nächste Kelle Teig in die Pfanne.

»Was ist, wenn Marie und der Kaplan was miteinander hatten?«

Jo runzelte die Stirn.

»Und der Pater ihnen auf die Schliche gekommen ist?« In Benes Blick lag Provokation.

»Wilde Spekulation. Hör dich bei der Jugend um. Wenn was zwischen den beiden war, hat es einer von den KJGlern sicher mitbekommen.«

»Du glaubst das nicht, oder?«

»Tja, hättest du mich letzte Woche gefragt, ob es jemals einen Mord in Niederbroich geben würde, hätte ich es auch nicht geglaubt.« Jo wendete den letzten Pfannkuchen, ließ ihn vorsichtig aus der Pfanne gleiten und stellte den Herd ab. Die Apfelküchlein türmten sich auf dem Teller und dufteten verlockend.

»Am Montagabend ist Teestube. Geh hin und sperr die Ohren auf«, forderte er seinen Enkel auf, der hastig Teller und Besteck auf dem Tisch verteilte und gierig nach den Pfannkuchen schielte.

Trotz Dunstabzugshaube verbreitete sich der Pfannkuchenduft bis ins Wohnzimmer und lockte Oma Kati in die Küche. Mit einem Seufzer ließ sie sich am Tisch nieder.

»Erst beten? Oder erst Neuigkeiten?«, fragte Jo.

»Erst beten«, brummelte Kati, »ich sterbe vor Hunger. Wie soll man da denken?«

Opa Jo ließ sich die Suppenteller reichen und teilte aus.

Dann senkten sie die Köpfe und dankten Gott für alle guten Gaben. Schon ein Löffel Suppe brachte Katis Magen zum Schweigen und so sprudelte sie los.

»Pater Remigius hat den Schlüssel für die Kapelle in den letzten Wochen nicht verliehen. Allerdings hängt er zusammen mit dem Kirchenschlüssel und dem Schlüssel fürs Pfarrzentrum an einem Bund. Und den Schlüsselbund hat er schon rausgerückt. Lisbeth Breuer hatte ihren Schirm in der Kirche hängen lassen. Montag vor zwei Wochen war Teestube und die KJG hatte letzten Donnerstag ein Treffen.«

»Die Pfarrjugend hat keinen eigenen Schlüssel?«, wunderte sich Jo. »War das schon immer so?«

»Das ist ein wunder Punkt. Die Jugend hatte mal einen Schlüssel. Vor ewigen Zeiten. Aber wie das so ist, war irgendwann der Schlüssel weg und sämtliche Schlösser mussten ausgetauscht werden. Seitdem müssen sich Messdiener und KJG den Schlüssel bei Pater Remigius oder Klaus Becker holen.« Kati wandte sich an Bene und erklärte: »Das ist der Pächter des Pfarrzentrums.«

»Holt Marie den Schlüssel für die KJG?«

Kati nickte.

»Und für die Teestube?«

»Patrick oder Moritz.«

Bene notierte sich die Namen und hoffte, den beiden Montagabend im Pfarrzentrum zu begegnen.

Kati widmete sich ihrer Suppe, schnappte sich den obersten Pfannkuchen, rollte ihn auf und fuhr mit vollem Mund fort: »Kalle Hamacher hat heute Abend den KV zusammengetrommelt.«

»KV?«, hakte Bene nach.

»Kirchenvorstand. Der kümmert sich um die finanziellen und organisatorischen Angelegenheiten der Pfarre und solche Dinge«, erklärte Jo.

Bene hob die Brauen. »Das macht nicht der Pastor im Alleingang?«

»Er hat den Vorsitz und in allen Entscheidungen das letzte Wort. Aber in den meisten Fällen ist er dankbar, dass er fachkundige Berater hat und sich um die Seelen seiner Schäfchen kümmern kann, statt mit Angeboten, Rechnungen und Zahlen jeglicher Art jonglieren zu müssen.«

»Aber du hast gerade mit ihm telefoniert«, warf Jo ein.

»Er ist krank. Ich hab schon ein schlechtes Gewissen, dass ich ihn überhaupt angerufen habe. Aber er hat mir versichert, dass er sich sowieso noch einen Tee kochen wollte und dann ins Bett geht.«

»Wenn KV ist, hast du aber weder Kalle noch Michael Schulze erreicht«, resümierte Jo.

Kati nickte bestätigend. »Ich hab mit Hedwig gesprochen. Sie vertritt mich während meiner Beurlaubung. War ein blöder Anruf. Irgendwie schien es ihr peinlich zu sein.« Kati zuckte die Schultern. »Wenigstens konnte sie mir sagen, dass Cilli Wilms am Donnerstag den Schlüssel für die Kapelle geholt hat, um zu putzen. Und ihn am frühen Abend wieder in den Briefkasten geworfen hat.« Kati schob sich einen Löffel Kartoffelsuppe in den Mund. »Komisch ist nur, dass sie sich am Freitagmorgen schon wieder den Schlüssel geliehen hat, weil sie am Donnerstag der Frau Möller Suppe gekocht und gebracht hat und nicht zum Putzen gekommen ist.«

»Dann hätte sie doch den Schlüssel so lange behalten können«, überlegte Bene.

»Genau«, unterstrich Kati die Überlegungen ihres Enkels.

Jo winkte ab. »Alte Menschen sind manchmal komisch. Wer weiß, vielleicht hoffte sie auf einen Kaffee und ein nettes Gespräch mit Hedwig Hamacher.«

Kati wiegte den Kopf. »Könnte sein«, gab sie zu und nahm sich ein weiteres Pfannkuchenröllchen. Eine Weile herrschte gefräßige Stille in Küppers' Küche. Dann schob Kati ihren Suppenteller zur Seite und schaute von Jo zu Bene und wieder zurück.

»Lasst uns morgen irgendwohin fahren. Ich will hier nicht in die Kirche gehen.«

Das konnte Jo nur allzu gut verstehen. »Wie wäre es mit Neuss?«, schlug er vor. »Ich war schon ewig nicht mehr im Münster und am Markt soll ein Café neben dem anderen sein. Höchste Zeit, dass wir mal eins testen.« Er zwinkerte seinem Enkel zu.

»Das Münster ist jetzt eine Basilica minor«, korrigierte Kati ihren Mann. »Und die Akustik ist hundsmiserabel. Aber die Idee gefällt mir. Ich suche mal die Gottesdienstzeiten raus.«

»Kommst du mit der alten Möhre noch ins Internet?«, fragte Bene erstaunt.

»Wer spricht denn von Internet? Die Gottesdienstzeiten stehen doch in der Kirchenzeitung. Und die liegt immer griffbereit auf dem Couchtisch im Wohnzimmer. Was für ne Möhre überhaupt? Du meinst doch nicht unseren Computer, oder doch?« Kati stemmte entrüstet die Hände in die Seiten. »Wenn ich mich recht erinnere, hat mir mein Enkel mal versprochen, meinen neuen Laptop einzurichten. Ist aber schon länger her.

Vielleicht hat er es vergessen. Die jungen Leute lernen ja in der Schule nichts mehr auswendig. Da behält man ja auch nix. Wir haben damals noch »Die Glocke« von Schiller lernen müssen. Komplett. Fest gemauert in der Erde steht die Form aus Lehm ...«

Opa Jo bog sich vor Lachen und Bene hob beschwichtigend die Hände.

»Ich ergebe mich. Du hast gewonnen. Wo ist der Schlepptop?«

»Na wo wohl? Im Gästezimmer.«

»Noch immer im Karton?«

»Was denkst du denn? So kommt wenigstens nichts dran.«

Bene schüttelte amüsiert den Kopf und verließ die Küche. In der Tür drehte er sich noch mal um.

»Stört dich doch nicht, wenn ich eine Spielekonsole daraus mache, oder?«

Kati rupfte das Küchenhandtuch von der Backofentür und warf es ihrem Enkel nach.

»Freches Panz. Ich komm dir gleich hinterher.«

Jo erhob sich, immer noch lachend, und stellte die Teller zusammen.

»Aber erst hilfst du mir abtrocknen, meine Liebe. Bevor du im Angry-Birds-Himmel verschwindest.«

27

Sabine Kirschbaum wartete nicht bis zum Schlusssegen, sondern verließ direkt nach der Kommunion die Kirche.

Den ganzen Gottesdienst lang hatte er sie angestarrt. In ihrem Kopf hatte seine Stimme gedröhnt. Wie er ihre Seniorengymnastik in den Dreck gezogen hatte. »Wenn die alten Frauen in die Kirche kommen und beten, haben sie beim Kniebeugen schon genug Gymnastik gemacht. Das reicht.« Immer wieder hörte sie diesen Satz und sein entrüstetes Schnaufen. Und dann plötzlich, wie er sagte: »Ich kenne dein Geheimnis. Hast versucht, dein Gewissen zu erleichtern. Und? Geht nicht, stimmt's? Wer kennt es noch außer mir? Wer? Denk nach! Wer wird dich morgen Giftmischerin nennen? Na?«

Ganz benommen war sie nach vorne gegangen, wie alle anderen an die Kommunionbank getreten. »Der Leib Christi«, hatte der Geistliche gesagt, der Pater Remigius vertrat, und sie mit seinen grauen Augen durchbohrt, sodass sie ihr »Amen« nur noch hauchen konnte.

Sie musste mit dem Pater sprechen. Unbedingt. Sofort. Sabine eilte über den Kirchplatz zum Pfarrhaus. In der Küche brannte Licht. Alles wird gut, machte sie sich Mut, während sie auf den Klingelknopf drückte. Hinter der Tür rührte sich nichts. Fassungslos starrte sie auf die dicke Holztür mit den fein geschnitzten Verschnörkelungen. Erneut drückte ihr Finger die Klingel. Und kurz darauf noch zweimal. Dann trat sie zurück auf den Platz, von wo aus sie das Küchenfenster sehen konnte. Im gleichen Augenblick verlosch dort das Licht. Mit einem Riesensatz war sie zurück an der Tür, klingelte Sturm und hämmerte mit der Faust gegen das massive Holz.

»Pater Remigius?«, rief sie. »Ich weiß, dass Sie da sind.« Erneut donnerte sie gegen die Haustür. »Pater Remigius?« Sie drückte den Klingelknopf, wieder und immer wieder. Bis der Messingknopf sich verkeilte und ein erneutes Drücken unmöglich machte.

In diesem Moment öffnete sich die Tür und das bleiche Gesicht des Paters erschien im Spalt. Seine Augen glänzten fiebrig. Auf seiner Stirn perlten kleine Schweißtropfen. Er lehnte sich mit der Schulter gegen den Türrahmen.

»Frau Kirschbaum?« Seine Stimme war schwach und rau. Sabine konnte ihn kaum verstehen.

»Ich muss Sie sprechen. Wegen der Beichte.«

Der Pater schloss für einen Augenblick die Augen und lehnte den Kopf an den Türpfosten.

»Kaplan Weber hört heute Beichte. Wenden Sie sich bitte an ihn.« Es war wirklich nicht seine Art, jemanden an der Tür abzuwimmeln, aber sah diese Frau nicht, dass es ihm hundeelend ging? Er drückte sich vom Türpfosten ab, um die Tür zu schließen.

Sabine protestierte. »Nein. Nein. Nein. Warten Sie! Es geht nicht um irgendeine Beichte. Es geht um DIE Beichte. Damals. Ich muss mit Ihnen sprechen.« Ihre sonst so leise Stimme hatte eine unangenehme Schrille angenommen und verursachte Pater Remigius fast so viel Schmerz wie ein Fingernagel, der über eine Schiefertafel kratzte. Sie hatte ihren Fuß in den Türspalt geschoben. Die Tür ließ sich so nicht schließen. Pater Remigius gab auf, sein Herz zog sich schmerzhaft zusammen. Sein Kopf dröhnte und sein Hals brannte. Die mühsam gesammelte Spucke schien beim Schlucken zu verdampfen.

Sabine sah seine aufgerissenen Augen. Das pure Entsetzen, das aus ihnen sprach. Dann waren die Augäpfel nur noch weiß.

»Oh Gott«, schrie sie und zog den Fuß aus der Tür. »Das hab ich nicht gewollt. Wirklich nicht.«

Es hallte dumpf, als der Pater auf den Steinfliesen des Hausflures aufschlug.

28

»Wenn jetzt jeder was zu trinken hat«, Kalle Hamacher überschlug die Anzahl der Bier-, Wein- und Wassergläser auf dem Tisch und ordnete sie den anwesenden Mitgliedern des Kirchenvorstandes zu, »würde ich gerne die Sitzung für eröffnet erklären. Wer führt das Protokoll?«

Normalerweise dauerte die Beantwortung dieser Frage am längsten. Jeder suchte etwas schrecklich Wichtiges. Eine Notiz in der Jackentasche, einen Stift unterm Tisch oder einfach nur Dreck unter den Fingernägeln.

Heute meldete sich Evelyn freiwillig. Bestimmt hatte sie anderes vor, als den Abend im Pfarrheim zu beschließen. Vielleicht waren auch einfach nur die Kinder allein zu Hause. Kalle setzte sich ans Kopfende.

»Ich übernehme heute den Vorsitz. Pater Remigius kann aus gesundheitlichen Gründen die Sitzung nicht leiten, ist aber über die Tagesordnung informiert, somit auch über ...« er nahm das Blatt zur Hand und las ab: »... die Beratung und Abstimmung über die Fortführung der finanziellen Unterstützung für diverse Projekte nach dem überraschenden Ableben des Initiators.«

Evelyn hob die Hand und Kalle erteilte ihr mit einem Kopfnicken das Wort.

»Den Initiator, bekanntlich Kaplan Markus Overath, nenne ich im Protokoll beim Namen. Einspruch?« Allgemeines Köpfeschütteln. »Können wir die ›diversen Projekte‹ konkret benennen? Sonst versteht ja kein Mensch, was ich hier schreibe.«

»Dazu kommen wir jetzt«, entgegnete Kalle. »Folgender Vorschlag. Projekt 1: Multimedia-Anlage für die Kirche, Projekt 2: Schießstand, Projekt 3: Gruppenräume, Projekt 4: Romfahrt der Messdiener. Hab ich was vergessen?« Er blickte in die schweigsame Runde. Wieder wurden Köpfe geschüttelt. Sie schienen sich einig zu sein. Zumindest was die Projektpunkte betraf.

»Kommen wir also zu Projekt Numero 1«, ergriff Kalle wieder das Wort. »Weiß jeder, worum es geht?« Heftiges Nicken. »Möchte sich jemand äußern, bevor wir abstimmen?«

Michael Schulze zögerte kurz. Er wusste, dass die Dorfjugend auf seine Unterstützung bei der Anschaffung dieser Anlage zählte. Aber wenn er jetzt sein Pulver verschoss, könnte er sich Feinde machen. Und für den nächsten Punkt war er auf Unterstützung angewiesen. Er lehnte sich lässig zurück, den Arm über die Rückenlehne des Stuhls, und schwieg.

Über Kalles Gesicht huschte ein schelmenhaftes Grinsen. Besser konnte es gar nicht laufen.

»Wer ist für die überflüssige Anschaffung der sündhaft teuren Anlage, um einmal in hundert Jahren einen Film in der Kirche zu zeigen?« Kalle senkte die Stimme und stieß seinen Tischnachbarn mit dem Ellbogen an. »Wahrscheinlich ne Videobotschaft vom Weihbischof über Facebook, was?«

Michael Schulze hob den Arm. Pro forma. Fürs Protokoll.

»Wer ist dagegen?«, fragte Kalle, bevor andere Mitglieder auf die Idee kamen, sich Michael anzuschließen. Dabei schnellte Kalles Arm in die Luft, als ginge es darum, der Erste zu sein. Vier weitere Hände folgten seinem Beispiel.

»Enthaltungen?«, rief Evelyn in die Runde, nachdem sie die Gegenstimmen notiert hatte. Heinrich Pomarowski hob die Hand. »Eine«, murmelte Evelyn. Kalle Hamacher runzelte die Stirn. »Evelyn? Was ist mit dir?«

Die Schriftführerin legte den Stift zur Seite. »Oh, ich hab dafür gestimmt.«

Kalle fiel der Unterkiefer aufs Doppelkinn. »Wann?«

»Ich hab mich mit aufgeschrieben. Hier.« Sie schob den Collegeblock zu Kalle rüber. Erst jetzt bemerkte sie seinen entsetzten Gesichtsausdruck.

»Kalle«, versuchte sie ihn zu beruhigen. »Jetzt mach mal kein Drama draus. Wie soll ich denn schreiben und abstimmen gleichzeitig, hä? Is ja auch nix passiert. Du hast doch deinen Willen gekriegt. Lass Luft ab, sonst platzt du.«

Kalle bemerkte erst jetzt, dass er tatsächlich die Luft angehalten hatte, und kam Evelyns Anweisung nach. Unsicher huschte sein Blick von einem zum anderen. Einige Augenpaare verfolgten interessiert das Geplänkel zwischen dem Sitzungsleiter und der Protokollantin. Andere drehten die leeren Gläser in der Hand oder kramten nach Hustenbonbons. Kalles fragender Blick lag jetzt auf Heinrich Pomarowski, der sich enthalten hatte. Der einzige Jurist in der Runde. Wenn er keine Bedenken hatte ... Doch Pomarowski betrachtete versunken die Pfütze Bier vor sich. Schließlich winkte Michael Schulze, der Brudermeister, mit erhobenem Glas dem Pächter des Pfarrzentrums zu, der sich am anderen Ende des Raumes hinter der Theke verschanzt hatte.

»Hasse noch eins, Klaus?«, durchbrach er die peinliche Stille.

Kalle brach der Schweiß aus. Er räusperte sich und ignorierte den Wirt, der neue Bestellungen entgegennahm.

»Nächster Punkt: Schießstand«, fuhr er fort und das allgemeine Gemurmel verstummte.

»Will dazu jemand was sagen?«

Michael Schulze hob die Hand und Kalle erteilte ihm durch Kopfnicken das Wort.

»Ihr wisst alle, dass der Schießstand bei der Errichtung des Pfarrzentrums eine erhebliche Rolle gespielt hat. Dadurch haben sich die Schützen sowohl finanziell als auch mit ihren Talenten und Begabungen eingebracht.« Dass die Vergabe der Aufträge für Sanitär, Elektrik und Innenausbau nicht ordentlich ausgeschrieben worden war, erwähnte er an dieser Stelle besser nicht. Manches lief halt damals wie geschmiert. »Ich halte dem Kaplan zugute, dass er mit den Gegebenheiten hier vor Ort nicht so vertraut war. Sonst hätte er erst gar nicht den Versuch gemacht, den Schießstand zu schließen und in einen Krabbelgruppenraum zu verwandeln.«

»Stopp«, rief Evelyn, schrieb die Notiz zu Ende und funkelte dann Michael böse an. »Weißt du, wie oft wir den Kleinen Patronenhülsen aus den Fingerchen und dem Mund pulen mussten? Weißt du, wie schmutzig es auf der Erde ist, wenn ein Schützenzug das ganze Wochenende seine Schießveranstaltungen abgehalten hat, und wir am Montagmorgen darauf unsere Gruppenstunde haben? Das ist schon echt mies.«

Michael zog bedauernd die Schultern hoch.

»Deine Kinder sind ja jetzt aus dem Alter raus.«

Evelyn schnappte nach Luft, doch bevor sie Michael einen egoistischen Vollpfosten nennen konnte, fuhr der fort: »Außerdem nimmt der Kindergarten jetzt auch Kinder unter drei und somit ist fraglich, ob es in Zukunft überhaupt noch eine Krabbelgruppe in diesen Räumlichkeiten geben wird.« An den erstaunten Gesichtern einiger Mitglieder konnte er ablesen, dass er ihnen gerade eine Neuigkeit unterbreitet hatte, die ihre bisherige Haltung ins Wanken bringen konnte. Zufrieden lehnte er sich zurück und ließ seinen Trumpf wirken. Die Kirchenvorstandsmitglieder steckten die Köpfe zusammen und tuschelten. Evelyn hatte aufgehört, Notizen zu machen, und starrte Michael sprachlos an. Sie hatte Michael Schulze unterschätzt und war nicht gut genug vorbereitet, gegen den Brudermeister und seine Schützlinge in die Schlacht zu ziehen. Aber eine zweite Chance würde sich ihr kaum bieten. Resigniert ließ sie die Schultern hängen und nagte auf ihrem Kugelschreiber herum.

»Weitere Wortmeldungen?« Kalle reckte den Hals, um niemanden zu übersehen. »Dann kommen wir zur Abstimmung.« Er musste seine Stimme erheben, um das Getuschel zu übertönen. »Wer ist dafür, dass der Schießstand nach den Plänen von Kaplan Overath abgeschafft und zu einem Allzweckraum umgestaltet wird, in dem vielleicht auch die Mutter-Kind-Gruppe, so sie denn künftig zustande kommt, stattfinden kann?«

Evelyn hatte Mühe, den getreuen Wortlaut dieser Frage aufs Papier zu bannen. Resigniert hob sie dennoch während des Schreibens den linken Arm. Dabei verrutschte der Block, sodass sie ihn schnell wieder sinken ließ.

»Wer ist dagegen?«, fragte Kalle in die Runde und wusste, dass die Schützen immer schon eine tragende Rolle in der Gemeinde gespielt hatten. Nicht nur beim Stoff-Himmel in der Fronleichnamsprozession. Das Abstimmungsergebnis bestätigte ihm, dass das auch den meisten Mitgliedern im Kirchenvorstand bewusst war. Die Frage nach Enthaltungen erübrigte sich.

»Damit sind wir automatisch bei Projekt Nummer drei. Braucht die Jugend wirklich mehr Gruppenräume? Können sich Messdiener und KJG nicht den vorhandenen Raum teilen? Zum Beispiel Dienstag, Donnerstag, Samstag KJG. Den Rest der Woche haben die Messdiener den Raum.«

»Und wo sollen wir die Gruppenstunden mit den Kommunionkindern machen?«, warf Evelyn ein. Kalle überlegte fieberhaft. »Mittwochs?«, fragte er zaghaft.

Evelyn schüttelte den Kopf. »Wir haben mindestens zwei, meistens drei Gruppen.«

»Wo finden die denn zurzeit statt?«, wollte Heinrich Pomarowski wissen.

»Auf dem Schießstand«, erwiderte Evelyn gereizt, »was enorm zur guten Atmosphäre beiträgt.« Sie verzog das Gesicht.

»Aber den Kommunionkindern müsst ihr keine Patronenhülsen aus Fingerchen und Mündchen pulen«, raunte Michael und kniff ihr ein Auge. Seine Art von Humor kam bei Evelyn nach der Niederlage von vorhin nicht gut an. Jetzt holte sie zum Gegenangriff aus.

»Kannst dich gerne bei der Glaubensweitergabe an die Kommunionkinder beteiligen. Weiß sowieso nicht, warum das immer an uns Müttern hängen bleibt. Die Jungs fänden das bestimmt toll.«

Michael stöhnte. »Kerzen gestalten, Liedchen singen und Bildchen malen ist nicht so mein Ding«, gab er zurück. Evelyn winkte ab. Die Vorstellung, ihren Sohn zur Vorbereitung auf das ihr wichtigste Sakrament diesem Schnösel anzuvertrauen, bereitete ihr Magenschmerzen. Was sie seit vielen Jahren mit den Kindern unternahm, um den Glauben an die nächste Generation weiterzugeben, hatte mit Bildchen malen und Liedchen singen wenig zu tun. Vielmehr versuchte sie, ihren Glauben mit allen Sinnen erfahrbar zu machen. Das erforderte eine Menge Kreativität, Mut und Experimentierfreude, die ihr selbst einiges abverlangte und die sie Michael Schulze nicht zutraute. Aber wenn sie die strahlenden Kinderaugen sah, war ihr das Lohn genug. Vielleicht gelang es ihr, Pomarowski auf ihre Seite zu ziehen.

»Wo finden denn die Gruppenstunden der Firmlinge statt?«, fragte sie ihn daher interessiert.

»Mach ich bei mir zu Hause. Ist gemütlicher. Und die Jungs kriegen immer was zu essen«, brummte er. Evelyn schaute ihn entgeistert an.

»Wäre das nicht auch eine Alternative für die Kommuniongruppen?«, fragte Kalle hoffnungsvoll.

»Klar«, entgegnete Evelyn und lächelte zuckersüß. »So verfahren wir dann auch mit den KV-Sitzungen. Ist dir doch recht, Kalle, wenn sich der Kirchenvorstand in deinem Wohnzimmer trifft, ne? Stell schon mal das Bier kalt. Vielleicht sollten wir dann in der nächsten Sitzung überlegen, noch mehr Geld zu sparen, indem wir auch die übrigen Räume des Pfarrzentrum verpachten. Das Klo zum Beispiel, wenn Wochenmarkt ist. Und die Altenstube.« »Seniorentreff«, warf jemand korrigierend ein. »Genau«, fuhr Evelyn unbeirrt fort. »Der Chor kann doch in der Kirche proben. Ach nein, ich vergaß ...« Sie fasste sich an die Stirn, schlug die Augen geziert nieder und säuselte: »... der Schießstand. Wir brauchen das Pfarrzentrum. Sonst haben die Schützen kein Zuhause mehr.«

Michael Schulze ballte die Fäuste. Eben hatte er sich bei der blöden Kuh noch entschuldigen wollen. Darauf konnte sie nun bis zum Jüngsten Gericht warten.

Kalle stand auf, hob beschwichtigend die Hände und setzte sich wieder. Seine Gesichtsfarbe hob sich nur noch sehr dezent von seinem blütenweißen Oberhemd ab. Er räusperte sich. »Bei allen hitzigen Debatten, die wir hier führen, sollten wir nicht vergessen, dass Pater Remigius immer noch das letzte Wort hat. Er kann mit seinem Veto jeden unserer heutigen Beschlüsse zu Fall bringen.«

»Warum sitzen wir dann hier und stimmen ab?«, rief der, der am weitesten von Kalle entfernt saß.

»Weil Pater Remigius unseren Rat wünscht. Unsere Empfehlungen. Das ist wichtig. Aber als geborenes Mitglied des Kirchenvorstandes hat er das allerletzte Wort.« Kalle atmete tief durch. »Wir sollten die offenen Punkte auf die nächste Sitzung vertagen. Regulär treffen wir uns am Dienstag in drei Wochen. Damit erkläre ich diese Sitzung für beendet.« Kalle standen Schweißperlen auf der Stirn. Was für ein Ausgang. Doch das, was Pater Remigius immer am wichtigsten war, hatte er total aus den Augen verloren. Hastig fragte er in die Runde: »Möchte jemand das Schlussgebet sprechen?«

29

Am Himmel kämpften Wolken, dick wie Daunenkissen, mit dem strahlenden Himmelblau um die Vorherrschaft, als der Zug in den Neusser Bahnhof einfuhr. Kati, Jo und Bene verließen das überheizte Abteil und stemmten sich gegen die kalten Windböen, die ihnen auf dem Bahnsteig um die Ohren fegten. Die wenigen Reisenden eilten mit ihnen die alten, ausgetretenen Stufen hinunter. Es roch nach Urin und Alkohol. Vom Haupteingang wehte bei jedem Türöffnen eine Wolke Zigarettenqualm in die abgenutzte Bahnhofshalle. Ein ungastlicher Ort, an dem man nicht länger verweilte, als man musste.

Bene hielt die Luft an und bahnte sich hinter Jo und Kati einen Weg durch die Raucher vor dem Eingang. Nur ein paar Schritte weiter atmete er auf. Jo sah auf die Uhr.

»Wir sind viel zu früh. Lasst uns zu Fuß gehen.«

Sie überquerten die Straße und die Gleise der Straßenbahn und umrundeten die Marienkirche. Dann führte Jo sie durch enge windgeschützte Sträßchen, in denen die Sonne nur die obersten Stockwerke der Häuser wärmte. Der schwarze Betonklotz des Mädchengymnasiums lag lediglich sonntags so stumm am Weg Richtung Markt.

Bald schon tauchte vor ihnen die grüne Kuppel auf, von der der heilige Quirinus mit der goldenen Fahne auf sie herabblickte. Um die Kirche herum wirkte die Stadt frisch gefegt. Kein Dreck auf dem Kopfsteinpflaster, kein Auto auf der Straße, nicht einmal ein Fahrrad. Lediglich ein paar Gottesdienstbesucher eilten über den Münsterplatz, vorbei am Quirinus-Brunnen, den sie keines Blickes würdigten. Im Gegensatz zu Kati, Jo und Bene.

»Im frühen Mittelalter war Neuss eines der wichtigsten Pilgerziele. Seitdem gibt es die Quirinus-Prozession«, erklärte Kati und deutete auf die steinerne Säule in der Mitte des Brunnens. Eine illustre Pilgergruppe trug den Schrein des heiligen Quirinus auf ihren bronzenen Schultern.

Von jeder Säule des Stangenbaldachins rund um die Pilgergruppe blickten Pferde auf die Betrachter herab. »Quirinus ist nicht nur Patron der Stadt Neuss, sondern auch der Kranken und der Pferde.«

Auf der Brüstung des Brunnens entdeckte Bene eine Lage Weintrauben. Eine Ecke weiter wanden sich Aale zu einem Knäuel und spuckten Wasser.

»Ist das Rotkohl?«, fragte Bene grinsend und deutete auf ein bronzenes Gebilde. Jo nickte schmunzelnd. »Hier unten siehst du, was der pragmatische Neusser für wichtig hält. Motive aus dem Marktleben.«

»Essen hält Leib und Seele zusammen«, kommentierte Kati und Jo fügte hinzu: »Passt auch zur Basilika. Das heißt doch Markthalle, oder irre ich mich?«

Kati überging Jos Bemerkung. »Übrigens wurden die Kinder in Neuss der Legende nach nicht vom Klapperstorch gebracht, sondern aus dem Quirinuspütz gezogen. An der Stelle haben die Pilger früher das begehrte Quirinuswasser geschöpft.«

Bene meinte, neben dem Kohl eine Knolle Fenchel zu erkennen. Die Entdeckung machte er jedoch unter dem Gemüse. Es lag auf einem aufgeschlagenen Buch mit Bildern. »Aus den Bildern zu schließen, ist der Brunnen dann kurz nach dem Mittelalter entstanden.« Er kicherte. Jo sah zuerst die Rückseite einer nackten Frau und wollte gerade erwähnen, dass es diese Wesen seit der Erschaffung des Paradieses gibt, als Bene auf das Bild am unteren Rand zeigte: einen Fotoapparat. Für Bene gehörte dieser Trümmer tatsächlich schon nicht mehr in seine Welt. Jo seufzte und sah auf die Uhr. »Es wird Zeit. Gehen wir hinein.«

Das Innere der Kirche dämpfte alles. Wind, Licht und Vogelzwitschern. Es roch nach Weihrauch und Kerzenwachs. Kati ging ein paar Schritte den Mittelgang hinunter. Die meisten Bänke waren an den jeweiligen Enden mit ein bis zwei Personen in fortgeschrittenem Alter blockiert. Wer auf die freien Plätze in der Bankmitte wollte, musste klettern. Oder weiter nach vorne gehen. Bene wäre lieber geklettert. Jo hätte lieber im Seitenschiff links oder rechts vom Altar gesessen. Von dort hatte man den besten Blick auf den Quirinus-Schrein, der oberhalb des Altars in der Apsis thronte. Folgsam setzten sich beide zu Kati in die zweite Reihe.

Irgendwo links von ihnen erklang eine Glocke, die Gemeinde erhob sich und die Orgel setzte ein. Zwei kleine Messdiener und ein Priester mittleren Alters kletterten die Stufen zum Altar hoch. Benes Gedanken schweiften ab. Wer vergiftete den Messwein? Vielleicht wollte jemand generell die katholische Kirche treffen und verübte just hier in diesem Moment einen weiteren Giftanschlag. Doch der Priester mit dem starken Akzent - Bene vermutete, dass er aus Polen kam - predigte weder Revolutionäres noch Kämpferisches, und verzog bei der Wandlung auch nicht den Mund. Der einzige Grund, ihn umzubringen, war sein monotoner, unverständlicher und dadurch langweiliger Singsang. Nach exakt sechsundvierzig Minuten und achtundzwanzig Sekunden verließ er mit den Ministranten die Kirche auf dem gleichen Weg, auf dem sie sie betreten hatten. Jo und Kati setzten sich und lauschten den letzten Orgelklängen, während Bene sich auf den Weg zum Quirinus-Schrein machte. Er konnte der Versuchung nicht widerstehen und zückte das Handy für ein Selfie. Breit grinste er in die Kamera. Dann schickte er das Foto mit ›LG‹ an seine Mutter. Mittlerweile waren Jo und Kati ihm gefolgt und bestanden auf einem weiteren Foto zu dritt. Vom Schrein war darauf zwar nicht mehr viel zu sehen, aber das kümmerte niemanden. Benes Magen meldete sich laut knurrend. Jo legte einen Arm um seine Frau, den anderen um seinen Enkel und schob die beiden aus der Kirche.

»Jetzt habt ihr die Qual der Wahl. Direkt hier links gibt es ein Café neben dem anderen. Und die meisten servieren auch Mittagessen.«

Sie schlenderten die Krämerstraße entlang und kamen zum Markt.

»Einmal runter und wieder rauf, damit wir sehen, was wir wählen können?«, schlug Kati vor.

»So machen wir das. Getreu dem Motto der Neusser Schützen »D'r Maat eraf, d'r Maat erop«, die behaupten, das weltweit größte Schützenfest ohne Fremdbeteiligung zu feiern.«

»Taramm Tammtamm«, kommentierte Kati und marschierte an den zahlreichen Tischen vorbei, die vor den Cafés zum Verweilen einluden. Manche Gastwirte hatten Fleece-Decken bereitgelegt. Andere setzten auf Heizpilze. Eine Reihe Gäste hatte das Angebot bereits angenommen und schlürfte Kaffee oder frisch gepressten Orangensaft, aß Waffeln, Eis oder Pommes, die in einer Papiertüte im Metallständer serviert wurden. Bei einem Café waren besonders viele Tische belegt.

»Hier scheint das Essen gut zu sein«, überlegte Jo.

»Oder billig«, mutmaßte Kati.

»Probieren wir es aus«, schlug Bene vor, dem die Teller mit Steaks und Burgern, die die Kellnerin gerade nach draußen balancierte, das Wasser im Munde zusammenlaufen ließen. »Draußen oder drinnen?«

»Drinnen«, erwiderten Kati und Jo einstimmig und betraten lachend das Lokal. Viele Tische waren bereits belegt. Vor allem die mit den bequem gepolsterten Bänken. Blau-weiße Fähnchen hingen von der Decke, dazwischen baumelten Laugenbrezeln.

»Hier würde sich Hedwig Hamacher bestimmt wie zu Hause fühlen«, mutmaßte Kati.

Auf der Empore, etwas versteckt hinter einem künstlichen Ficus, fanden sie einen freien Tisch und setzten sich. Bene rutschte auf seinem Platz hin und her, während er die Karte studierte.

»Ich nehm den Haus-Burger und muss …«, er legte die Karte zur Seite und stand auf, »… nur noch kurz die Welt retten.«

Jo schaute seinem Enkel irritiert nach, bis er ihn unter dem Schild mit der Aufschrift »Toiletten« verschwinden sah.

Vor Jo und Kati standen bereits Terrinen mit dampfender Tomatensuppe, als Bene endlich wieder auftauchte. Er war blass um die Nase, schüttelte den Kopf und starrte vor sich hin. Kati runzelte die Stirn.

»Ist was passiert?«

Bene nickte, schüttelte den Kopf und zuckte schließlich die Schultern. »Mir nicht.«

Jetzt ließ auch Jo den Löffel sinken und musterte seinen Enkel. Der nippte an seiner Cola, stellte das Glas ab und schüttelte wieder den Kopf.

»Ey, ich ...« Er brach ab, schüttelte den Kopf und griff erneut nach seiner Cola, stellte das Glas dann aber ab und schaute seine Oma hilfesuchend an. »Der Typ hat sie nicht mehr alle.«

Kati hob die Augenbrauen und nickte ihrem Enkel aufmunternd zu. Ihr fiel es verdammt schwer, keine Frage zu stellen.

»Also«, begann Bene endlich zu reden, »ich komm aufs Klo. Das heißt, so weit komm ich schon gar nicht. Davor steht ne Chick.«

»Ne was?«

»Ne Frau. Vorm Männerklo. So voll schräg in die Tür gelehnt, dass ich nicht vorbeikomme. Und grinst nur doof.

›Kann ich da mal rein?‹, sag ich so und sie: ›Ist grad schlecht.‹ Ich: ›Noch schlechter, wenn ich nicht rein kann.‹« Kati grinste und versuchte, sich die Szene vorzustellen.

»Dann gibt die Tuss endlich die Tür frei und drinnen, Alter ey, drinnen steht ein Typ mit ner anderen Chick. Glaubste? Ich hab lieber nicht so genau hingeguckt. Aber gehört hab ich mehr als ich wollte. Bin schnell an denen vorbei und in ne Kabine. Mann ey. Wo sind wir denn hier?« Bene drehte sich zur Theke, um Ausschau nach seiner Bestellung zu halten.

»Da ist der Kerl.« Er ruckte mit dem Kopf in seine Richtung und wandte sich ab. Kati grinste. Doch im nächsten Moment machte sie große Augen. Dass der Kerl, von dem Bene berichtet hatte, von zwei beschickerten Miezen flankiert wurde, fand sie noch amüsant. Bis sie erkannte, wer da an ihnen vorbeiwankte.

»Mein Gott! Das ist Michael Schulze«, entfuhr es ihr, eh sie die Hand vor den Mund schlug. Als das schwankende Dreigestirn die Gaststätte verlassen hatte, wandte sich Bene an seine Oma.

»Woher kenne ich den Namen?«

»Er steht auf der Liste derer, die einen Schlüssel für die Kapelle haben«, erklärte Kati.

Der Kellner trat an ihren Tisch, wünschte einen guten Appetit und setzte Bene einen gigantischen Burger vor. Der Duft von gebratenem Rindfleisch stieg ihm in die Nase. Und gleichzeitig machte sich in seinen Gedanken ein weiterer Verdacht breit.

30

Kollege Tietke saß bereits an seinem PC und hackte auf die Tastatur ein, als Kommissar Rommerskirchen am Montagmorgen die Polizeiwache betrat.

»Gibt es was Neues?« Er gähnte und fuhr sich mit der Hand über die Augen, unter denen dunkle Schatten hingen wie Regenwolken an einem Berghang.

»Oha«, kommentierte Tietke die Erscheinung seines Teamleiters mitfühlend. »Anstrengendes Wochenende, was? Dachte, du hättest Routine im Feiern.«

Rommerskirchen winkte ab. »Wenn wir feiern gewesen wären, wär ich jetzt topfit. Nee, nee. Mein Spatz hat mich den ganzen Sonntag durch sämtliche Kauf- und Wohnhäuser geschleppt, die Holland und Belgien zu bieten haben. Dabei haben wir noch nicht einmal ne Zusage für die Wohnung.«

»Okay, das ist Hardcore. Kenn ich.«

»Echt? Und wie hast du das Problem gelöst?«

»Was meinst du, warum ich ins Rheinland gekommen bin?«

»Du bist abgehauen? Krass, Alter.«

Tietke stemmte die Hände in die Seite und schob den Unterkiefer nach vorne.

»Seh ich so aus?« Das Kämpferische in seiner Stimme verlor sich, als er nach einer kurzen Pause kleinlaut hinzufügte: »Ich hab die Frau geehelicht und ihr das Einrichten überlassen.«

Rommerskirchen riss die Augen auf.

»Was?«, quietschte er, »du hast kapituliert?«

Tietke winkte ab. Er hätte es anders formuliert. Aber dass sich sein Kollege ausschüttete vor Lachen fand er doch reichlich übertrieben.

»Warte nur ab. Früher oder später bist du auch an diesem Punkt.« Beleidigt hackte er erneut auf seine Tastatur ein.

»Never!«, spuckte Rommerskirchen in den Raum. »Never ever, echt.« Tietke hob die rechte Augenbraue und grinste spöttisch.

»Wetten?«, forderte Rommerskirchen den Kollegen angriffslustig heraus.

Der schob in aller Ruhe den Drehstuhl nach hinten, erhob sich und trat mit seinem Kaffeebecher ans Fenster. Auf dem Fensterbrett pröttelte die Kaffeemaschine vor sich hin und kündete so das Ende des Wasserdurchlaufs an.

»Um das nächste Pfund Kaffee«, erwiderte er, während er die Tasse füllte. »Oder hast du freiwillig welchen aus Holland mitgebracht?«

Rommerskirchen seufzte. Die nächste Packung wäre eh auf seine Rechnung gegangen. Aber nachdem Tietke den Wetteinsatz festgelegt hatte, wäre jedes Böhnchen Kaffee, das Rommerskirchen anschleppte, ein Eingeständnis seiner Niederlage. Das konnte er so nicht stehen lassen. Er kramte sein Portemonnaie heraus und steckte demonstrativ einen blauen Schein in den gelben Kunststoffhamster, der als Kaffeekasse neben der Kaffeemaschine auf seine Fütterung wartete.

»Und sonst?«

Tietke saß wieder vor seinem Bildschirm und tippte.

»Ich bin die Sachen durchgegangen, die wir in der Wohnung des Opfers gefunden haben. Vor allem das Adressbuch. Hast du eigentlich eins?«

»Ein Adressbuch? Zum Blättern mit alphabetischem Register an der Seite?«

Tietke nickte. »Genau so eins meine ich. Ziemlich antiquiert, was? Wahrscheinlich ist das Adressbuch des Opfers ewig alt. Erst dachte ich, es stehen gar keine Adressen drin. Aber dann hab ich wenigstens ein paar Namen mit dazugehörigen Telefonnummern gefunden. Bei zwei Namen stand die komplette Adresse, wenn auch mehrfach geändert. Hab die Namen mal gegoogelt und interessante Zusammenhänge gefunden. Die beiden sollten wir uns wirklich näher ansehen.«

Rommerskirchen war neben Tietke getreten und schaute auf den Monitor.

»Christopher Klein und Stefan Weber. Die waren mit dem Opfer im Priesterseminar in Bonn und haben wohl gemeinsam die Umgebung unsicher gemacht. Jedenfalls erinnerte sich der Leiter des Seminars nur zu genau an die drei. Stefan Weber ist mit Markus Overath zusammen vorletztes Jahr zum Priester geweiht worden und jetzt Kaplan in Köln-Süd. Christopher Klein hat das Seminar nach zwei Semestern verlassen.«

Rommerskirchen hob die Augenbrauen. »Weiß man, warum?«

»Fragen wir ihn doch«, schlug Tietke vor und schob den Drehstuhl zurück.

»Auf dem Weg nach Bonn können wir auch gleich Stefan Weber einen Besuch abstatten.«

Er schnappte sich das Tablet, das dem Team erst letzte Woche zur Verfügung gestellt worden war. Endlich konnte er es im Einsatz testen. Allein dafür hätte er einen Grund gefunden, das Büro zu verlassen. Und nur deshalb ließ er Rommerskirchen ohne Diskussion ans Steuer.

»Hast du die Unterlagen?«, fragte Kommissar Rommerskirchen, als sie im Auto saßen.

Tietke hielt das Tablet hoch. »Alles hier drin.«

Mit dem neuen Spielzeug dirigierte er Rommerskirchen über die Landstraße, auf die Autobahn, machte mit der integrierten Kamera schnell ein Foto vom Kölner Dom, der kurz zwischen den Bäumen auftauchte, und schaltete zwischen Streetview und Straßenkarte um, bis sie schließlich vor dem Pfarrhaus standen, in dem Stefan Weber wohnte.

»Sind eigentlich alle Pfarrhäuser aus rotem Backstein und ducken sich in den Schatten der Kirche?«, fragte Rommerskirchen, nachdem er geklingelt hatte. Im gleichen Moment wurde die Tür aufgerissen. Ein hagerer junger Mann mit schwarzer Hose, grauem Hemd und einem gleichfarbigen Schal, den er dreimal um den Hals gewickelt hatte, erschien im Türspalt.

»Die Bürozeiten sind dienstags bis freitags von 9 bis 12 sowie dienstags und donnerstags von 14 bis 16 Uhr. Heute ist geschlossen.«

»Wie schön, dass Sie so geregelte Zeiten haben«, antwortete Rommerskirchen lächelnd und kramte seinen Ausweis aus der Hosentasche. »Wir leider nicht. Ich bin Kommissar Rommerskirchen. Das ist mein Kollege Tietke. Wir möchten zu Herrn Stefan Weber. Sind Sie das?«

Der Mann mit dem Schal öffnete den Mund, hob an, etwas zu

sagen, ließ es bleiben und nickte nur. Dann zog er die Tür auf und hieß die Polizisten einzutreten. Sie folgten ihm durch einen langen schmalen Flur, der mit dunklem Holz getäfelt war, vorbei an mehreren Türen aus dem gleichen Holz, und blieben schließlich vor der hintersten stehen. Stefan Weber kramte in seiner Hosentasche, zog einen einzelnen Schlüssel heraus und schloss die Tür auf. Es roch nach abgestandener Luft, Staub und Papier. Durch die schlichten Gardinen, bei deren Farbe man nicht mit Sicherheit sagen konnte, ob sie im Laufe der Zeit vergilbt waren oder absichtlich diesen Ton hatten, fielen Sonnenstrahlen ins Zimmer, in denen Millionen kleiner Staubkörnchen über den grauen Cordsesseln vor dem Fenster tanzten.

Rommerskirchen und Tietke ließen sich auf den angewiesenen Plätzen nieder und wirkten wie Fremdkörper auf den durchgesessenen Sitzmöbeln, während Kaplan Weber mit der Umgebung zu verschmelzen schien. Den einzigen Kontrast bildete seine schwarze Hose.

»Was kann ich für Sie tun?«, fragte er, setzte sich kerzengerade auf den Sessel gegenüber und schlug sein linkes Bein über das rechte. Seine Hände lagen mit ineinander verschränkten Fingern auf dem Oberschenkel. Nie wäre man darauf gekommen, dass Kommissar Rommerskirchen auf den Tag genau einen Monat älter war als der Priester, den man sich nicht einmal als kleinen Jungen vorstellen konnte.

»Sie waren gestern mit Markus Overath verabredet«, begann Rommerskirchen.

»So war es ursprünglich geplant«, fiel ihm der Geistliche ins Wort. »Aber er hätte schon von den Toten auferstehen müssen, um den Termin wahrnehmen zu können. Dieses Privileg wurde bisher jedoch nur unserem Herrn Jesus zuteil.«

Die Polizeibeamten sahen sich erstaunt an.

»Sie wissen von seinem Tod? Woher?«

»Von einem Freund. Ich habe sowohl Samstag als auch Sonntag die Messe in Niederbroich zelebriert. In Vertretung für Pater Remigius, der an einer bösen Erkältung erkrankt ist.« Kaplan Weber schien die Staubkörnchen über den Sesseln zu zählen, bevor er murmelte: »Und stellvertretend für Markus.«

Sein Blick verlor sich in einer der Staub-Mikrogalaxien.

»Dann hat Pater Remigius Sie angefordert? Als Vertretung?«

Kaplan Weber schnaubte.

»Ich habe mich angeboten.«

»Sie wussten also, dass eine Vertretung gebraucht wurde?«

»Ja. Aber Sie wissen nicht zufällig, ob die vakante Kaplanstelle wiederbesetzt wird, oder?«

Philip Rommerskirchen versuchte den Priester einzuschätzen, dessen Gesicht regungslos blieb. Sein Blick ließ weder Trauer noch Furcht noch sonst eine Gefühlsregung erahnen.

»Dieser Freund, von dem Sie vorhin sprachen, hat der einen Namen?«

»Christopher Klein«, erwiderte Weber und schaute den Kommissar direkt an. »Wir haben zusammen studiert. Markus, Christopher und ich. Wenigstens die ersten beiden Semester.«

»Wo?«

»Im Priesterseminar in Bonn.«

»Und nach den ersten beiden Semestern?«

»Hat Christopher das Handtuch geworfen und ist auf Lehramt umgestiegen.« Weber entknotete seine Beine und fixierte seine Schuhspitzen. »Ich glaube, es steckte mehr dahinter als Zweifel an der Berufung.«

»Eine Frau?«

Weber gab einen Laut von sich, der an das Keckern einer Elster erinnerte.

»Sicher nicht.« Er schlug wieder das eine Bein über das andere, legte die gefalteten Hände auf den Oberschenkel und schwieg.

»Haben Sie sich regelmäßig mit Markus Overath getroffen?«

»Ja. Ein- bis zweimal im Monat bestimmt.«

»Allein?«

»Auch. Meistens aber zu dritt.«

»Mit Christopher Klein?«

Weber nickte. Das Schweigen im Zimmer wurde vom Glockenschlag der naheliegenden Kirche unterbrochen. Drei Mal. Dann herrschte wieder Stille, bis der Priester leise hinzufügte: »Beim letzten Treffen hatte er seinen Freund dabei. Darüber sind sich Christopher und Markus in die Haare geraten. Als der Freund gegangen war, kehrte wieder Ruhe ein.« Kaplan Weber deutete den fragenden Blick des Kommissars richtig und fuhr fort: »Wir haben Skat gespielt. Wie immer. Wer verlor, musste die Missionsprojekte der anderen finanzieren.«

Björn Tietke unterdrückte sein Kichern nur mit Mühe, indem er sich laut räusperte und einen Hustenanfall vortäuschte.

31

Das apfelsinenfarbene Hollandrad lehnte griffbereit an der Hauswand. Bene zögerte. Eine Ranke künstlicher Sonnenblumen schmückte den geflochtenen Korb am Lenker. Wenn das Rad abgeschlossen wäre, würde er seinen Plan ändern und zu Fuß gehen. Doch der kleine schwarze Schlüssel steckte im Rahmenschloss. Mit einem Seufzer ruckelte Bene den Sattel höher, damit er sich mit den Knien nicht das Kinn aufschlug. Dummerweise ließ sich der Lenker nicht ohne passendes Werkzeug auf die richtige Höhe einstellen. Dann musste es eben so gehen.

Er schob das Rad auf die Straße, schwang sich auf den Sattel und trat in die Pedale. Der Wind zerrte an seiner Jacke und zerzauste die sorgfältig gestylte Frisur. Egal. In Niederbroich bestand nicht die Gefahr, dass ein Schnappschuss von ihm auf Instagram die Runde machte.

Lässig kurvte er über den Kirchplatz, beäugte die Bäckerei, deren Türglocke wohl schon länger nicht mehr gebimmelt hatte, und die Metzgerei, in der die Verkäuferin einen jungen Mann bediente. Von Oma Kati keine Spur.

Er fuhr an der Kirche vorbei und bog auf die Dorfstraße ab. An den Fenstern der Häuser, die die Straße säumten, hingen Gardinen mit geschwungenen Bögen, die ihren Bewohnern den Blick auf das Outdoor-Geschehen ermöglichten. Und dort, wo die Bögen am höchsten waren, standen rote Begonien oder weiße Orchideen in blauen Übertöpfen und tarnten neugierige Nasen. Benedikt bog rechts ab und ließ die Gardinenfenster hinter sich. Kurz darauf hatte er die Kapelle erreicht. Hier würde er garantiert nicht auf seine Oma stoßen. Er drehte eine kleine Runde und fuhr in die gegenüberliegende Gasse. Das Dorf war wie ausgestorben. Ein einziges Auto hatte Bene auf der Dorfstraße überholt. Ein paar Meter weiter brachte ein alter Mann im Schiesser-Doppelfeinripp den Müll raus. Am Ende der Straße fegte eine Frau den Bürgersteig und stützte sich schwer atmend auf den Besen, als der Kopf der Nachbarin über der Hecke erschien.

Bene radelte das nächste Sträßchen entlang und schaute sich um. Die alten Häuser standen in riesigen Gärten mit Obstbäumen und Gemüsebeeten. Dazwischen quetschten sich vier Neubauten, deren Grünflächen gerade Platz genug boten, um das scheinbar zwingend erforderliche Trampolin aufstellen zu können. Als Bene wieder in Richtung Kirche fuhr, konnte er hinter den Gärten die höheren Häuser erkennen, die die Dorfstraße säumten. Nach hinten raus hatte jede Wohnung ihren Balkon. Und einer davon fiel besonders auf. Dort leuchteten Blüten exotischer Pflanzen in Rot und Gelb neben Bäumen, die sich ihren Platz erstritten und die mäßigen Quadratmeter aus Beton in einen Dschungel verwandelt hatten, eine Kleinausgabe des Paradieses. Benedikt fuhr ein paar Meter weiter, in der Hoffnung, eine bessere Sicht auf den Balkon zu bekommen. Schließlich stellte er das Rad ab, zog sein Smartphone aus der Gesäßtasche und machte ein Foto.

Letztes Jahr hatte er mit seiner Mutter diskutiert, ob sie Erdbeeren in Säcken an der Balkonwand aufhängen sollten, damit dem Nachbarn der Blick auf ihre kleine Freiluftzone verwehrt wurde. Oder lieber einen Sichtschutz, dafür aber Cocktail-Tomaten in Töpfen, die seine Mutter kiloweise ranschleppte, weil sie sie für ein Grundnahrungsmittel hielt. Mittlerweile wohnte der Nachbar im Pflegeheim und der Balkon wies weder Tomaten noch Erdbeeren auf. Vielmehr diente er nur noch zum Wäschetrocknen und als zusätzlicher Abstellraum. Bene betrachtete das Foto auf dem Display. Ob Opa Jo die Bäume kannte? Den linken hielt Bene für eine Feige. Zwischen den großen markanten Blättern meinte er, Früchte zu erkennen. Allerdings waren sie grün statt blau. Er zuckte die Schultern, steckte das Handy in die Hosentasche und schwang sich aufs Rad. Plötzlich kam Leben ins Dorf. Ein Pulk Schüler radelte an ihm vorbei. Sie schwatzten, klingelten und lachten. Bene hielt Ausschau nach Marie und war froh, sie nicht zu entdecken. Für das Fahrrad seiner Oma hatte er keine passende Ausrede parat. Schon waren sie an ihm vorbei. Die Rucksäcke auf ihren Rücken wippten im Rhythmus der Beine hin und her.

32

»Was war das denn?«, fragte Tietke, als sie das Pfarrhaus hinter sich gelassen hatten und in den Wagen stiegen.

»Vergeudete Zeit«, schnaufte Rommerskirchen genervt. »Auf nach Bonn. Ich freu mich schon auf den nächsten komischen Kauz.« Sie legten die Strecke schneller zurück, als das Navi berechnet hatte, was die Laune der beiden Polizeibeamten steigen ließ. Unterwegs hatte Tietke mehrfach die Festnetznummer von Christopher Klein gewählt. Ohne Erfolg.

»Wo arbeitet der Kerl?«, wollte Rommerskirchen wissen.

Tietke wischte übers Tablet, bis er die Schule gefunden hatte, an der Klein seinen Dienst versah, und tippte die Adresse ins Navi ein.

Ein paar Minuten später standen sie im Schulsekretariat und erkundigten sich nach ihm. Noch ehe die befragte Sekretärin antworten konnte, schallte aus dem Nachbarzimmer eine tiefe Stimme: »Das sind ja unglaubliche Methoden.«

In der weit geöffneten Tür erschien eine große, breitschultrige Frau um die Sechzig im brombeerfarbenen Hosenanzug aus edel zerknittertem Leinen und mit blondiertem Kurzhaarschopf. Neben der Tür wies ein Schild darauf hin, dass hier die Direktorin residierte.

»Wahrscheinlich haben Sie Ihren Streifenwagen mit Blaulicht direkt vor dem Eingang der Schule abgestellt, was?«, raunzte sie die Beamten an. »Schon mal das Wort Diskretion gehört?«

»Da können wir Sie beruhigen«, erwiderte Rommerskirchen kühl. »Wir sind von der Kripo, fahren nie mit dem Streifenwagen und ganz selten mit Blaulicht. Außerdem wollen wir hier niemanden festnehmen. Wir erhoffen uns lediglich einige aufschlussreiche Informationen Ihres Mitarbeiters.«

Das Wort »beruhigen« gehörte offenbar nicht zum Wortschatz der Direktorin.

Sie überging das Ansinnen des Kommissars. Schließlich war

sie die Leiterin dieser Bildungsstätte und hatte ihre eigenen Sorgen.

»Wissen Sie, wie schnell der Ruf einer Schule ruiniert ist? Abgesehen davon, dass Ihr Besuch die Bedenken, die ich gegen Herrn Klein hege, nährt. Können Sie das verantworten?«

»Moment«, wiegelte Rommerskirchen ab, »Herr Klein steht nicht im Verdacht, irgendeine Straftat begangen zu haben. Er könnte uns lediglich wichtige Informationen liefern.«

»Sie versuchen, einen Mord aufzuklären, richtig? Und wollen mir weismachen, dass Kollege Klein nichts damit zu tun hat, sondern Ihnen lediglich! wichtige! Informationen! liefert? Das glauben Sie doch selbst nicht.« Sie drehte sich um und verschwand im hinteren Teil ihres Büros, der vom Sekretariat aus nicht einzusehen war.

»Aber genau so ist es, Frau ...« Rommerskirchen und Tietke blieben unschlüssig im Vorzimmer stehen.

»Schulz-Brandeisen«, dröhnte es aus dem Büro der Direktorin. »Jetzt kommen Sie schon endlich herein und schließen die Tür hinter sich, Herrgott noch mal.«

Die Polizeibeamten folgten der Aufforderung mit hängenden Schultern wie Schüler, die etwas ausgefressen hatten.

Direktorin Schulz-Brandeisen machte ihrem Namen alle Ehre. Sie hielt den Herren einen Vortrag über die täglichen Unterrichtsausfälle und das Jonglieren mit verfügbaren Lehrkräften. Über respektlose Schüler und Eltern, die entweder mit dem Anwalt drohten oder bekifft auf dem Sofa lungerten. Über den Anspruch ihrer Schule, jedem noch so widerstrebenden Geist die nötige Bildung zuteil werden zu lassen. Vor Rommerskirchens geistigem Auge entstand das Bild des armen Pädagogen, dem an jeder Hand zehn Piranhas und an den Waden drei Bulldoggen hingen, während es bei Tietke die armen Pennäler waren, die von übergroßen, hämisch grinsenden Dämonen gebeutelt wurden.

Es klopfte an der Tür und ein junger Mann steckte den Kopf herein.

»Sie kommen wie gerufen, Herr Klein. Besuch für Sie.« Frau Schulz-Brandeisen wies auf die vor ihr sitzenden Polizeibeamten. Sie erhob sich und deutete auf den ovalen Tisch am anderen Ende des Büros, um den sechs Stühle standen. »Ich überlasse Ihnen mein Reich, falls Sie mit dreißig Minuten auskommen.«

Sie griff nach der Zigarettenschachtel, die auf ihrem Schreibtisch lag, und rauschte an dem irritierten Lehrer vorbei nach draußen.

»Eigentlich wollte ich nur die Jugendherbergsvorschläge mit Frau Schulz-Brandeisen abstimmen. Von Besuch war mir nichts bekannt.« Klein sah verlegen auf die Unterlagen auf seinem linken Arm, trat endlich ganz ins Zimmer und schloss hinter sich die Tür.

Mittlerweile hatten sich Rommerskirchen und Tietke erhoben und vorgestellt. Christopher Klein legte den Prospektstapel auf den Konferenztisch und zog zwei Stühle zur Seite.

»Bitte setzen Sie sich.« Er ging um die Sitzgruppe herum, nahm den Beamten gegenüber Platz, schaute auf den Kaffeekranz, den eine längst weggeräumte Tasse hinterlassen hatte, und schwieg.

Schließlich ergriff Kommissar Rommerskirchen das Wort.

»Sie sind mit Stefan Weber befreundet?«

Der junge Mann nickte.

»Er hat uns gesagt, dass Sie ihn vom Tod Ihres gemeinsamen Freundes unterrichtet haben.«

»Dachte ich mir.«

»Haben Sie ihn informiert, dass Markus Overath tot ist?«

»Hab ich.« Christophers Blick streifte den Kuli in der Hand des Kommissars, huschte zum Block seines Kollegen, der eifrig Notizen machte, und glitt wieder zurück zum Kugelschreiber des Kommissars.

»Woher wussten Sie davon?«

Wieder sprang Christophers Blick über den Tisch, suchte nach Halt, den ihm weder eingebrannte Kaffeekränze noch Kugelschreiber oder Notizblöcke bieten konnten. Schließlich rückte er näher an die Tischkante, legte seine Hände flach auf die Platte und schaute hoch.

»Wir waren verabredet. Er ist nicht gekommen.«

Philip Rommerskirchen blickte auf die Hände des Pädagogen. Er traute der Geste nicht. Zu offensichtlich wollte sein

Gegenüber nicht alles auf den Tisch legen. Doch Rommerskirchen hatte Zeit und die besseren Nerven. Er würde warten, bis Christopher Klein seine Frage zufriedenstellend beantwortet hatte.

Der Befragte entzog seine Hände den Blicken des Kommissars und knibbelte mit Inbrunst an der Nagelhaut des rechten Daumens.

»Irgendwann bin ich rein. In die Kirche. ... Hab ihn gesucht.« Sein Blick ging zwischen den Kripobeamten hindurch in weite Ferne. »Da lag er.« Christopher schloss die Augen. Eine Falte bildete sich auf seiner Stirn. Seine Lippen bebten. Als er die Augen öffnete, lief ihm eine Träne über die glatt rasierte Wange und das kantige Kinn. Der Anblick des toten Freundes hatte eine tiefe Wunde in seine Seele gerissen.

Er war die Treppe heruntergestolpert, hatte die schlaffe Hand gestreichelt und ... das erste und einzige Mal ... ihn geküsst. Auf die Hand. Die Stirn. Die Wange. War zärtlich über sein Haar gefahren und hatte die schreckgeweiteten Augen zugedrückt. Doch der Anblick hatte sich in seine Netzhaut gebrannt und schlich sich seitdem jede Nacht in seine Träume. Dem Kommissar auch nur ein Wort darüber zu berichten, empfand er als Hochverrat. Ein Seelenstriptease, zu dem ihm die Kraft und die Veranlassung fehlten.

33

Die Küchenuhr machte unüberhörbar, wie langsam die Sekunden vergingen. Tick-Tick-Tick. Es war bereits viertel nach zwei. Cilli stemmte sich vom Küchenstuhl hoch, ging zum Fenster und schaute auf die Straße. Von Sabine keine Spur. Wo blieb sie nur? Noch nie hatte sie auf sich warten lassen. Kam meistens sogar früher. Cillis nackte, knubbelige Füße steckten in Gesundheitslatschen, die einmal weiß gewesen waren. Am rechten fehlte die Zier-Schnalle. Doch Zierrat konnte sich Cilli noch nie leisten.

Sie fror. Nackte Füße war sie nicht gewohnt. Schon seit Längerem fiel ihr das Strümpfeanziehen schwer. Und so hatte sie heute darauf verzichtet, weil Sabine kommen wollte. Um ihr die Füße zu machen. Mit einem warmen, duftenden Fußbad, Nägelschneiden und Eincremen. Eine Wohltat, die sie sich leisten konnte, da Sabine nichts dafür haben wollte. Trotzdem steckte Cilli ihr immer eine Kleinigkeit zu. Wo blieb sie nur?

Hatte sie die Tage durcheinandergebracht? Nein. Heute war Montag. Und im Kalender neben dem Herd stand: 14 Uhr Fußpflege Sabine.

Cilli nahm den Flötekessel vom Gasherd und füllte ihn bis obenhin mit Wasser. Vielleicht blieb Sabine noch auf eine Tasse Kaffee und ein Likörchen. Heißes Wasser brauchte sie eh fürs Fußbad. Cilli nahm das Stabfeuerzeug aus der Schublade, drehte den Gasknopf auf und zündete das ausströmende Gas an. Die kleinen blauen Flammen züngelten im Kreis um den Wasserkessel. Sie drehte das Gas niedriger, verstaute das Stabfeuerzeug wieder in der Schublade und schaute auf die Uhr. Halb drei.

Ob sie Sabine anrufen sollte? Wo hatte sie bloß ihre Nummer? Während Cilli noch suchte, klingelte es an der Tür. Erleichtert griff sie nach der Gegensprechanlage und drückte den Türöffner. Es summte kurz. Dann wirbelte Sabine die Treppe in den zweiten Stock hinauf. Sie war gut im Training und hatte noch Luft für eine Entschuldigung, als sie den Treppenabsatz vor Cillis Wohnung erreichte.

»Jut, datte da bis, Kink. Wie jedet disch?«, erkundigte sich Cilli Wilms. Sabine winkte ab und lächelte krampfhaft, während sie sich aus ihrer Jacke schälte.

»Am liebsten gut. Und wie geht es Ihnen? Was macht der Rücken?«

»Jot. Jot.«

In der Küche flötete der Wasserkessel und unterbrach das Begrüßungsritual. Cilli nahm den Kessel vom Herd und füllte etwas Wasser in eine viereckige rote Plastikschüssel, die in der Spüle stand. Sie drehte sich zu Sabine um.

»Käffken? Met Likörken?«

»Kaffee gerne. Likörchen für mich bitte nicht.«

Während Cilli den Porzellanfilter mit Filtertüte und Kaffeepulver füllte, kramte Sabine in ihrer Tasche. Sie beförderte ein Schraubglas mit Badesalz ans Licht, kippte davon eine ordentliche Portion in die rote Plastikschüssel und goss kaltes Wasser dazu. Mit der Hand prüfte sie die Temperatur und verrührte das Salz, bis es sich aufgelöst hatte. Der blumige Duft stieg gerade dezent aus der Plastikwanne auf, als ihn der frisch aufgebrühte Kaffee überlagerte.

Sabine rückte den Küchenstuhl zurecht, breitete einen Duschvorleger davor aus und setzte die Schüssel mit dem Badesalz darauf ab. Dann ordnete sie die benötigten Scheren, Feilen und Zangen auf ein am Boden liegendes Handtuch, sodass sie ihr Werkzeug griffbereit hatte.

Inzwischen war der Kaffee durchgelaufen. Cilli stellte die Kanne und die passenden Blümchentassen mit Goldrand auf den Küchentisch und goss ein.

»Büchsenmilsch«, murmelte sie vor sich hin, holte eine Dose aus dem Schrank und rammte den Dosenlocher in den Deckel. Das zweite Loch platzierte sie auf der gegenüberliegenden Seite. Sie griff ins Regal nach der Zuckerdose und stellte sie mit der Milch auf den Tisch. Dann kramte sie aus der Besteckschublade zwei Kaffeelöffel und legte sie neben die Tassen.

Auf dem Löffel neben Sabines Tasse waren mit vielen Schnörkeln die Initialen JK eingraviert. Sabine hob die Augenbrauen. »Jott Ka? Für was stehen die Buchstaben?« Jedes Thema war ihr recht, solange Frau Wilms nicht nach Mutter fragte. Fast jedes.

Cilli ließ sich auf den zurechtgerückten Küchenstuhl fallen, griff nach dem Löffel und betrachtete die verblassten Buchstaben, als ob sie sie zum ersten Mal zu Gesicht bekäme. Vorsichtig strich sie mit ihrem rauen Daumen darüber.

»Ach je«, seufzte sie und lächelte gequält. »Den hat misch dä Jupp för de Verlobung jeschenkt.«

Sabine runzelte die Stirn.

»Sie waren verlobt? Mit Jupp?«

Cilli winkte ab.

»Ärch lang hä. Up dä noch lävt?«

Versonnen streichelte ihr Daumen erneut über die Buchstaben, während ihr Blick auf einem imaginären schmucken jungen Mann ruhte.

»Jupp Kämmerling. Ne feine Kääl.«

»Was ist passiert?« Cilli knallte den Löffel auf den Küchentisch. Sie saß so gerade auf dem Stuhl, als hätte sie einen Besenstiel verschluckt.

»Nix«, antwortete sie endlich, »nix. Ins Kloster is dä jejange. Dat woret.«

Sie zog die Augenbrauen zusammen, schob den Unterkiefer nach vorne und schnaufte. Für einen kurzen Moment schloss sie die Augen. Dann schüttelte sie heftig den Kopf, fragte mit zuckersüßer Stimme »Käffken?« und reichte Sabine die Tasse. In ihre eigene löffelte sie Zucker und einen großen Schuss Büchsenmilch, rührte um und leckte den Löffel ab, bevor sie geräuschvoll einen kräftigen Schluck Kaffee nahm.

Endlich tauchte sie die knubbeligen Füße in die Plastikwanne. Sie passten soeben. Als junges Mädchen musste sie sie in anderer Leute abgelegte Schuhe stecken. Irgendwann hatten ihre Füße aufgegeben, sich zu wehren, und passten sich den Gegebenheiten an. Letztlich nicht nur die Füße.

»Du hästen Brasell met misch. Dabi häste su vill ane Jäng.«

»Ach, Frau Wilms, das ist doch keine Arbeit. Das tu ich doch gerne.« Sabine kniete sich vor die Schüssel, legte sich ein Handtuch über die Knie und stellte Cillis linken Fuß darauf.

Sie trocknete ihn sorgfältig ab, drückte sich Fußcreme in die linke Handfläche und verrieb sie zwischen ihren Händen, bevor sie behutsam den Fuß und die Zehen eincremte.

»Nä, nä, Kink, du bis än wohre Engel. Isch sachet disch. Un dä Pater hät fies Jlöck jehat, dat du do wors. Stell dich vör, dä hätt do tarelang jeläje un kinner hätt et jemerkt. Wie jeht et em denn?«

Sabine schluckte. Wie konnte sie sich als Held feiern lassen, wo sie doch letztendlich schuld am Zusammenbruch des Priesters war? Sie konzentrierte sich auf das Schneiden des dritten Fußnagels.

»Denke, ganz gut«, murmelte sie dabei und widmete sich Fußnagel Nummer vier. Die Nachricht von Pater Remigius' Zusammenbruch war wie ein Lauffeuer durchs Dorf geeilt. Mit Blaulicht und Tatü-Tata war er sofort ins St.-Martinus-Krankenhaus in der Stadt gebracht worden. Was Sabine anschließend zu Hause erwartet hatte, wollte sie lieber für sich behalten. Wie schrecklich Mama an dem Abend getobt hatte. Wie sie Sabine vorgeworfen hatte, dass sie sich um alle kümmere, nur nicht um ihre eigene Mutter. Dass sie irgendwann zu Hause läge und tot sei, weil die Tochter sich dauernd in der Weltgeschichte herumtreibe. Sie redete Sabine ein, sie sei schuld, weil sie nicht rechtzeitig da wäre. Weil sie sich nie darum kümmerte, wie es ihrer Mutter ging. Frau Kirschbaum hatte die angebrochene Whiskey-Flasche in einem Zug geleert und sie dann über dem Sofa an die Wand geworfen. Hatte die Tischdecke vom Couchtisch gerissen und dabei benutzte Gläser, den überquellenden Aschenbecher und die herumliegenden Zeitschriften auf dem Teppich verteilt. Sie hatte weiter gewütet, als Sabine angewidert das Zimmer verließ. Lauter, zorniger, weil niemand zuschaute.

Die gefürchtete Frage kam bei Zehennagel Nummer fünf.

»Und wie jedet dä Mamm?«

Sabine legte die Schere zur Seite. Sie konnte nicht weiterschneiden, ohne Frau Wilms zu verletzen, so zitterten ihre Hände. Sie bemerkte, dass ihr das Atmen durch die Nase schwerfiel, dann verschwammen Cillis Zehen vor ihren Augen, obwohl sie blinzelte, was das Zeug hielt. Ihre Wimpern flatterten wie Kolibriflügel. Doch es half nichts. Die Tränen flossen über ihre Wangen und waren nicht mehr zu stoppen. Sabine senkte den Kopf, lehnte ihn an die Knie der alten Frau und heulte wie ein kleines Kind, das sich das Knie blutig geratscht hatte und befürchtete, nie wieder laufen zu können. Cillis raue Hände streichelten zärtlich über ihr Haar. Sie murmelte tröstende Worte und wiegte sich und die Weinende sanft hin und her.

»Dat wät widder. Allet wät jot. Mer kriesche un mer laache widder. Un för jedet Wehwechen lött dä Herrjott en Krut wachse.«

Eine halbe Ewigkeit später hörte Sabine auf zu schluchzen, zog den Kopf aus Cillis Händen und suchte in ihrer Tasche nach einem Taschentuch. Sie schnäuzte sich die Nase, trocknete Wangen und Augen und versuchte zu lächeln.

»Die Mamma mäckt dich janz schön Trabbel, wat?«

Sabine nickte und nahm einen Schluck Kaffee.

»Isch hang Ziet, Kink. Un wennde et verzällt häst, jedet dinnem kleene Hezken widder jot. Dat kannste misch jlöven. Bei mir woret dä Vatter. Dä hätt jesoffe wie en Senk.«

»Ach, Frau Wilms«, seufzte Sabine, schniefte noch einmal und schüttete dann der alten Dame ihr Herz aus.

34

Als Bene das Fahrrad zurück an die Hauswand stellte, so wie er es vorgefunden hatte, stand die Haustür weit offen. Stimmen drangen auf die Straße. Die eine schimpfend und bestimmt. Wahrscheinlich der Olle aus der mittleren Etage, der nichts Besseres zu tun hatte, als im Fenster zu liegen und die Leute zu bespitzeln. Die andere Stimme war ruhig und beschwichtigend und gehörte Opa Jo.

›Brilliant weiß 1000‹ las Benedikt auf dem ovalen Eimer, der die Haustür offen hielt. Kaum hatte er die wenigen Stufen zum Eingang genommen, keifte der alte Mann los, wobei er mit ausgestrecktem Arm auf Benedikt zeigte: »Sehense. Jedes Gesocks läuft hier einfach ins Haus. Hab ich es Ihnen nicht gerade gesagt?«

»Dieses Gesocks ist unser Enkel Benedikt«, erwiderte Opa Jo ruhig und klopfte ihm wohlwollend auf die Schulter. Bene grüßte Herrn Heinrich artig mit Namen und Uhrzeit und drückte sich an den beiden Streitern vorbei. Er zog sein Handy aus der Tasche und deutete nach oben ins Treppenhaus. Walter Heinrich runzelte die Stirn.

»Dort oben ist der Handy-Empfang besser«, erklärte Opa Jo, um wilden Spekulationen den Boden zu entziehen. Der Nachbar zuckte die Schultern. »Da kriejema noch richtig Spass«, grummelte er vor sich hin und verließ das Haus, ohne sich von Jo zu verabschieden.

Bene rannte die Treppe hinauf und reckte neugierig den Hals, als er an der offenen Wohnungstür auf der zweiten Etage vorbeikam. Nichts zu sehen. Nichts zu hören. Dieses Mal setzte er sich nicht ganz oben unters Dach. So konnte er mit seinem Handy nach den passenden Bäumen im Internet suchen und gleichzeitig beobachten, ob der coole Philip den Zuschlag für die Wohnung bekommen hatte.

Als er das Bild zum ersten Suchbegriff auf dem Display hatte, nickte Bene zufrieden. Ganz so schlecht, wie seine Bio-

Lehrerin meinte, waren seine Botanik-Kenntnisse nicht. Der Baum mit den grünen Früchten war tatsächlich eine Feige. Aus der Wohnung unter ihm hörte er Stimmen.

»Rike, ich bin kein Bürohengst mit festen Arbeitszeiten.« Die Titelmelodie des Tatorts dröhnte durchs Treppenhaus, als Philip Rommerskirchen sein neues Domizil verließ. »Bis zum Wochenende ist alles gestrichen. Versprochen«, rief er und hielt sich das Handy ans Ohr. »Björn? Was gibt's?« Während der Kollege ihn auf den neuesten Stand brachte, schweifte der Blick des Kommissars umher und entdeckte schließlich Bene oben auf der Treppe. »Halt mich auf dem Laufenden«, beendete er das Gespräch, kletterte die Stufen hoch und setzte sich neben ihn.

»Hi.«

»Hat also geklappt mit der Wohnung?«

»Ja. Am Samstag sind wir die neuen Nachbarn. Kommst du zur Einweihungsparty?«

»Klar. Cool.« Bene grinste von einem Ohrläppchen zum anderen.

»Und? Womit schlägst du in diesem Wahnsinnskaff die Zeit tot?« Rommerskirchen schielte auf Benes Handy.

»Hab nen Urwald entdeckt mit voll schrägem Gestrüpp und frag mich grade, was das sein kann.«

»Solange es keine Hanfplantage ist«, witzelte der Kriminalkommissar. »Lass mal sehen.«

Bene reichte ihm das Handy. »Der Baum links ist ne Feige. Aber der daneben?«

Rommerskirchen kratzte sich am Kinn. Irgendwo hatte er diesen Baum schon einmal gesehen. War das nicht …? Er zückte sein Smartphone, um den Gedanken zu überprüfen.

35

Die Musik wummerte Benedikt bereits entgegen, als er die Hand auf die Türklinke zum Pfarrzentrum legte. Inständig hoffte er, dass es in der Teestube auch etwas zu essen gab, wenigstens ein paar Kekse. Sein Magenknurren würde bei der lauten Musik zwar niemand hören, aber mit leerem Bauch konnte er sich schlechter konzentrieren. Er folgte den Bässen die Treppe hinunter und erinnerte sich, dass Oma Kati den Jugend-Club anfangs in den Kellerräumen veranstaltet hatte. Mittlerweile hatte sich die Veranstaltung aber herumgesprochen und die Kellerräume waren zu klein geworden. Der Andrang auf die Teestube schien nicht ganz so groß. Hinter der selbst gezimmerten Theke aus blau lackiertem Holz stand ein Junge, der etwa so alt war wie Bene. Er stellte gerade drei Stövchen auf die Theke und zündete die Teelichte darin an. Auf das erste Stövchen setzte er eine chinesische Teekanne, die mit Bambusblättern und Schriftzeichen bemalt war. Der Duft von Kokosnuss und Waldbeeren erfüllte den Raum. Als er Bene entdeckte, brüllte er ihm ein »Hi« entgegen und drehte die Musik leiser.

»Ich bin Moritz.«

»Bene.«

»Der andere Tee ist auch gleich fertig. Willste ne Tasse?«

»Gern.«

Moritz kramte hinter sich im Schrank und förderte ein Sammelsurium an Teeschälchen und -tassen ans Licht.

»Neu hier?«

Er goss Tee in eine Tasse mit Rosen und stellte sie auf die Theke.

»Zu Besuch.«

Bene zog sich einen Barhocker heran und setzte sich vor die Teetasse, während Moritz braunen Würfelzucker und Kaffeesahne zwischen die Stövchen platzierte.

»Bei?«

Er riss eine Packung Schoko-Cookies auf und stellte die Kekse mit der Plastikschale neben den Zucker.

»Meiner Oma.« Bene lief das Wasser im Mund zusammen. Er roch nur noch Schoko-Cookies.

»Hat die auch nen Namen?«

Sie waren allein. Warum sollte er den gut Erzogenen spielen? Moritz war nicht mal ne Chick, für die sich das Theater vielleicht noch gelohnt hätte. Bene griff nach dem Keks, schob ihn sich in den Mund und antwortete kauend:

»Katharina.«

Moritz holte Luft, um etwas zu sagen, machte dann eine Handbewegung, als ob er Fliegen verscheuchen wollte, und blickte zur Tür.

»Hey Patrick.«

»Hi Moritz.«

Die beiden Jungs klatschten sich über der Theke ab. Das Teelicht des letzten Stövchens flackerte ängstlich. Der Neuankömmling zog sich einen Barhocker heran und setzte sich neben Bene. Er legte ihm die Hand auf die Schulter wie einem alten Bekannten. »Schön, dich zu sehen.«

»Ihr kennt euch?«, fragte Moritz und hob die Augenbrauen.

»Na klar. Ihr doch auch«, erwiderte Patrick. »Der Enkel von Frau Küppers, stimmt's?«

Auf Moritz' Gesicht erschien ein erkennendes Lächeln. Der Einzige, der sich nicht erinnerte, war Bene. Er hockte wie ein unförmiger Sack Kartoffeln vor seinem Tee und kramte ohne Erfolg in seinem Gedächtnis.

»Dafür muss man sich nicht schämen«, missdeutete Moritz Benes Haltung. »Deine Oma ist doch voll okay. Würd ich glatt nehmen, wenn ich mir eine aussuchen könnte.«

»Vergiss das Gequatsche im Dorf«, pflichtete Patrick ihm bei.

»Ihr glaubt nicht, dass sie den Kaplan umgebracht hat?«

»Alter, spinnst du? Die Küppers doch nicht! Äh, ‹tschuldigung, deine Oma doch nicht!«

»Wer dann?«

Patrick zuckte die Schultern und orderte einen Tee aus der zweiten Kanne, der nach Zitrone roch.

Bene wusste, dass ihm seine nächste Frage das Genick brechen konnte. Er nippte an seinem Tee, ließ ein Stück Zucker hineinsinken und fragte so harmlos und nebenher, wie er konnte: »Und Marie?«

Die Teestuben-Betreiber musterten Bene plötzlich zurückhaltend.

»Was ist mit Marie?« Patrick sprach so leise, dass man ihn kaum verstand. Benes Nackenhaare stellten sich auf. Falsche Frage. Scheiße. Er holte tief Luft.

»Ich hab sie am Samstag in der Kirche gesehen. Sie hat ein Bild vom Kaplan vor den Altar gestellt. Hat sie keinen Verdacht?«

Moritz entspannte sich, zuckte die Schultern und fischte das Teesieb aus der dritten Kanne. Dann schielte er zu Patrick hinüber, der kaum merkbar den Kopf schüttelte. Bene nahm es regungslos zur Kenntnis und nippte an seinem Tee.

»Kommt sie zur Teestube?«, versuchte er das Gespräch neu zu starten.

»Selten.« Patrick glitt vom Barhocker und stellte seine Tasse hinter die Theke. Seine Kiefermuskeln spannten sich unter den spärlichen Barthaaren und sein Blick durchbohrte Bene, der ihm nicht lange standhielt. Bene stellte seine leere Tasse auf die Theke.

»Noch Tee?«

»Ja gern.«

Patrick griff nach der nächsten Kanne und goss rötlichen Tee in die Rosentasse. Bene hielt die Nase darüber und tippte auf Rooibosh mit Pfirsich. Er spürte Patricks durchbohrenden Blick wie einen Sonnenbrand auf seinem Gesicht und versuchte, ihm so gut wie möglich auszuweichen. Lässig, hoffte er zumindest, griff er nach dem Zucker und ließ ein Stück in den Tee plumpsen, dass es spritzte. Ungefragt schob ihm Patrick einen Löffel über die Theke und goss sich selbst Tee nach. Ohne einen Ton verließ Moritz den Raum. Patrick sah ihm nach, umrundete die Theke und kletterte wieder neben Bene auf den Barhocker.

»Marie ist speziell.« Er nippte an seinem Tee und schaute in die Flamme des Stövchens. Dann drehte er sich um und blickte zur Tür. »Scheiße, Mann. Sie ist okay. Aber deshalb muss man ihr ja nicht sein Herz vor die Füße schmeißen.« Er verzog den Mund zu einem traurigen Grinsen.

»Wie der Kaplan?«, mutmaßte Bene.

»Scheiße, nein. Markus doch nicht.« Wieder glitt sein Blick zur Tür. »Moritz hat's voll mies erwischt.« Er schüttelte traurig den Kopf. »Aber bevor du jetzt denkst, er hätte Markus umgebracht ...«

»Den Kaplan?«

Patrick nickte. »Moritz hat ein anderes Verbrechen begangen. Hat ihr nen Brief geschrieben. Voll wie früher. Mit Kuli auf Papier. Und Axe Temptation drauf. Ganz Niederbroich hat danach gestunken.« Er zuckte die Schultern und seufzte. »Marie hat den Brief gelesen, geküsst und zwischen ihre Hupen gesteckt. Moritz ist fast erstickt. Und dann trällert die Chick, ›Dein M.‹ wäre ihr Lover. Aber geheim. Scheiße, Mann.« Patrick nahm einen großen Schluck Tee. »Sie hat Moritz voll ignoriert. Drei Tage hat der bei mir nur geheult.«

»Scheiße, Mann.«

»Sag ich doch.«

»Hat Marie gedacht, der Brief wäre vom Kaplan?«

Patrick runzelte die Stirn und sah Bene skeptisch an.

»Keine Ahnung, Mann.« Er zuckte die Achseln und verschränkte die Arme vor der Brust. »Markus war voll Kaplan. Voll straight, wenn du weißt, was ich meine. Freundin kam für den nicht in Frage. Nee.« Er schüttelte energisch den Kopf. »Aber, wenn Liebe blind macht ... Schon möglich. Was weiß ich. Bin ich Marie?«

36

Das Klavier stand mitten im Pfarrsaal, die Stühle waren ihm gegenüber in vier Gruppen und mehreren Reihen vor den Fenstern aufgestellt. Gelächter hallte durch den Saal, große Männer mit breitem Kreuz begrüßten sich lauthals mit Schulterschlag, schmalere mit festem Händedruck. Die Frauen empfingen Hinzukommende mit Küsschen oder Umarmung. Die einen würden nach der Chorprobe ihre Kehlen mit Bier schmieren, die anderen bevorzugten Wein oder Likörchen.

Hedwig Hamacher schleppte eine Waschbütte mit Notenmappen herein und begann, sie auf den leeren Stühlen zu verteilen oder den Sängern in die Hand zu drücken, die sich bereits einen Platz gesucht hatten.

Langsam füllten sich die Reihen, wobei die Tenöre als Erste vier Stühle belegten und die kleinste Gruppe bildeten, dafür aber meistens vollzählig waren.

Links außen schwatzte der Sopran, die größte Gruppe und dadurch auch die stimmgewaltigste. Die Frauen steckten die grauen und weißen, rot- und blondgetönten Köpfe zusammen und dehnten ihre Gespräche gerne bis in die Reihen der Alt-Sängerinnen aus.

Der Bass besetzte die Stühle am rechten Rand, verfügte über die kräftigsten Händedrücker und die lautesten Lacher und vermittelte daher den Eindruck, dass die lustigsten Anekdoten bevorzugt in dieser Ecke zum Besten gegeben wurden.

Hedwig Hamacher setzte sich in die zweite Reihe des Soprans und erkundigte sich gerade bei der Sitznachbarin nach dem Befinden, als Kati Küppers den Saal betrat. Ein Gespräch nach dem anderen verstummte. Nur im Bass wurde weiter gelacht und gescherzt.

Katis Lächeln erstarrte zu einer unbeweglichen Grimasse. Hätte sie nur nicht das Alt-Solo übernommen. Dann hätte sie jetzt auf dem Absatz kehrtmachen können, ohne die Aufführungen in der Advents- und Weihnachtszeit zu gefährden. Sie straffte den Rücken und atmete tief durch. »Heilige Cäcilia, über Unterstützung bei diesem Spießrutenlauf, in welcher Form auch immer, würde ich mich jetzt echt freuen«, betete sie im Stillen.

Im gleichen Moment trat der Chorleiter Dr. Jochen Überleitner ein.

»Guten Abend, meine Damen und Herren«, schallte seine dunkle Stimme durch den Saal. Er ließ seine braune Ledertasche neben das Klavier fallen und ging auf die Küsterin zu.

»Frau Küppers.« Seine Stimme klang jetzt höher und hüpfte ein wenig. Er fasste Kati bei den Schultern und strahlte. »Ich hatte schon die schlimmsten Befürchtungen. Alpträume haben mich gequält. Die Aufführung der Theresien-Messe ein einziges Fiasko.« Er verdrehte die Augen, zog laut schnaufend die Luft durch die Nase ein und gleichzeitig die Achseln hoch. Dann ließ er die Schultern fallen und presste gut hörbar die Luft aus seiner Lunge, sodass Katis Schal in Wallung geriet. Er klopfte ihr mehrmals kräftig auf die Oberarme. »Aber jetzt wird alles gut. Alles gut.«

»Nur wenn Sie mich leben lassen«, entgegnete sie und rieb sich die malträtierten Stellen. Dr. Jochen Überleitner erstarrte mitten in der Bewegung, seine Augen wurden rund, seine Kinnlade fiel herunter. Als er sah, dass Kati lächelte, fing er sich wieder, hüstelte verlegen und ließ die Arme sinken.

»Natürlich«, erwiderte er hastig, »Verzeihung. Natürlich. Leben lassen.« Er lachte gekünstelt, klappte den Deckel des Klaviers auf, zog die Hose hoch, bevor er sich setzte, und schlug den Kammerton a an.

»Mimimimi«, stimmte er seine Stimme auf den Klavierton ab. Dann griff er nach der Aktentasche, kramte den Notensatz hervor und platzierte ihn sorgfältig in der richtigen Reihenfolge vor sich auf den Notenständer. Er nahm seine Brille ab, zupfte einen Zipfel seines Hemdes aus dem Hosenbund und rieb damit die Gläser sauber, bevor er die Brille wieder auf seine Nase schob und den Hemdenzipfel zurück in die Hose stopfte.

Er reckte das Kinn nach vorn und musterte die bereits anwesenden Sängerinnen und Sänger. Gemächlich setzten diese sich in die verschiedenen Gruppen, während ein paar Nachzügler den Saal betraten. Der Chorleiter schaute auf die Uhr.

»Wir machen heute eine zweiteilige Probe. Erst üben wir die Stücke für den Chor. Um einundzwanzig Uhr folgt dann die Probe mit den Solisten.« Wieder kramte er in seiner Aktentasche und murmelte vor sich hin: »Sofern sie bis dahin erschienen sind.« Er schob die Brille auf den Nasenrücken hoch, während er erneut seinen Blick über die Reihen der Chormitglieder gleiten ließ. »Weiß jemand etwas von Frau Kirschbaum? Sie ist hoffentlich nicht krank.« Das Schulternzucken, Kopfschütteln und Getuschel wertete Dr. Jochen Überleitner als beruhigendes Signal. Sicher hätte sie sich sonst gemeldet. Hoffte er inständig.

Dass er ein unkalkulierbares Risiko eingegangen war, die weiblichen Solisten aus den Reihen des Chores zu rekrutieren, wurde ihm erst jetzt schmerzlich bewusst und trieb ihm den Schweiß auf die Stirn. Da mussten sie nun durch. Alle gemeinsam.

Er spielte einfache Tonfolgen auf dem Klavier und sang sie erst auf ›Mimimi‹, später auf ›Sososo‹ nach. Der Chor folgte ihm. Nach ein paar Minuten waren die Stimmbänder gelockert.

»Beginnen wir mit dem Kyrie. Und zwar an der Stelle nach den Soli.« Die Sänger schlugen ihre Mappen auf, während der Chorleiter die vier Anfangstöne anschlug, zu denen sich Sopran, Alt, Tenor und Bass einsummten. Er griff in die Tasten und der Chor stimmte ein. Das Kyrie schallte beschwingt durch den Saal, als Sabine Kirschbaum hereinhuschte und sich auf den letzten freien Stuhl in der ersten Reihe des Soprans schlich. Sie zog Mütze und Handschuhe aus, verstaute sie in der Handtasche und diese unter ihrem Sitz. Dann lockerte sie den Schal und schlüpfte aus der Jacke. Neben ihr schmetterte Cilli Wilms »Kyrie« und hielt Sabines Notenmappe, bis sie bereit war, mit einzustimmen.

Der Chorleiter warf Sabine ein glückliches Lächeln zu, ohne dabei den Chor aus den Augen zu verlieren. Oder besser aus den Ohren. Ihm entging nichts. Nicht der Patzer des Basses, der an der falschen Stelle Luft geholt und den Wiedereinstieg verpasst hatte. Nicht die Dame im Sopran, die den hohen Ton vor dem zweiten Solo-Part nicht traf und so ihre Mitsängerinnen mit sich in die Tiefe riss. Nicht das daraus folgende Gekichere aus dem Alt.

»Für den heutigen Anfang durchaus passabel«, kommentierte er die Leistung. »Aber wir arbeiten ja schon länger an diesem Stück. Ich hatte gehofft, keine weitere Zeit auf einzelne Passagen vertrödeln zu müssen. Also, meine Damen, meine Herren, Konzentration bitte. Und noch einmal.«

Er griff in die Tasten, ruckte das Kinn, und die Sängerinnen und Sänger stimmten ein. Der Bass atmete im richtigen Rhythmus, die Sopranistin hielt sich bei den Tönen zurück, die sie nicht sicher traf, und die Sängerinnen im Alt hatten keinen Grund mehr zu kichern. Und obwohl sich das Prozedere nach Disziplin und Anstrengung anhörte, trat der Effekt ein, der sich in jeder erfolgreichen Chorprobe einstellt. Der Gesang beflügelte die Sänger, ließ sie zu einer Einheit zusammenschmelzen und schüttete jede Menge Glückshormone aus. Schließlich sogar bei Dr. Jochen Überleitner, bei dem die Anspannung am höchsten war und daher der Prozess des Stressabbaus am längsten dauerte. Um halb neun hörten sich die Stücke, die er für diese Probe vorbereitet hatte, so an, wie er es sich wünschte. Seine Augen leuchteten, als er nach dem Agnus Dei dem Chor applaudierte.

»Ich bin beeindruckt. Und begeistert. Vielen, vielen Dank. Und jetzt haben Sie sich eine halbe Stunde Pause verdient.«

Schon sprangen die Ersten auf, um sich anzustellen. Wer den Begriff T-T-Pause geprägt hatte, ließ sich nicht mehr genau nachvollziehen, aber jeder wusste, was damit gemeint war. Und jeder hatte seine eigene Priorität, ob er sich nun zuerst dem T der Toiletten zuwendete oder dem T des Tresens. Ganz schnelle schafften auch Toilette - Tresen - Toilette. Wenige Tresen - Toilette - Tresen, da die Blase mit zunehmendem Konsum und Alter nicht immer in der gewünschten Art und Weise mitspielte.

Neben Kati tauchte Sabine Kirschbaum auf.

»Kann ich Ihnen etwas mitbringen?«, fragte sie und lächelte. Kati Küppers schüttelte den Kopf und erhob sich.

»Ich weiß noch nicht recht, wonach mir der Sinn steht. Wasser oder Wein?« Sie zuckte mit den Achseln.

»Bloß kein Wasser. Das ist immer eisgekühlt. Damit ruinieren Sie sich die Stimme und bringen Herrn Dr. Überleitner aus der Fassung.«

»Mmh.« Kati grinste verschmitzt, während sie der Versuchung nur schwer widerstehen konnte. Als sie Sabines besorgtes Gesicht sah, legte sie ihr die Hand auf den Arm. »Keine Angst. Ich hab ihn heute schon genug erschreckt. Was nimmst du?«

Sabine zögerte. Wenn der Wirt hinter der Theke stand, würde sie einen doppelten Espresso bestellen, denn er beherrschte als Einziger den neu angeschafften Kaffeevollautomaten. Bediente seine Frau, fiele ihre Wahl auf Pfefferminztee. »Rotwein«, sagte sie stattdessen, und ehe sie den Fehler korrigieren konnte, hatte die Küsterin zwei Gläser geordert und bezahlt.

»Jut datt du hier bis, Kati-Schätzeken.« Eine braungebrannte Mittsechzigerin gesellte sich zu ihnen. Ihre Lippen leuchteten in einem aufdringlichen Rot, während der aufgetragene Lidschatten wohl den Himmel widerspiegeln sollte. Was er auch tat, wenngleich weniger durch seine Farbe als aufgrund seiner Wölbung.

»Wo sollte ich sonst sein?«, erwiderte Kati gereizt. Sie hielt still, als Sigrid ihr links und rechts Wange an Wange ein Küsschen ins Ohr schmatzte. Uralte Schulfreundinnen konnten ein Segen sein. Sigrid hingegen war Kati stets ein Pfahl im Fleisch ihrer Selbstbeherrschung.

»Kaum sind wir mal auf Barbados«, sprach sie laut genug, dass auch die weiter weg Stehenden sie noch hörten, »da steht ganz Niederbroich Kopf.« Sabine Kirschbaum warf Kati einen bedauernden Blick zu und nippte an ihrem Wein.

»Jetzt sach doch mal. Wat is wirklich passiert? Gerüchte hab ich schon genug gehört.«

»Wenn ich das wüsste«, entgegnete Kati knapp. Dann würde ich es dir als Allerletztes sagen, beendete sie den Satz in Gedanken. Als ihr Blick zur Tür schweifte, hob sie die Augenbrauen. Der folgende Tumult enthob sie weiterer Fragen.

37

»Meine Herren, da sind Sie ja.« Dr. Jochen Überleitner schüttelte den beiden Männern, die gerade den Pfarrsaal betreten hatten, überschwänglich die Hand.

»Sie haben uns erwartet?«, fragte der Jüngere mit der löchrigen Jeans und dem angedeuteten Bart sichtlich überrascht.

»Nicht so früh«, gab der Chorleiter zu, »aber gut, dass Sie schon da sind. Dann können wir pünktlich um einundzwanzig Uhr fortfahren.«

»Sie sind aber optimistisch«, entgegnete der junge Mann mit Blick auf sein Handy. Dr. Jochen Überleitner runzelte die Stirn. »Zunächst stelle ich Ihnen die beiden Solistinnen vor.« Er schaute sich suchend um und entdeckte Kati Küppers und Sabine Kirschbaum in der Nähe des Tresens.

»Bitte, machen Sie sich keine unnötigen Umstände«, unterbrach ihn der junge Mann. »Wir würden gerne kurz ein paar gezielte Fragen an alle Anwesenden stellen.«

Den Chorleiter beschlich ein Verdacht.

»Sie sind nicht die erwarteten Solisten, richtig?«

Der junge Mann schüttelte den Kopf und zückte seine Polizeikarte. »Kriminalkommissar Rommerskirchen. Mein Kollege Tietke.« Mit einer beiläufigen Handbewegung deutete er auf den Mann neben sich.

Dr. Jochen Überleitner schnappte nach Luft. Sein Hals bekam rote Flecken, die sich schnell über die Wangen bis zu den Ohrläppchen ausbreiteten.

»Das ist nicht Ihr Ernst«, krächzte er, lauter als beabsichtigt. Die Gespräche der Umstehenden verebbten. »Wie kommen Sie dazu, meine seit Ewigkeiten geplante Solisten-Probe für Ihre Befragungen zu missbrauchen? Herr … Herr Kommissar.« Er kramte in den Hosentaschen nach einem Taschentuch, um sich die Schweißtropfen von der Stirn zu wischen, fand aber keins.

Mittlerweile waren sämtliche Plaudereien im Saal verstummt. Alle verfolgten gespannt den Verlauf des Gesprächs der drei Gestalten am Eingang. Björn Tietke wich unwillkürlich einen Schritt zurück, während sein Vorgesetzter beschwichtigend die Hände hob.

»Wenn Sie uns arbeiten lassen, lassen wir Sie so schnell wie möglich weiterproben.«

Dr. Jochen Überleitner biss die Zähne aufeinander und schüttelte verärgert den Kopf. »Keinen Respekt vor der Kunst«, grummelte er vor sich hin. Dann wies er auf den Platz vor dem Klavier und sagte laut: »Bitte, meine Herren. Ihre Bühne.« Doch statt sich in die Reihen der Sänger zu stellen und den Fragen der Polizeibeamten zu folgen, verließ der Chorleiter lauthals schimpfend den Saal. Ohne den weißen Schal umzubinden, der ihn sommers wie winters begleitete, sobald er ins Freie trat.

38

Pater Remigius stand im dunklen Zimmer am offenen Fenster und blickte in die Dämmerung. Auf der gegenüberliegenden Straßenseite lag eine junge Katze auf der Lauer und nahm schließlich ohne erkennbaren Grund Reißaus. Der angrenzende Park bot ihr genug Deckung. Im Schein der Straßenlaterne, deren gerade entflammtes Licht mit jeder Sekunde heller wurde, tanzten vereinzelt Regentropfen. Der Priester nahm noch einen tiefen Atemzug und schloss das Fenster. Kurz spielte er mit dem Gedanken, Frau Küppers anzurufen, um sie zu bitten, seine Küchenkräuter von der Terrasse zu retten, falls es in dieser Nacht den ersten Frost gäbe. Doch dann verwarf er den Gedanken. Er hatte die Küsterin selbst von ihrem Dienst beurlaubt. Sie jetzt um einen privaten Gefallen zu bitten, schien ihm unmöglich. Zumal er eben keine Privatperson war. Er hatte sich dazu entschieden, dem Herrn nachzueifern. Und der hatte nicht getrennt zwischen privat und öffentlich. Welche Pillen verabreichten sie ihm, dass er darüber nachdachte, wie viel Krankheitstage sich der Herr gewährt hätte? Schon die Idee ... Absurd. Gott war Herr über Krankheit und Tod ... Morgen würde er die Schwester nach den Nebenwirkungen der Tabletten fragen. Außerdem wurde es Zeit, das Krankenhaus endlich wieder zu verlassen. Gerade wollte er sich vom Fenster abwenden, als ein Mann auf der gegenüberliegenden Straßenseite seine Aufmerksamkeit erregte. Er hatte den Kopf nach vorne geschoben wie eine neugierige Schildkröte. Die muskelbepackten Arme pendelten am Körper vor und zurück. Wie ein einsamer Cowboy trat er aus der Dunkelheit in den Lichtkegel der Straßenlaterne. Pater Remigius hatte ihn bereits am Gang erkannt. Unter der Laterne sah er kurz sein Gesicht aufleuchten, dann setzte der Mann den Rucksack zwischen seinen Füßen auf dem Pflaster ab und wühlte darin herum. Am Hinterkopf wurde das Haar dünn und ließ die Kopfhaut durchschimmern. Der Pater grinste. Keines seiner

Schäfchen wäre als Heiliger durchgegangen. Ob mit oder ohne Tonsur. Aber niemand von ihnen war weiter davon entfernt als Michael Schulze.

Mittlerweile hatte der Brudermeister einen froschgrünen Schirm aus der Tasche gezogen mit dem Aufdruck eines Unternehmens für Telefonie und entzog seine Geschäftigkeiten so den Blicken des Priesters. Pater Remigius runzelte die Stirn, kratzte sich am Hinterkopf. Etwas irritierte ihn. Der Schirm! Hatte er Michael Schulze je zuvor mit einem Schirm gesehen? Schulze und Schirm passten so gut zusammen wie Badelatschen und Smoking. Außerdem hätte man bei dem Wetter vielleicht noch den Jackenkragen hochgeschlagen, doch für die drei Tropfen niemals einen Schirm aufgespannt. Pater Remigius stützte die Hände in die Lenden und dehnte den Rücken. Durch ein Zipperlein würde er sich jetzt nicht von seinem Aussichtspunkt vertreiben lassen.

Michael Schulze war ein Schlitzohr. Flutschig wie nasse Seife und anpassungsfähig wie ein Chamäleon, kam er bisher immer unbescholten davon. Ab und zu erleichterte er sein Gewissen durch die Beichte bei Pater Remigius, was den Umgang mit ihm für den Pater nicht leichter machte. Im Gegenteil. Der Priester hielt es für eins der perfiden Spielchen, die sich Schulze mit seinen Mitmenschen erlaubte. Während ihm die Mitwisserschaft Bauchgrimmen bereitete, spann Michael Schulze munter neue Verstrickungen, die ihn früher oder später zu Fall bringen mussten. Hoffte der Priester. Denn die Beteuerungen, sich zu bessern, endeten jenseits des Beichtstuhls und seine aufrichtige Reue spätestens beim Verlassen der Kirche. Alle Hilfsangebote des Priesters schlug er gedankenlos in den Wind. Pater Remigius seufzte. Was, wenn er nun Zeuge eines weiteren Fehltrittes wurde? War es sündige Neugier, die ihn auf seinem Beobachtungsposten hielt? Oder flammende Nächstenliebe? Ehe sich der Priester über den wahren Beweggrund seiner Neugier klar wurde, trat ein Mann aus dem Park und stellte sich neben Schulze in den Lichtkreis der Straßenlaterne. Er trug einen schwarzen Kapuzenpulli, aus dessen Kängurutasche er jetzt ein Päckchen herauszog. Eilig wickelte er die Schnüre ab und entfaltete den dunklen Stoff.

Pater Remigius erhaschte nur einen kurzen Blick auf das mit Gold und Edelsteinen besetzte Glasröhrchen, bevor der Regenschirm ihm die Sicht nahm, doch dieser Moment reichte aus, um die Sachlage zu erfassen. Schließlich war ihm der Umgang mit derlei Gegenständen seit Jahren vertraut. Unwillkürlich hielt der Priester die Luft an, während er fieberhaft nach einer Lösung für das Dilemma suchte, in das er sich gerade hineinmanövrierte. Er rieb die feuchten Handflächen aneinander, faltete die Hände und schickte ein Stoßgebet zum Himmel. Noch bewegten sie sich in einer Grauzone. Noch war kein Geld geflossen. Noch könnte er das Fenster aufreißen und Michael rufen. Noch ...

Im Schein der Laterne wechselten das Päckchen und ein paar Geldscheine die Besitzer. Damit war die Grenze zur Legalität überschritten. Er hatte zu lange gezaudert. Pater Remigius ließ Kopf und Schultern hängen, schlurfte zu seinem Schlafplatz und sackte auf die Bettkante. Im Herzen wusste er, dass das, was er gerade beobachtet hatte, im konkreten Fall durch sein Eingreifen verhindert worden wäre. Viel wahrscheinlicher aber war, dass es sich um den Auftakt einer neuen Geschäftsstrategie handelte, die in Michael Schulzes Hirn wie Pilze aus dem Boden schossen. Was also war zu tun? Der Pater schlüpfte aus seinen Latschen und steckte die Füße unter die Bettdecke. »Den Seinen gibt's der Herr im Schlaf.« Darauf vertraute er. Immer schon. Und noch nie vergeblich. Morgen würde er weitersehen.

39

Die Nacht war kalt und klar. Die letzten Wolkenfetzen hatten sich verzogen und die Sterne funkelten, als wären sie extra poliert worden. Sabine summte ihr Credo-Solo vor sich hin und hüpfte dazu im Takt zwei Schritte vorwärts und einen zurück. Gelegentlich fügte sie ihrer Choreographie eine Pirouette hinzu, verneigte sich vor dem unsichtbaren Publikum und kicherte. Dabei wäre ihr in der Probenpause fast der Kragen geplatzt.

»Das ist der Typ, mit dem ich nach dem Taizégebet einen Rotwein getrunken habe«, hatte sie Kati zugeraunt. »Was macht der hier?«

»Kommissar Rommerskirchen?«, hatte die Küsterin mit gerunzelter Stirn zurückgezischelt.

Ehe sich die Frauen einen Reim auf ihre neuen Informationen machen konnten, bat der Kommissar um Ruhe. Er stellte sich und seinen Kollegen vor und bat um Unterstützung der Anwesenden, falls ihnen irgendetwas Verdächtiges in oder um die Kapelle in den letzten Tagen aufgefallen wäre. Dann mahnte er, dass die Mitwirkung an der Aufklärung sämtlicher Verbrechen erste Bürgerpflicht sei. Und ehe Kati und Sabine ihrer Empörung Luft machen konnten, hatte Rommerskirchen nebst Nordlicht-Kollege Tietke bereits den Saal wieder verlassen.

Sie hätten die Probe tatsächlich pünktlich weiterführen können, wenn der außerordentliche Polizeibesuch nicht zu neuen Gerüchten und Theorien beigetragen hätte. Immerhin hatten die Chormitglieder Kati dabei wieder in ihre Mitte genommen. Dass Kommissar Rommerskirchen ihr freundlich zugenickt hatte, statt sie in Handschellen abzuführen, reichte ihnen wohl für eine Rehabilitierung.

Als Dr. Jochen Überleitner in Begleitung der männlichen Solisten wieder den Saal betrat, waren die Sänger in wilde Spekulationen vertieft. Der Chorleiter entschuldigte sich mehrfach bei den Profis für die Disziplinlosigkeit dieses entfesselten Hühnerhaufens, erläuterte ihnen den Grund für das beschämende Verhalten und versuchte, die Aufmerksamkeit des Chores auf sich zu lenken. Sein anfängliches Räuspern hatte erwartungsgemäß nicht den geringsten Erfolg. Das geräuschvolle Stühlestellen für die Solisten nur sehr eingeschränkt. Schließlich hämmerte er die Anfangstakte von Beethovens Fünfter in den Saal. Mit akzeptablem Resultat. Die Diskussionsrunden lösten sich auf, Frauen und Männer trennten sich in ihre Stimmlagen und griffen nach den Notenmappen. Dr. Jochen Überleitner war verblüfft, wie konzentriert und produktiv die anschließende Probe verlief. Das hatte ihn für die rüde Unterbrechung entschädigt und beflügelt, den Chor mit Lob zu entlassen und die Solisten noch auf ein Glas Wein einzuladen.

Sabine Kirschbaum flog ihm vor Begeisterung um den Hals, um sich anschließend wieder in ihr Schneckenhaus zurückzuziehen, weil sie sich ihrer spontanen Gefühlsäußerung schämte. Der Chorleiter putzte die Brille mit dem Zipfel seines Hemdes und grübelte. Schon während der Probe war ihm das Knistern zwischen Sopranistin und Tenor aufgefallen. Doch hatte er es auf die musikalische Konzentration zurückgeführt. Nun beschlich ihn der Verdacht, dass mehr dahintersteckte. Die Bestätigung folgte prompt. Der Tenor hing mit einem verzückten Lächeln an Sabines Lippen, tuschelte ihr etwas ins Ohr und legte schließlich seinen Arm ganz nebenbei um ihre Stuhllehne. Und Sabine Kirschbaum wandelte sich unter seinen Blicken vom zurückgezogenen Schneckchen zur charmanten Diva, die witzig und geistreich die ganze Runde unterhielt.

Kurz vor Mitternacht sprang der Bass auf. »Siggi, wir müssen los.«

Die beiden Solisten verabschiedeten sich mit Handkuss von Sabine und Kati und schüttelten dem Doktor dankend die Hand. Dann schwangen sie sich in einen alten Renault Clio, bei dem das Fenster der Beifahrertür klemmte, sodass Tenor Siggi sich die Nase an der Scheibe platt drückte, um seiner Muse eine letzte Kusshand zuzuwerfen.

Sabine lief dem Wagen ein paar Meter lachend hinterher und winkte mit ihrer Mütze. Als das Auto um die Ecke bog, drehte sie sich noch einmal zu Kati Küppers und dem Chorleiter um, winkte, verbeugte sich und rief ein fröhliches »Dankeschön« über den Kirchplatz. Dann hüpfte sie den Weg nach Hause. Dabei summte sie ihre Lieblingsstelle aus dem Credo. Die Straßen waren leer. Niederbroich lag in friedlichem Schlummer.

Sie bog gerade um die letzte Ecke, als sie am Gartentörchen ihres Elternhauses Michael Schulze lehnen sah. Er grinste breit, als hätte er auf sie gewartet.

»Dir geht's gut, was? Du beschallst ja das halbe Dorf«, rief er ihr entgegen.

Sabine zog den Kopf ein und verlangsamte ihren Schritt. Michaels imposante Erscheinung hatte sie schon in der Schule eingeschüchtert. Nur deshalb war sie nett zu ihm gewesen, hatte ihm zugehört und mit ihm gesprochen. Sie hatte gewusst, dass er schneller laufen konnte als sie. Stärker war er ohnehin gewesen. Daran hatte sich leider nichts geändert. Fieberhaft überlegte sie, wie sie an ihm vorbei ins Haus kam. Was wollte er von ihr? Ihn zu fragen, traute sie sich nicht. Es kostete sie schon ihren gesamten Mut, ihn anzusehen. »Hallo Michael«, sagte sie leise und hoffte, dass ihm das Zittern ihrer Stimme entgangen war. Jetzt war sie nur noch zwei Schritte vom Gartentörchen entfernt und streckte die Hand nach dem Griff aus. Im selben Moment machte Michael blitzschnell einen Satz auf das Törchen zu, drückte die Klinke hinunter, wobei er ihre Hand streifte, und öffnete mit einer ungelenken Verbeugung die Gartenpforte. Allerdings nicht weit genug, als dass sie ohne Berührung an ihm vorbeigekommen wäre. Als sie auf seiner Höhe war, richtete er sich auf und machte einen Schritt auf sie zu. Er beugte den Kopf zu ihr hinunter und steckte seine Nase an ihr Haar. »Wie gut du riechst.«

Sabine hielt die Luft an. Ihre Augen suchten die Nachbarhäuser nach Licht ab, doch um diese Zeit hatten sich alle bereits hinter ihren Rollläden verbarrikadiert und nur die Alarmanlage ihres eigenen Autos hätte sie dazu veranlasst, die Polizei zu rufen. Dann streifte ihr Blick die Haustür ihres Elternhauses. Licht fiel auf den Gehweg. Und ihre Angst vor

Michael wich einer größeren, gemischt mit Wut, die sich in vielen Jahren aufgestaut hatte und nun aus ihr herausbrach. Hatte sich Mutter von Michael Stoff besorgt? Reichte ihr der Alkohol nicht mehr?

»Was willst du?«, schrie sie ihn an und stieß ihn vor die Brust. Michael wich einen Schritt zurück. Der Weg war frei. Doch Sabine blieb, wo sie war, und starrte auf die Eingangstür. Der Kloß in ihrer Kehle drohte sie zu ersticken.

»Was ist mit der Tür? Warum steht sie offen?«, fragte sie und schauderte. Wie schneidend ihre Stimme klang!

»Keine Ahnung«, gab Michael kleinlaut zurück. Der Wunsch, mit Sabine die Nacht zu verbringen, war einem Gefühl gewichen, das Michael weder benennen noch einordnen konnte. Er schloss die Augen und murmelte: »Beam me up, Scotty.«

»Was?«, herrschte Sabine ihn an.

»Nichts, ich hab nur ...«

»Halt die Klappe. Warst du da drin?« Sabine nahm Michael mit zusammengekniffenen Augen ins Visier und deutete mit ausgestrecktem Arm auf ihr Elternhaus. »Warst du da drin?« Michael schüttelte energisch den Kopf.

»Verdammt«, schnauzte sie, rammte Michael im Vorbeigehen ihren Ellbogen in den gut genährten Bauch und war mit drei Sätzen an der Tür. Durch den engen Spalt sah sie etwas am Boden liegen. Es blockierte die Tür. Wahrscheinlich hatte Mutter wieder zu viel getrunken und schlief jetzt ihren Rausch im Eingang aus, um die Heimkehr der Tochter nicht zu verpassen. Oder hatte sie die Haustür öffnen wollen? Wollte sie vielleicht Hilfe holen?

Sabine lehnte sich gegen die massive Holztür. Ein winziges Stück ließ sie sich bewegen. »Verdammt! Verdammt! Verdammt!«, schimpfte Sabine und wandte sich zum Gartentörchen um, wo Michael immer noch stand und sie mit großen Augen anstarrte, als wäre sie ein Alien.

»Komm endlich her und hilf mir. Vielleicht brauchen wir einen Notarzt.«

Michael reagierte nicht.

»Die Tür klemmt. Hilf mir doch, verdammt noch mal!«, schrie sie ihn an. Endlich wachte der Hüne aus seiner Erstarrung auf.

Im nächsten Moment war er an der Tür und versuchte, sie aufzuschieben. Ohne Erfolg. Er hockte sich vor den Spalt.

»Da klemmt was drunter. Stoff oder so.«

Er holte seinen Schlüssel aus der Jackentasche und pulte im Schlitz unter der Tür. Schließlich hatte er eine orangerote Franse bis zur Öffnung gefriemelt, wo er sie packen und herausziehen konnte. Doch noch immer war die Tür blockiert. Mit größter Wahrscheinlichkeit von Frau Kirschbaum. Vorsichtig drückten Sabine und Michael gegen die Haustür, bis die Öffnung groß genug war, dass Sabine hindurchschlüpfen konnte.

Michael hörte Sabine schreien: »Mama? Mama? Oh Gott! Mama?« Dann öffnete sich die Tür ganz allmählich von allein und gab den Blick in den Flur frei. Auf den Fliesen kniete Sabine und wiegte ihre Mutter in den Armen. Frau Kirschbaum kauerte merkwürdig verkrümmt und steif auf dem Schoß ihrer Tochter, das Gesicht im Schrei verzerrt, den niemand gehört hatte. Wo eben noch ihr Kopf gelegen hatte, färbte Blut die Fliesen rot und braun. Michael benötigte ein paar Atemzüge, bis er wieder vernünftig denken konnte. Dann wurde ihm klar, dass hier niemand mehr einen Notarzt brauchte.

40

Mit lautem Krachen schlug die schwere Tür zu und sperrte das Kindergejohle aus. Jetzt wirkte die Kirche ruhig und friedlich wie zuvor. Als hätte es die letzte Stunde gar nicht gegeben. Die achtlos neben dem Eingang in die Ecke gepfefferten Tornister, die lieblos darauf geworfenen Sporttaschen und Jacken. Mahnende Scheiterhaufen der Kindheit, in der es schon bald keinen Platz mehr geben würde für Lillyfee und Spiderman.

Den Ballast am Eingang abzulegen, hatte den Kindern der Grundschule nicht geholfen, den Ballast in ihren Köpfen aus der Kirchenbank zu verbannen. Die Hackordnung des Pausenhofs galt auch hier. Die Platzierung auf der Beliebtheitsskala korrespondierte deutlich mit der Platzierung in der Bank. Neben der Lehrerin zu sitzen gab genauso Minuspunkte wie neben Natascha oder Kai-Uwe. Pluspunkte bekam, wer einen Platz in der Reihe von Justin oder Anna-Lena ergattern konnte. Oder wer ihre Aufmerksamkeit auf sich lenkte, was meistens auch die der Lehrerinnen erregte, die im Gegensatz zu den Schülern darüber nicht lachen wollten.

Hedwig Hamacher erhob sich aus der letzten Bank, deutete eine Kniebeuge an und suchte die Reihen nach vergessenen Mützen und liegengebliebenen Handschuhen ab. Die offenen Gebetbücher klappte sie zu und legte sie an die Ränder der Bank zurück, wo sie hübsch geordnet auf ihren nächsten Messeinsatz warteten. Dann ging sie zum Kirchenportal und schloss die Tür ab. Sie ließ sich Zeit, den Altar abzuräumen, die Kerzen zu löschen und die Mess-Utensilien in die Sakristei zurückzutragen.

Mit Kaplan Weber wollte sie nicht länger als notwendig in der Sakristei Small Talk halten. Egal wie unmöglich sich die Grundschüler benommen hatten, so musste man nicht als Kaplan - und erst recht nicht als Aushilfe - zehn Minuten über das richtige Verhalten im Schulgottesdienst zetern, wenn das Thema Erntedank hieß. Sie seufzte beim Gedanken an Kaplan

Overath, der ein Händchen für die Jugend gehabt hatte, und blinzelte eine Träne weg.

»Auf Wiedersehen, Frau ... äh ... «, tönte es aus der Sakristei.

»Wiedersehen, Herr Kaplan. Alles Gute«, rief Hedwig Hamacher zurück und überlegte, ob es sich um eine Lüge handelte, die sie beichten musste. Sie schüttelte den Kopf. Hoffentlich wurde Pater Remigius bald aus dem Krankenhaus entlassen. Hin und wieder den Küsterdienst zu übernehmen war etwas anderes, als die Gemeinde mit allen Aktivitäten am Laufen zu halten. Zwar erwartete das niemand von ihr, aber Hedwig Hamacher war fest entschlossen, diese Aufgabe erfolgreich zu meistern. Sie überprüfte, ob das ewige Licht über dem Tabernakel noch brannte und ob die Seiteneingänge verschlossen waren, dann schlich sie schließlich an der Tür zum Kirchenkeller vorbei. Bei dem Gedanken an den toten Kaplan sträubten sich ihr die Nackenhaare. Hier kontrollierte sie nicht. Stattdessen schlüpfte sie schnell durch die Tür zur Sakristei und schloss diese hinter sich ab. Dann holte sie tief Luft und verließ die Kirche. Draußen pfiff ein kalter Wind um das alte Gemäuer. Hedwig Hamacher schaute auf die Uhr und beschloss spontan, Pater Remigius einen Krankenbesuch abzustatten.

Zwanzig Minuten später hatte sie ihren Peugeot auf dem Parkplatz des St.-Martinus-Krankenhauses geparkt, die Nonne am Empfang nach der Zimmernummer von Pater Remigius gefragt und seine Lieblingsschokolade im Krankenhauskiosk gekauft. Jetzt wartete sie bereits geschlagene fünf Minuten darauf, dass sie der Besucherfahrstuhl in die sechste Etage beförderte. Schließlich gab sie auf und bestieg mit schlechtem Gewissen den Fahrstuhl für Patienten-Betten, der sie im Handumdrehen auf die gewünschte Etage brachte. In der Luft hing der Geruch von Desinfektionsmittel und abgestandenem Mittagessen. Das Linoleum quietschte bei jedem Schritt unter ihren Schuhen. Endlich fand Hedwig das genannte Zimmer, klopfte und trat ein. Auf dem Bett am Fenster saß Pater Remigius, bekleidet mit der obligatorischen schwarzen Hose und dem grauen Priesterhemd, neben sich die gepackte Tasche.

»Frau Hamacher. Was für eine Überraschung.«

»Pater Remigius. Warten Sie auf ein Taxi?«

Der Priester lächelte.

»Erst einmal warte ich auf den Oberarzt. Wenn der sein Okay gibt, kann ich mir ein Taxi rufen.«

»Das glauben Sie. Ihr Taxi bin ich. Mich schickt wohl der Himmel. Oder weshalb hatte ich gerade die spontane Idee, Sie zu besuchen, wenn Sie eine Fahrgelegenheit nach Niederbroich brauchen?«

»Das ist sehr nett von Ihnen. Aber ich kann Ihnen nicht sagen, wie lange der Oberarzt noch auf sich warten lässt.«

»Dann machen wir es uns eben bis dahin gemütlich.« Hedwig Hamacher zog sich den Besucherstuhl neben das Bett des Paters und setzte sich. Dann kramte sie in ihrer Handtasche, beförderte die eben erstandene Tafel Nuss-Nougat-Schokolade ans Licht und legte sie neben dem Priester aufs Bett.

»Das haben Sie sich gemerkt?« Pater Remigius lächelte gerührt. »Verhungern werden wir also schon mal nicht.«

Nur einen Augenblick später klopfte es an der Tür und der Raum füllte sich mit kitteltragenden Männern und Frauen.

»Guten Morgen, die Herrschaften«, rief der Arzt an der Spitze. »Sie wollen also die Gastlichkeit unseres Hauses nicht weiter in Anspruch nehmen, Pater Remigius. Das finde ich zwar sehr bedauerlich, aber nachvollziehbar.« Er ließ sich von der Schwester das Krankenblatt reichen und blätterte es hin und her. »Ich denke, dem können wir zustimmen. Alles Gute.« Er schüttelte dem Priester die Hand und wandte sich dann an Hedwig, die er für die Haushälterin hielt. »Passen Sie gut auf ihn auf. Die nächsten Tage sollte er sich wirklich noch schonen.«

Im nächsten Moment rauschte die Gruppe zur Tür hinaus und ließ Hedwig Hamacher und Pater Remigius zurück.

»Götter in Weiß«, sagte Hedwig Hamacher und lachte. Sie stemmte sich aus dem Besuchersessel hoch und griff nach der Tasche des Priesters. »Unsere Natalie hat jetzt ihren Facharzt in der Tasche.«

»Herzlichen Glückwunsch. Welche Fachrichtung?«

»Die, die wir beide hoffentlich nie brauchen«, antwortete sie und kniff dem Priester ein Auge. »Pathologie.«

41

Sabine hatte immer noch die Gerüche der letzten Nacht in der Nase. Den süßlich-metallischen Geruch des Blutes im Flur. Den Übelkeit erregenden Geruch von Erbrochenem und Hochprozentigem im Wohnzimmer. Den beißenden Essigreiniger, den sie literweise eingesetzt hatte, nachdem die Spurensicherung endlich das Haus verlassen hatte. Ihr Haus. Noch fühlte sich der Gedanke fremd an.

Ihre Mutter war fort - und mit ihr Zeit, Vernunft und Notwendigkeit, einen Fuß vor den anderen zu setzen. Wofür? Für wen?

Sie wusste nicht, woher sie die Kraft zum Aufstehen genommen hatte. Plötzlich stand sie im Bad vor dem Spiegelschränkchen und betrachtete die schwarzen Schatten unter ihren Augen.

Sie wandte sich ab, stellte sich wie jeden Morgen unter die Dusche und ließ das warme Wasser über die langen Haare und den Rücken fließen. Heute vielleicht länger als sonst. Die Stimme ihrer Mutter, dass sie nicht so viel Wasser verplempern sollte, war noch da. Und wie jeden Morgen half dagegen nur ihr eigenes Lied. Sie summte erst leise, dann lauter, schließlich sang sie aus voller Kehle. Die Töne und Laute kamen aus ihrem Innersten, ihre Seele sang, kannte allein den Sinn und schaltete für einen kostbaren Augenblick die Kontrolle des Verstandes aus. Ihr Körper dankte ihr die kurze Erholung.

Sabine stellte das Wasser ab, wickelte ihre Haare in ein Handtuch und band es sich wie einen Turban um den Kopf. Dann rubbelte sie sich trocken und putzte die Zähne, bis die kleine Sanduhr, die über dem Waschbecken an den Fliesen klebte, durchgelaufen war.

Zum ersten Mal in ihrem Leben ging sie ohne einen Fetzen Frottee um den Körper gewickelt zu haben - wenn man von dem Haarturban absah - vom Bad zurück in ihr Zimmer. Dort kramte sie frische Wäsche aus dem Schrank und zog sich an.

Der nächste Weg führte sie nach unten in die Küche, wo sie die größte Kaffeetasse aus dem Schrank holte. Mit Fauchen begleitete der Wasserkocher ihre Suche nach dem letzten Krümel Kaffee.

Nun hockte sie im Wohnzimmer auf dem Sofa. Dort, wo ihre Mutter immer gesessen hatte. Sie wärmte die Hände an der Tasse, obwohl der Kaffee längst kalt war, und starrte vor sich hin.

Als im Flur das Telefon klingelte, zuckte sie zusammen und brauchte eine Weile, um in die Wirklichkeit zurückzufinden.

Schließlich rappelte sie sich auf und hob den Hörer ab.

»Sabine Kirschbaum. Was kann ich für Sie tun?«

Ihre Stimme klang müde und schleppend. Das erkannte Kati Küppers sofort.

»Hier ist Kati Küppers. Du hast gestern Abend deine Noten im Pfarrzentrum liegengelassen. Ich hab sie mitgenommen. Soll ich sie dir vorbeibringen?«

»Oh. Ja. ... Danke.«

»Wann passt es dir? Bist du zu Hause?«

»Äh, ja. Ich denke schon. Denke ich. Ja. Ich bin da.«

»Alles in Ordnung?«

»Danke. Ja. Nein. Es geht schon.«

»Kann ich irgendetwas für dich tun?«

»Hätten Sie vielleicht ein Pfund Kaffee? Bestimmt brauchen wir den heute noch. Und ich hab nichts mehr im Haus.«

»Bring ich dir mit. Sonst noch was?«

»Wenn Sie ein bisschen Zeit hätten. Ich muss die Papiere durchgehen. Und ... will das nicht allein.«

»Welche Papiere? Ist was passiert?«

»Sie ist tot. Mutter ist tot. Hab sie gestern Abend gefunden.« Sabine ließ den Hörer sinken, lauschte ihren eigenen Worten, glaubte sich nicht. Sie legte den Hörer auf, ging ins Wohnzimmer, setzte sich aufs Sofa, legte die Hände um die Tasse mit dem kalten Kaffee und pustete vorsichtig.

Irgendwann klingelte es an der Haustür. Als sie die Klinke bereits in der Hand hatte, fiel ihr Blick auf die dunklen Fugen zwischen den Fliesen. Sie hatte geschrubbt, so stark sie konnte.

»Sie wissen sicher, wie man das Blut …« Sabine redete drauflos, noch bevor sie die Tür weit genug geöffnet hatte. Dann stockte sie. »… aus den Fugen bekommt«, beendete sie den Satz schleppend. Vor der Tür stand nicht wie erwartet Frau Küppers.

42

Der vertraute Geruch drang ihm entgegen, obwohl oder vielleicht gerade, weil die Wohnung ein paar Tage nicht gelüftet worden war. Wie sehr hatte er seine vier Wände vermisst. Pater Remigius nahm einen tiefen Atemzug, bevor er sich zu Frau Hamacher umdrehte.

»Ein herzliches Vergelt's Gott fürs Fahren.«

Hedwig Hamacher winkte ab. »Ich bring Ihnen gleich das Mittagessen vorbei. Und kümmere mich darum, dass Sie diese Woche nicht einkaufen oder kochen müssen.«

»Das ist sehr nett, aber nicht nö ...«

»Pater Remigius«, unterbrach ihn Frau Hamacher, als spräche sie zu einem ungezogenen Kind, »der Arzt zieht mir eigenhändig die Ohren lang, wenn ich nicht auf Sie aufpasse. Können Sie das verantworten?«

Bei der Vorstellung, wie der schmächtige Oberarzt der resoluten Hedwig Hamacher die Ohren lang ziehen wollte, ohne sich einer Trittleiter zu bedienen, musste Pater Remigius lachen.

»Na, sehen Sie.« Hedwig Hamacher zwinkerte und fuhr die Scheibe des Beifahrerfensters nach oben. Dann gab sie Gas.

Der Priester winkte ihr nachdenklich hinterher. Schon oft war er auf Unverständnis gestoßen, vor allem unter Kollegen, dass er sich keine Haushälterin leisten wollte. Dabei hatte es ganz und gar nichts mit Geiz zu tun. Aber er war Seelsorger. Und je mehr er sich um die Seelen anderer sorgte, desto mehr brauchte er diesen uneingeschränkten Rückzugsort, sein eigenes Heiligtum. Er wähnte sich damit in guter Gesellschaft. Hatte es der Herr nicht genauso gemacht? Zugegeben, Jesus hatte sich auf einsame Berge zurückgezogen. Berge gab es aber am Niederrhein nicht viele, und einsame schon gar nicht.

Er zuckte die Achseln und schloss hinter sich die Tür. An der Garderobe stellte er die Tasche mit seinen Habseligkeiten ab, knöpfte die Jacke auf und ging ins Wohnzimmer. Auf dem Schreibtisch vor dem Fenster stand das Telefon. Einem spontanen Impuls folgend griff Pater Remigius zum Hörer, klemmte ihn zwischen Schulter und Kinn und suchte in seinem Adressbuch nach der Nummer, während ihm das monotone »Tuuuut« zeigte, dass er jederzeit wählen konnte. Endlich fand er die Gesuchte und tippte sie ein. Jetzt tutete das Freizeichen aus der Leitung. Pater Remigius zählte still mit. Beim sechsten Tut tippte er sich an die Stirn. Es war Dienstagmittag. Gewöhnliche Menschen saßen um diese Zeit im Büro oder an ihrem Arbeitsplatz, bestenfalls in der Kantine ...

»Schulze.«

»Oh, hallo.« Gebückt stand der Priester vor dem Schreibtisch, jetzt setzte er sich auf den abgewetzten Drehstuhl, dessen Rollen bei Belastung ihren Dienst versagten.

»Sind Sie das, Pater?«

»Ja, ganz recht. Ich bin's. Pater Remigius. Ja.«

Michael Schulze gähnte und entschuldigte sich dafür.

»Sie können wieder sprechen. Glückwunsch. Wollten Sie nur Ihre Stimmbänder testen oder gibt es einen Grund für Ihren Anruf?«

Pater Remigius schloss einen Augenblick die Augen. Er sollte sich schonen. Doch die Zeit arbeitete gegen ihn.

»Ich würde gerne mit Ihnen sprechen.«

»Das tun Sie gerade.«

Der Pater verdrehte die Augen. Wie konnte er Michael Schulze bloß ins Gewissen reden? Im gleichen Moment kam ihm ein Gedanke.

»Ich möchte Ihnen etwas zeigen.«

»Worum geht es denn?«

»Es geht um ... tja, wie soll ich sagen? ... um etwas ... sehr ... Kostbares.«

Am anderen Ende der Leitung war ein Schnauben zu hören, gefolgt von einem gedehnten: »Okay.«

Während Pater Remigius noch nach den richtigen Worten suchte, fuhr Schulze fort: »Hören Sie, Pater. Ich hatte eine fürchterliche Nacht. Wenn ich einen Blick auf Ihre Kostbarkeit werfen soll, dann bitte, bevor ich todmüde ... äh ... hundemüde aufs Sofa sinke. Also jetzt. Machbar?«

»Natürlich. Ich bin schon auf dem Weg.«

Mit drei Schritten war der Priester am Regal, in dem sich Bücher über Bücher stapelten. Auf dem mittleren Boden jedoch standen Stumpenkerzen in sämtlichen Größen, eine Ikone des heiligen Remigius neben einer kleinen Christophorus-Figur mit dem Jesuskind auf der Schulter, und schließlich, in blauen Samt eingeschlagen, das Objekt, das er Michael Schulze unter die Nase halten wollte. Pater Remigius ließ es vorsichtig in die Innentasche seiner Jacke gleiten und knöpfte sie zu. Er spürte den Druck auf der linken Seite. Ja, diese Kostbarkeit lag ihm wirklich am Herzen.

Die frische Luft stärkte seinen Mut. Im Stillen betete er um das rechte Wort zur rechten Zeit und dass ihn der Mut nicht verließe. Er betete für Michael Schulze, für ein offenes Herz und Ohren, die wirklich hörten. Er segnete die Häuser, an denen er vorbeiging. Segnete die Menschen, bekannt oder unbekannt, die darin wohnten. Wünschte ihnen Schutz und Erfolg und die Sehnsucht nach Geborgenheit, die sie in die Kirche bringen könnte. Oder auf anderem Wege näher zu Gott. Und stand im Nu vor dem Haus, in dem Michael Schulze wohnte. Im dritten Stock, ohne Aufzug. Pater Remigius ließ sich Zeit, holte auf jedem Treppenabsatz noch einen Atemzug mehr Luft als sonst und erreichte die Wohnung, ohne aus der Puste zu sein.

Michael Schulze lehnte in der Tür. Das Hemd hing seitlich aus der Hose. Seine Füße steckten in grauen Socken, von denen eine den dicken Zeh entblößte.

»Sie sind schnell. Kommen Sie rein.« Er wandte sich um, verschwand in der Küche und überließ es dem Pater, die Wohnungstür hinter sich zu schließen.

»Bin noch gar nicht dazu gekommen, neuen Kaffee zu kochen. Sie nehmen doch auch ne Tasse?«

Ohne eine Antwort zu erwarten, füllte er den Wassertank der Kaffeemaschine, zählte acht Löffel Kaffeepulver in die Filtertüte und stellte die Kanne darunter. Wenige Augenblicke später gab die Maschine zischende Laute von sich, bevor sie das heiße Wasser durch den Filter pumpte. Seine Freunde und Kollegen, vor allem aber deren Freundinnen, schworen auf

Kapseln, Pads und Hochdruckdampf. Ihm reichte Omas ausrangierte Kaffeemaschine mit dem grünen Charme der 70er. Sie produzierte zuverlässig, was Michael wollte: heißen Kaffee. Mit Milch und Zucker schmeckte er nie einen Unterschied zu den Cremas, Cappuccini und Americanos, die ihm die Damenwelt mit klimpernden Wimpern auf-, bei Starbucks oder Lavazza auch abschwatzte.

Michael drehte der Kaffeemaschine den Rücken zu. Er fuhr sich mit der Hand übers Gesicht und lächelte. Doch die Gesichtsmuskeln verzogen nur den Mund. Die Augen, unter denen schwarze Schatten lagen, erreichten sie nicht. Minutenlang standen sie schweigend in der Küche.

Mit einem Mal begann Michael, hastig die alten Zeitungen vom Küchenstuhl zu räumen und ins Regal zu stopfen, neben den Korb mit den leeren Flaschen. Er stellte die benutzten Gläser, Tassen und Teller, die den Küchentisch bevölkert hatten, in die Spüle und wischte mit dem Spüllappen alte Kränze und klebrige Reste vom Tisch. Mit einem Geschirrtuch, das vor vielen Wäschen einmal weiß-blau-kariert gewesen sein mochte, trocknete er die Tischplatte ab und warf es anschließend achtlos in die Ecke.

»Bitte sehr.« Er deutete auf den freigeräumten Stuhl und holte aus dem Hängeschrank über der Spüle zwei große Tassen. Auf der einen stand das Rezept für Zwiebelsuppe, bei der anderen war der Henkel schlecht geklebt.

Pater Remigius hängte seine Jacke über den Stuhl, ohne das Objekt aus der Innentasche zu holen, und setzte sich. In der Zwischenzeit stellte Michael einen Tetrapack H-Milch und ein Schälchen Zucker auf den Tisch. Dann rüttelte er an einer Schublade, in der sich wohl einige Utensilien verkeilt hatten, und entlockte ihr schließlich drei Teelöffel. Mittlerweile war die Kaffeemaschine verstummt und die Glaskanne gut gefüllt. Michael goss den Kaffee in die Tassen und schob die mit dem Zwiebelsuppenrezept vor die Nase des Paters. Die andere zog er zu sich heran, wobei er vermied, sie am Henkel anzufassen. Er schaufelte zwei Teelöffel Zucker hinein und füllte die Tasse bis knapp unter den Rand mit Milch auf. Schließlich rührte er ein paar Mal um, leckte den Löffel ab und legte ihn neben die Tasse auf den Tisch. Vorsichtig prüfte er die Temperatur und befand sie für akzeptabel. Er nahm einen großen Schluck, stellte die Tasse ab und stützte den Kopf in die Hände.

Pater Remigius nippte an seiner Zwiebelsuppen-Kaffeetasse und musterte sein Gegenüber. Schulze sah so müde aus, als ob er jeden Moment vom Stuhl kippen könnte. Niemandem war damit gedient.

»Hören Sie, wenn ich ungelegen gekommen bin, tut es mir leid.«

Michael wischte sich mit beiden Händen übers Gesicht und gähnte unverhohlen. »Nein. Ich bin froh, dass Sie da sind.« Er lehnte sich zurück, den linken Arm über die Rückenlehne gehängt, und umklammerte mit der rechten den Kaffeebecher. »Darf ich Sie was fragen?«

»Nur zu«, ermunterte ihn der Pater.

»Was hat Sie dazu gebracht, Priester zu werden? Das wollten Sie doch nicht schon immer, oder? Ich meine, als kleiner Junge will man Feuerwehrmann werden oder Lokführer, Pilot oder Rennfahrer. Hab ich recht?«

Der Priester lachte und nickte. »Oder Musiker.«

»Auch cool.«

»Für eine gewisse Zeit ganz okay.«

»Lassen Sie mich raten. Sie waren Organist.« Michael formulierte die Vermutung im Brustton der Überzeugung und Pater Remigius lachte schallend.

»Nein. Tut mir leid. Ich habe Saxophon gespielt. Und ein bisschen auf dem Klavier geklimpert.«

Michael klappte den Mund zu und suchte nach Worten.

»Ich bin durch die Clubs und Kneipen getingelt. Mit Band und allein. Mir lagen die Frauen zu Füßen. Deswegen hat mich der Leadsänger aus der Band geekelt. Danach spielten The Big Five nur noch zu viert und schließlich gar nicht mehr. Mir war's recht. Bin allein weitergezogen. Bis zu diesem einen Abend.« Der Pater rührte versonnen in seiner Kaffeetasse. »Es war ein lauer Sommerabend. Ich hatte ihn in der Kneipe am Klavier verbracht und die Gäste hatten mir den Hut gut gefüllt. Der Wirt war zufrieden und schloss hinter mir zu. Die Straßen waren leer. Zwei Ecken weiter lauerten sie mir auf. Zu dritt. Jungs. Kaum Flaum am Kinn, aber eine Wahnsinnswut im Bauch. Ich war nur ihr Ventil. Aber mir wurde schnell klar, dass ich gegen die drei keine Chance hatte. Nicht mit Worten, nicht mit Geld. Sie schlugen mir zwei Zähne aus und brachen mir den Unterkiefer. Das Einzige, was ich tun konnte, war beten.« Pater Remigius schaute von seiner Kaffeetasse hoch und grinste schief. »Nicht mit gefalteten Händen. Auf Knien schon. In Gedanken schrie ich zu Gott: ›Wenn ich das hier überlebe, mache ich, was du von mir willst.‹«

»Heilige Scheiße«, flüsterte Michael.

»Als ich auf dem Boden lag, traten sie auf mich ein. Und dann liefen sie plötzlich weg. Ich blieb liegen. Eine Ewigkeit später hielt neben mir ein Auto. Der Fahrer durchsuchte meine Jacke und nahm das Portemonnaie heraus. Als er mich stöhnen hörte, steckte er es ein und verschwand. Kurz darauf kam ein Krankenwagen und kratzte mich von der Straße.«

Michael schüttelte fassungslos den Kopf.

»Sie haben das also zufällig überlebt …«

»Zufall ist das Pseudonym des lieben Gottes, wenn er inkognito bleiben will, sagt Albert Schweitzer.«

»… und Gott wollte, dass Sie Priester werden?«

Pater Remigius lachte und schüttelte den Kopf.

»Nein. Er wollte, dass ich mich um meine Mitmenschen kümmere. Ich hatte schon immer ein besonderes Gespür dafür, ob jemand in Not ist. Priester bin ich aus freien Stücken geworden. Weil ich meinte, mich so am besten um viele Menschen kümmern zu können. Hätte ich eine Familie gegründet, hätte ich mich um meine Frau und meine Kinder gekümmert. Als Pater aber habe ich eine riesengroße Familie.«

Michael holte Luft. »So hab ich das noch nie gesehen.«

»Aber mal unter uns: Ich habe nach wie vor meine Tante Finchen im Verdacht, ihre Finger im Spiel gehabt zu haben. Sie hat immer den Rosenkranz gebetet dafür, dass einer aus der Familie Priester wird.« Pater Remigius zwinkerte Michael belustigt zu.

»Ist das Ihr Ernst?«

»Unterschätzen Sie niemals die Kraft des Gebets. Das jedenfalls hat mich dieser Zwischenfall in meinem Leben gelehrt.«

Michael fuhr sich erneut mit den Händen durchs Gesicht, reckte sich, stützte dann die verschränkten Arme auf die Tischplatte und schaute in seine Kaffeetasse. Kleine Bläschen schwammen auf der hellbraunen Flüssigkeit, bildeten eine Insel und zerplatzten schließlich am Rand. So wie seine Träume. Sein Kinn bebte, sein Mund zuckte. Der Kaffee verschwamm vor seinen Augen. Eine Träne fiel in den Kaffee. »Ist so das Meer salzig geworden? Hat Gott am Ufer gesessen und geweint?« »Quatsch nich so'n Scheiß!« Er hatte die Stimme des Vaters noch im Ohr, spürte die Wucht des Nackenschlages. Aber schlimmer war der Schmerz in seinem Inneren. Was war falsch an seiner Frage? »Ein aufgeweckter Junge«, hatte seine Lehrerin ihn genannt und ihm die Hand auf die Schulter gelegt. Leicht und warm. Zuhause gab's dafür ›ne lange Watsch‹ und sein Vater nannte ihn nur noch »Mister Neunmalklug«. Eines Tages war er weg.

Michael blinzelte, dann hob er den Kopf und schaute Pater Remigius in die Augen. »Haben Sie Geschwister?« Er erwartete keine Antwort. »Ich habe einen großen Bruder, habe ihn vergöttert. Peter hat alles für uns getan, für meine Mutter und mich. Er konnte sie trösten. Konnte meine ewigen Fragen aushalten. Und mir manchmal auch Antworten geben, die ich nicht hören wollte. Er hat mir in den Hintern getreten, wenn ich keine Lust zum Lernen hatte. Hat Klamotten besorgt, wenn meine Hosen mal wieder Hochwasser hatten. Und er hatte keine Angst. Vor nichts und niemandem. Nicht mal vor dem Tod. Vielleicht hat er sie deshalb gefunden. Oma Ria. War vom Klo gekippt und mit dem Kopf auf die Wanne geschlagen.« Pater Remigius verzog mitfühlend das Gesicht und schwieg.

»Peter konnte damit umgehen. Mit dem Blut. Ich nicht. Wissen Sie, wie das riecht? Irgendwie süß und nach Metall und plötzlich schmeckt man es auf der Zunge. Den Geruch werd ich nicht los. Ich war ihr echt keine Hilfe. Scheiße, Mann.«

Er stützte den Kopf in die Hände und presste die Lippen aufeinander.

»Dass Sie sich nach so langer Zeit daran erinnern …« Die Stimme des Priesters war weich und warm. Wie die Hand seiner Lehrerin. Michael war am Ende, die Kraft, sich zusammenzunehmen, aufgebraucht. Es schüttelte ihn. Er hörte sich schluchzen und war verwirrt. Hatte er jemals geweint? Er erinnerte sich nicht. Jetzt brach es aus ihm heraus und ließ sich nicht mehr aufhalten.

Pater Remigius schob ihm ein Paket Taschentücher über den Tisch und schwieg. Er wiegelte nicht ab, hakte nicht nach. Er ließ Michael die Zeit, die er brauchte, und wartete.

Irgendwann versiegten die Tränen. Michael fühlte sich wie das Bodenwischtuch, das Oma Ria aus dem Putzwasser gefischt, ausgewrungen und anschließend über die Fußmatte gespannt hatte. Geräuschvoll schnäuzte er sich und wischte die Spuren der Tränen fort.

»Noch Kaffee?«, fragte er den Priester und goss beide Tassen voll.

»Ich wollte doch nur, dass er stolz auf mich ist. Aber ich kann's nicht. Kann einfach kein Blut sehen. Ich hab's echt vermasselt. Anstatt Sabine zu helfen ... Ich konnte nicht ... Oh Gott. Der ganze Flur war voll.«

Der Priester runzelte die Stirn. Langsam beschlich ihn die Ahnung, dass Michael nicht von seiner Oma sprach.

»Waren Sie schon bei Sabine? ... Wissen Sie, wie es ihr geht?«

Der Priester schüttelte den Kopf. »Ich bin gerade aus dem Krankenhaus gekommen und mein erster Gang hat mich zu Ihnen geführt. Was ist mit Frau Kirschbaum?«

»Oh Gott.« Michael schloss einen Moment die Augen und fuhr sich mit beiden Händen durchs Gesicht. »Sie ist tot. Wir haben sie gestern Abend gefunden. Sabine und ich. Sie lag im Flur. Vor der Tür. Und überall Blut. An ihrem Kopf. Und auf dem Boden. Ein ganzer See. Ich konnte da nicht rein. Nicht da rüber. Verstehen Sie das?«

Der Pater nickte. Michael atmete tief durch.

»Erst kam Dr. Hartwig. Dann wimmelte es plötzlich von Leuten in weißen Overalls. Spusi. Als ob wir die Kirschbaum umgebracht hätten. Als dann um kurz nach zwei der Kommissar Sabine ausquetschen wollte, bin ich dazwischen gegangen. Hat der Kerl keinen Anstand? Er hat sich dann tatsächlich verzogen. Und Sabine hat geputzt und geschrubbt und gesprüht und gewischt. Aber den Geruch kriegt man nicht aus der Nase.

... Ich hab nur auf dem Sofa gesessen. ... Zugesehen. ... Hab ihr nicht geholfen.«

»Vielleicht nicht beim Saubermachen. ... Hatte sie Sie denn darum gebeten?«

Michael schüttelte den Kopf. »Ich konnte nicht ...«

43

»Backpulver.«

»Bitte wie?« Sabines Blick wanderte zwischen den beiden Kripobeamten hin und her.

»Mit Backpulver bekommen Sie die Fugen wieder sauber«, erklärte Kommissar Rommerskirchen.

»Im Ernst?«

Auf der Stirn seines Kollegen bildete sich eine steile Falte. »Dürfen wir Ihnen erst ein paar Fragen stellen, bevor Sie die Fugen schrubben?«

»Klar«, antwortete Sabine und gab die Tür frei. »Backpulver! Was man bei der Kripo alles lernt.« Sie lächelte Kommissar Rommerskirchen schwach zu.

»Die Hausmittelchen hat er von seiner Oma«, grunzte Tietke und schob sich an Rommerskirchen vorbei ins Haus.

Kurz darauf saßen die beiden Polizeibeamten im Wohnzimmer auf dem Sofa und warteten, bis Sabine Kirschbaum die Tasse mit dem kalten Kaffee verschwinden ließ. Sie stellte eine Flasche Wasser und drei Gläser auf das Spitzendeckchen, das die Macken des Couchtischs mehr hervorhob, als sie zu verbergen. Kaum war sie in einem der beiden Sessel versunken, die dem Sofa gegenüberstanden, klingelte es erneut an der Haustür.

»Das wird der Kaffee sein«, sagte sie mit einem Schulterzucken, das als Entschuldigung für die Unterbrechung gedacht war, und kämpfte sich aus dem Sitzmöbel.

»Nur herein«, sagte sie lahm, als sie die Tür öffnete, »auf dass das Haus voll werde.«

Sie nahm Kati Küppers die Packung Kaffee aus der Hand und schob die Küsterin ins Wohnzimmer.

»Die Herren von der Kripo, Frau Küppers«, stellte Sabine die Anwesenden vor, die sich kurz zunickten.

»Hallo«, sagte Kati und legte die Mappe mit den Noten auf den Couchtisch. »Wenn ich störe, kann ich gerne später ...«

»Nein!« Sabine war selbst am meisten erschrocken über ihren lauten Protest. »Bitte, Kati.« Jetzt schlug ihre Stimme ins Gegenteil um und war kaum mehr als ein Flüstern. Sie griff nach der Hand der Küsterin. »Bleib.«

Kati zögerte, sah das Flehen in Sabines Augen und schaute zu Kommissar Rommerskirchen hinüber. Der junge Mann nickte ihr aufmunternd zu.

»Ich koch uns schnell einen Kaffee und dann beantworte ich all Ihre Fragen.« Schon war Sabine aus der Tür und hinterließ eine peinliche Stille.

Kati versank im Sessel, suchte nach einer Position, in der sie längere Zeit ausharren konnte, ohne Rückenschmerzen zu bekommen, und aus der sie sich später - was eigentlich noch höhere Priorität hatte - erheben konnte, ohne mitleidige Blicke ernten zu müssen. Zwar kam die niedrige Sitzposition ihren kurzen Beinen entgegen, dafür konnte sie die Arme nicht auf die dafür vorgesehenen Lehnen legen. Sonst hätten sich ihre Ellbogen auf Höhe der Ohren befunden. Während sie mit dem Po nach hinten rutschte und die Arme vor ihrem Körper verschränkte, überlegte sie fieberhaft, wie sie eine unverfängliche Plauderei in Gang setzen könnte.

Bis sich ihr die Frage aufdrängte, wieso die Kripo in Sabines Wohnzimmer saß. Ermittelten die Beamten noch im Fall Kaplan Overath? Oder gab es Anzeichen dafür, dass Sabines Mutter keines natürlichen Todes gestorben war? Wobei die Frage erlaubt war, was man »natürlich« nennen durfte, wenn jemand seit Jahren seinem Körper hochprozentige Ethanole zuführte.

»Sie unterstützen Frau Kirschbaum beim Ordnen der Papiere? Das ist gut«, ergriff Kommissar Rommerskirchen endlich das Wort und deutete auf den schwarzen Hefter, den Kati auf den Couchtisch gelegt hatte.

»Nee, die Unterlagen hab ich noch nicht gesehen.« Kati tippte mit dem Finger auf die Notenmappe. »Das ist die Theresienmesse. Sabine hat sie gestern im Pfarrsaal liegen gelassen.«

Tietke runzelte die Stirn. Dann zog er wie der große Houdini aus dem Inneren seines ausgebeulten Parkas das Abteilungs-Tablet, legte es auf den Tisch neben die schwarze Mappe und wischte energisch darauf herum. Endlich hatte er das Diktiergerät aktiviert. Dabei hinterließen seine Finger leichte Schlieren, die ein bizarres Muster bildeten.

Kati straffte den Rücken, was ihr in den Untiefen des Sessels mehr schlecht als recht gelang. Dann beugte sie sich kurz nach vorn.

»Ist es egal, wie weit man entfernt sitzt? Und muss man besonders laut sprechen? Oder besonders deutlich?« Sie stellte die Frage zur Lautstärke, als ob sie einem Schwerhörigen gegenübersäße, und bei der letzten Frage schnitt sie dermaßen Grimassen, dass Tietke nicht sicher war, ob er ihre Frage ernst nehmen sollte. Kommissar Rommerskirchen amüsierte sich hingegen prächtig.

»Sprechen Sie einfach ganz normal«, empfahl er und griff nach der Wasserflasche.

»Wollen Sie nicht überprüfen, ob die Aufnahme brauchbar ist?«, fragte Kati und nahm das Glas Wasser entgegen, das ihr der Kommissar reichte. »Stellen Sie sich vor, Sie merken erst am Ende, dass man nichts verstehen kann.« Sie nippte an ihrem Wasser und fuhr dann fort: »Mit meinem alten Notebook war die Aufnahme unglaublich schlecht. Kein Vergleich zu den heutigen Smartphones. Mit Tablets hab ich noch keine Erfahrung. Das liegt zum einen daran, dass ich die Funktion des Diktiergeräts so gut wie nie brauche, und zum anderen daran, dass ich kein Tablet besitze.«

Björn Tietke wollte gerade zu einer spitzen Bemerkung ansetzen, als Sabine Kirschbaum vier Kaffeepötte auf den Couchtisch stellte, in jeden einen Kaffeelöffel fallen ließ und wieder verschwand. Kurz darauf balancierte sie einen Tetrapack fettreduzierte Milch, eine Packung Würfelzucker und eine Thermoskanne heran. Als sie den Kaffee auf die vier Tassen verteilte, zog der belebende Geruch durchs Zimmer. Für einen Moment herrschte feierliche Stille. Dann plärrte eine Stimme durch den Raum: »... man besonders laut sprechen? Oder besonders deutlich?« Die Worte schepperten schmerzhaft in den Ohren und erinnerten an Walgesänge. Endlich fand Tietke die Stopptaste und murmelte eine Entschuldigung. Kati war so heftig zusammengezuckt, dass der Kaffee bedenklich in der Tasse schwappte. Sabine hielt die Luft an und starrte mit weit aufgerissenen Augen auf das Tablet. Kommissar Rommerskirchen seufzte, holte sein Smartphone aus der Jeans und wischte darauf herum. »Wie gut, dass du auf den Rat von Frau Küppers gehört hast«, wandte er sich an seinen Kollegen und legte das Handy auf den Couchtisch. Tietke zog geräuschvoll die Luft durch die Nase und schwieg.

»Frau Kirschbaum, wir wissen, dass der gestrige Abend ein Schock für Sie war. Könnten Sie uns dennoch ein paar Fragen beantworten?«, tastete sich Rommerskirchen langsam vor. Sabine ließ sich in den freien Sessel fallen. Kaffee schwappte über den Rand ihrer Tasse und tropfte auf die Hose. Doch sie nahm keine Notiz davon. Ihr Blick war starr auf das Smartphone des Kommissars geheftet. Sie nickte.

»Wo waren Sie gestern Abend zwischen 20 und 22 Uhr?«, eröffnete Rommerskirchen die Befragung.

»Beim Kirchenchor. Sie waren doch auch da.« Jetzt schaute sie dem Kommissar in die Augen und schob das Kinn keck nach vorn. »Zwar erst gegen zwanzig vor neun, aber Sie haben bleibenden Eindruck hinterlassen.«

»Ich hätte es heilloses Durcheinander genannt«, raunte Kati Küppers und erntete einen kühlen Blick des Kommissars.

»Können Sie kurz schildern, wie Ihr Abend verlaufen ist?«

Sabine holte tief Luft und nickte. Sie nahm einen Schluck Kaffee und stellte die Tasse auf den Couchtisch zurück. »Ich wollte um kurz vor halb acht das Haus verlassen, um rechtzeitig zur Probe zu kommen. Meine Mutter stand im Flur und zeterte. Ich würde mich in der Weltgeschichte rumtreiben und mich um alles kümmern, nur nicht um sie.« Sie senkte den Blick und kratzte sich an der rechten Hand. »Und dass ich sie deshalb irgendwann tot zuhause finden würde«, fuhr sie nach einer Weile leise fort.

»Hat Ihre Mutter von Selbstmord gesprochen?«

Sabine schüttelte heftig den Kopf. »Das hat sie dauernd gesagt. Dass ich sie irgendwann finden würde. Wenn ich nach einer neuen Stelle gesucht hab. Wenn ich mich mit jemandem getroffen hab. Wenn die S-Bahn ausgefallen ist. Immer.«

»Wann haben Sie das Haus verlassen?«

Sie zuckte die Schultern. »Schätze viertel vor acht. Jedenfalls kam ich zu spät zur Probe.«

»Aber nicht viel«, warf Kati ein. »Keine zehn Minuten.«

»Und nach der Probe sind Sie wann nach Hause gekommen?«

»Nach der Probe hat Herr Dr. Überleitner uns Solisten noch auf einen Wein eingeladen.«

»Das passiert nicht oft. Da mussten wir zugreifen«, ergänzte Kati und legte Sabine die Hand auf den Arm.

Tietke schüttelte missbilligend den Kopf.

»Gegen Mitternacht sind Siggi und Bernd gefahren. Da hab ich mich auch auf den Heimweg gemacht.«

»Siggi und Bernd?

»Der Tenor und der Bassist.«

»Sind Sie allein nach Hause gegangen?«

»Natürlich«, antwortete Sabine und seufzte. »Wie immer. Allein. Zu Fuß. War bis gestern Abend kein Problem.«

Der Kommissar hob die Augenbrauen und wartete, dass sie ihren Bericht fortsetzte. Stattdessen griff sie zu ihrer Tasse und leerte sie.

»Noch Kaffee?«, fragte sie in die Runde und goss Kati und sich nach. Sie kippte einen ordentlichen Schwall Milch dazu und zwei Würfel Zucker. Dann rührte sie gedankenverloren in der Tasse.

»Und gestern Abend?«, griff Rommerskirchen die Befragung wieder auf. »Gab es ein Problem?«

Sabine nickte. »Nicht nur eins«, murmelte sie, pustete in die Tasse und nahm einen Schluck.

»Als ich um die Ecke kam, lehnte Michael Schulze am Gartentörchen. Und grinste. Widerlich. Gieriger Blick. Raubtier auf Beutefang. Hab echt Angst gekriegt. Und dann seh ich zufällig, dass die Haustür offen steht. Und tausend Gedanken galoppieren durch mein Hirn. Und plötzlich war ich drei Meter fünfzig vor Wut. Hab ihn angebrüllt. Wieso die Tür auf ist. Und was er da drin gemacht hat. Und er hat immer nur gesagt: Nix. Ich war da nicht drin. Dann bin ich zur Tür, aber die klemmte. Ach, Moment.« Sabine stemmte sich aus dem Sessel und verließ das Zimmer. Als sie zurückkam, setzte sie sich wieder in den Sessel und öffnete langsam die Hand. Die orangerote Schalfranse leuchtete auf dem blassen Handteller. Sie hielt sie Kati unter die Nase und schaute ihr forschend in die Augen. Dann legte sie die Franse auf den Tisch neben das Tablet.

»Ist wohl im Durcheinander letzte Nacht untergegangen.« Sabine zuckte die Schultern, während Kati die Hand vor den Mund schlug und murmelte: »Jesus, Maria, Josef.«

Katis Gesicht war weißer als die Kaffeetasse, die sie mit zittriger Hand auf den Couchtisch stellte. Sie beugte sich nach vorne, um ganz sicher zu sein, und schluckte. Mit großen Augen sah sie von Sabine zu Kommissar Rommerskirchen und wieder auf die Franse. Sie griff sich an den Hals, als ob er dort zu finden wäre.

»Ich habe einen Schal. In genau dieser Farbe. Mit genau diesen Fransen. Ich such ihn bestimmt schon seit letzter Woche und weiß nicht, wo ...« Sie brach ab, schloss die Augen und schickte, einer Maschinengewehrsalve gleich, Stoßgebete zum Himmel. Schließlich wandte sie sich an Sabine.

»Woher hast du die?«

Sabine holte tief Luft und sah der Küsterin direkt in die Augen. »Deshalb hab ich die Tür nicht aufgekriegt. Michael hat sie unter dem Türspalt rausgepult.«

»Moment«, unterbrach Kommissar Rommerskirchen Sabines Ausführungen. »Nur um sicherzugehen, dass ich das gerade richtig verstanden habe. Sie sind zur Haustür gegangen und haben sie nicht aufgekriegt.«

»Richtig. Sie klemmte.«

»Die Tür stand also nicht sperrangelweit offen?«

»Nein. Nur einen Spalt breit.«

»Das konnten Sie vom Gartentor aus erkennen?«

»Das Licht aus dem Haus fiel auf den dunklen Weg.«

»Und Michael Schulze hat dann diese Schalfranse unter der Tür hervorgezogen?« Rommerskirchen deutete mit dem ausgestreckten Finger auf das Corpus Delicti. Sabine nickte.

»Na ja, ich musste ihn erst überreden, mir zu helfen. Bestimmt wär er am liebsten abgehauen.«

»Als er die Franse unter der Tür hervorgeholt hat ...«, bohrte der Kommissar weiter.

»... hat er sie mir unter die Nase gehalten. Aber ich hatte keine Zeit, mich darüber zu wundern. Hinter der Tür lag meine Mutter. Und brauchte Hilfe. Hab ich jedenfalls noch gehofft.«

»Kam Ihnen die Franse bekannt vor?«

»Wer diesen Schal nicht kennt, wohnt nicht in Niederbroich. Frau Küppers hat ihn bei jeder Choraufführung getragen. Und gerne auch mal so. Er hat einen besonderen Farbverlauf von Orange nach Rot.«

»Gegenläufig«, erklärte Kati Küppers. »Die Oberseite verläuft von Orange nach Rot und die untere eben von Rot nach Orange. Ich habe ihn vor vielen Jahren auf einer ganz besonderen Chorfahrt erstanden. In der Altstadt von Jerusalem, im arabischen Viertel. Das lag direkt hinter unserem Hotel. Wie hieß es noch?«

»Danke für den Hinweis«, schnitt ihr Rommerskirchen das Wort ab. »Da kommen wir später noch zu. Jetzt möchte ich, dass Frau Kirschbaum mit ihrer Schilderung fortfährt.«

Kati presste die Lippen aufeinander, zupfte am rechten Ohrring und versuchte sich zu erinnern, wann sie den Schal das letzte Mal getragen hatte. Im Sommer, wenn es abends kühl wurde, hatte sie ihn sich gerne als Stola um die Schultern gelegt. Und am Erntedankfest vor gut zwei Wochen hing er noch definitiv um ihren Hals. Mehrmals war er ihr beim Verkauf der Erntegaben in die Quere gekommen. Immer dann, wenn sie sich nach einem weiteren Sack Kartoffeln gebückt hatte. Oder einer Stiege mit Stiefmütterchen. Sie erinnerte sich an die Bemerkung eines Käufers, dass der Schal farblich hervorragend mit den Blumen korrespondieren würde. Ob er ihn ebenfalls erstehen könnte.

»Nix da«, hatte Cilli Wilms sich eingemischt, die neben ihr verkaufte und gerade einer Gottesdienstbesucherin eine Packung Eier über den Tisch reichte. »Dat is Kati sein Schal. Oder wollnse die janze Frau auch noch dabei?«

Kati legte die Stirn in Falten. Hatte sie den Schal danach in die Wäsche geschmissen?

»... Da lag sie dann. Ihr Kopf in einer Blutlache. Ihr Körper. Gekrümmt. Ein einziger stummer Vorwurf.« Sabines Schilderungen verdrängten Katis Grübeleien über den Verbleib des geliebten Schals und beschworen das Bild des toten Kaplans herauf. Sein Körper. Gekrümmt. Ein einziger stummer Vorwurf. War das der Grund, warum die Kripo ermittelte? War auch Frau Kirschbaum mit Strychnin vergiftet worden? Kati spürte ein Kribbeln auf der Haut und zog die Schultern hoch. Im selben Moment vibrierte das Handy, das Kommissar Rommerskirchen als Diktiergerät auf den Couchtisch gelegt hatte. Irritiert griff der Kripobeamte danach und murmelte eine Entschuldigung. Er wischte und tippte, zog die Augenbrauen hoch und reichte das Handy seinem Kollegen weiter, der interessiert die eingegangene Nachricht las und ein finsteres Gesicht machte.

»Das heißt?«, fragte er und gab Rommerskirchen das Handy zurück. Statt dem Kollegen eine Antwort zu geben, wandte der Kommissar sich wieder an Sabine.

»Frau Kirschbaum, hat Ihre Mutter jemanden erwartet?«

Sabine zuckte die Schultern. »Keine Ahnung. Erwähnt hat sie davon nichts.«

»Den Anzeichen um Mund und Nase nach hat sie das Gift nicht freiwillig geschluckt. Auch unter ihren Fingernägeln finden sich Spuren einer körperlichen Auseinandersetzung.«

»Oh Gott.« Sabine schlug entsetzt die Hand vor den Mund. »Also doch Michael.«

»Bisher können wir nur ausschließen, dass Sie oder Frau Küppers persönlich an der Tat beteiligt waren, da Sie sich zum Zeitpunkt des Tathergangs im Pfarrzentrum aufgehalten haben.« Er schaute zu seinem Kollegen hinüber. »Was wir höchstselbst bezeugen können.«

»Auch Strychnin?« Kati konnte ihre Frage nicht mehr zurückhalten. »Wie bei Kaplan Overath?«

Rommerskirchen nickte.

Und wieder will mir der Täter die Schuld in die Schuhe schieben, dachte sie und betrachtete die Schalfranse, die Tietke mittlerweile in eine Plastiktüte gesteckt hatte.

»So sieht es aus«, bestätigte der Kommissar.

»Wer tut so was?«, flüsterte Sabine und schaute verlegen zu Kati Küppers hinüber. Für einen Moment zögerte Sabine. Sie hatte so lange vertuscht und geleugnet. Sie könnte einfach damit weitermachen. Andererseits war sie müde, nach Entschuldigungen und Ausreden zu suchen. Schließlich sprach sie aus, was wahrscheinlich eh im ganzen Dorf hinter vorgehaltener Hand getuschelt wurde. »Bei den Mengen Alkohol, die meine Mutter in sich hineingekippt hat, wäre es doch sowieso irgendwann passiert. Warum muss da jemand nachhelfen?«

»Das werden wir herausfinden.« Kommissar Rommerskirchen klang zuversichtlicher als er war, erhob sich und steckte sein Smartphone in die Hosentasche.

»Wissen Sie eigentlich, dass Sie damit Ihre Pension riskieren?« Kati Küppers versuchte ihren Worten Nachdruck zu verschaffen, indem sie sich aufrichtete, was in dem Sessel schier unmöglich war.

»Bitte?« Kommissar Rommerskirchen blickte auf Katis kurze, graue Haare, die in vielen Wirbeln den Kopf bedeckten, und hatte nicht die geringste Ahnung, worauf die Frau anspielte.

»Sie auch«, wandte sich Kati jetzt an Tietke, der ebenso verdutzt guckte.

»Sie sind doch Staatsdiener, oder nicht?«, fuhr sie fort und wartete auf das bestätigende Nicken der beiden Beamten. »Wie können Sie dann so fahrlässig sein und Ihr Smartphone in der Hosentasche tragen?« Rommerskirchen und Tietke schauten gleichzeitig an sich herunter.

»Ob durch die Strahlung oder die Wärme ist noch nicht abschließend geklärt, aber DASS sie unfruchtbar machen, wenn man Handys vorne in der Hosentasche trägt, muss Ihnen doch bekannt sein.« Kati Küppers hievte sich aus dem braungepolsterten Sitzloch und griff nach der leeren Kaffeekanne. »Ich mach uns mal neuen«, sagte sie, als sie das Wohnzimmer und die sprachlosen Kripobeamten verließ.

44

Das Margeriten-Stämmchen hatte geblüht, als ob es kein Morgen gäbe. Jetzt schnitt Cilli Wilms mit der Küchenschere die vertrockneten Blüten ab und sammelte sie in einem kleinen Plastikeimer, der einmal Snack-Tomaten beinhaltet hatte. Ihr Kaffeesatz war immer noch der beste Dünger. Morgens ließ sie den Filter auf einer alten Zeitung abkühlen, um seinen Inhalt später sorgfältig um die Pflanzen zu verteilen und in die Erde einzuarbeiten. Unwillkürlich fiel ihr Blick auf den Zeitungsartikel. Obwohl die Sonne ihm die Farbe entzogen hatte, sprang ihr die Überschrift in dicken Buchstaben entgegen: K.o. in der Disco. Noch einmal überflog sie den Inhalt, der sich mehr auf den Tathergang bezog als Aufschluss zu geben, um welche Substanzen es sich gehandelt haben könnte. Dennoch hakte sich der Gedanke in Cillis Hinterkopf fest. Ma lernt nie aus, dachte sie und faltete die von der Sonne vergilbte und vom Kaffee gebräunte Zeitung zusammen. Droppe. Dann klabbet näxtens och ohne Jewalt.

Sie war rundum zufrieden. Mit der Margerite, mit sich und mit der ganzen Welt. Sie prüfte mit den Fingerkuppen die Feuchtigkeit der kleinen Töpfe, die Petersilie, Schnittlauch, Thymian und eine Reihe weiterer Küchenkräuter beherbergten. Auf ihr Gespür konnte sie sich verlassen. Egal ob es sich um Pflanzen oder um Menschen handelte. Gerade widmete sie sich den großen Töpfen, die die hintere Ecke des Balkons in einen Urwald verwandelten, als aus dem Wohnzimmer das Klingeln des Telefons an ihr Ohr drang. Normalerweise hätte sich Cilli von der Pflege ihrer Pflanzen nicht durch Telefonklingeln abhalten lassen. Heute aber war sie gut gelaunt und unterbrach ihre geliebte Arbeit gerne für einen netten Plausch. Es kam eh selten genug vor, dass sie angerufen wurde.

»Hallo Frau Wilms. Hier ist Hedwig Hamacher. Wie geht es Ihnen?«

Cilli Wilms sortierte in Gedanken Familiennamen und fragte

sich, warum man nicht bei der rheinischen Regelung bleiben konnte. Egal, wen Hedwig geehelicht hatte, sie blieb für Cilli immer »dat Beckers Hettchen«.

»Jut. Ever du röfst doch nit an för mich zu frare, wie et mich jeht. Wat jibbet denn? Is die Kapell nit jut?«

»Doch, alles bestens. Ich habe aber tatsächlich ein Anliegen. Jeder in Niederbroich kennt ja Ihre wunderbaren Kochkünste. Und da wollte ich Sie fragen, ob Sie diese Woche für Pater Remigius kochen könnten. Ich habe ihn heute aus dem Krankenhaus abgeholt und dem Arzt hoch und heilig versprochen, auf ihn aufzupassen. Er muss sich schonen. Aber ich muss ja schon Frau Küppers beim Küsterdienst vertreten und schaffe es nicht, auch noch den Pater zu versorgen.«

Cilli ließ sich in den Sessel plumpsen, der neben dem Telefontischchen stand, und schnaufte. Wie lange hatte sie auf dieses Angebot gewartet? Und jetzt, wo sie nur zugreifen musste, hätte sie am liebsten abgelehnt.

»Is dat dinn Idee oder dem Pater seine?«, fragte sie stattdessen.

Hedwig schluckte. Für einen kurzen Moment regten sich Zweifel, Cilli Wilms um Hilfe gebeten zu haben. Doch sie sollte ja nicht den Haushalt des Paters führen, wofür der Priester ihr gewiss den Kopf abgerissen hätte. Sondern ihm lediglich das Essen vorbeibringen und möglicherweise das ein oder andere in den Kühlschrank legen. Vielleicht hätte sie ihre Idee doch vorher mit dem Pfarrer besprechen sollen. Hedwig ärgerte sich über sich selbst.

»Ich habe Pater Remigius gesagt, ich kümmere mich darum, dass er diese Woche das Mittagessen gebracht bekommt. Und sich schont.«

Der würde Augen machen, wenn er wüsste, wen Hedwig für diese Aufgabe engagiert hatte. Cilli lächelte zufrieden. Sie konnte das Angebot nicht ablehnen. Diese Gelegenheit musste sie beim Schopf packen, denn eine weitere würde sich wahrscheinlich nicht bieten.

»Jut. Affjemaat. Nur för Meddaach?«

»Ja. Nur Mittagessen. Kommen Sie mit fünfzehn Euro pro Tag hin?«

»Lev Herjöttche. Dafür krisse half Niederbroich satt.«

Hedwig schwieg. Eigentlich war sie erleichtert, dass Frau Wilms ihr die Aufgabe abnahm. Andererseits wusste sie, dass die Alte jeden Cent zweimal umdrehte, bevor sie ihn ausgab. Aber sie würde Pater Remigius nicht mit »Himmel-un-Äät« oder »Armer Ritter« abspeisen. Hätte sie ihr mehr bieten müssen?

»Hätte hütt schon jet jehat?«

Hedwig sträubten sich die Nackenhaare. Diesen Satz hatte ihre Mutter immer gesagt, wenn sie wissen wollte, ob sie ihren Kanarienvogel gut versorgt hatte. Aber das konnte Frau Wilms nicht wissen und Pater Remigius war ja weiß Gott kein Vogel. Vielleicht hielten ihn einige für einen komischen Kauz. Herrje, was spukten ihr heute für merkwürdige Gedanken durchs Hirn? Ob Vollmond war? Sie schüttelte den Kopf.

»Vermutlich nicht. Ich habe ihn eben erst zu Hause abgesetzt.«

Ohne auf Hedwigs Antwort einzugehen, wechselte Cilli Wilms so abrupt das Thema, als hätte sie sich nie nach dem Wohlergehen des Paters erkundigt.

»Watt mäkt eijentlich euer Natalie? Jeht dat inne Disco?«

»Natalie? Die hat gerade ihren Facharzt gemacht. Für Disco hat sie wahrscheinlich gar keine Zeit.«

»Jott sei dank. Ich hang nämisch inne Ziedung jelese, dat die den Mädchen K.o.-Droppe inne Cola kippen. Ever ich froch mich, wie die an de Droppe kumme.«

»Ach, Frau Wilms. Heutzutage kriegt man doch alles im Internet. Egal ob K.o.-Tropfen oder Bauanleitungen für Bomben.«

Internet, dachte Cilli und seufzte, nit minge Welt.

Sie musste einen anderen Weg finden. Gedankenversunken legte sie den Hörer auf. Plötzlich wusste sie, was zu tun war. Sie lächelte selig und hievte sich aus dem Sessel. Es wurde Zeit, Frau Möller mal wieder einen Besuch abzustatten.

45

Er hielt die Luft an und klatschte sich das eiskalte Wasser ins Gesicht. Noch einmal und noch einmal. Dann schnaufte er tief durch, trocknete sich ab und schaute in den Spiegel. Bis auf die roten Augen sah er wieder ganz passabel aus. Er massierte sich den Nacken und rollte die Schultern, dann verließ Michael Schulze das Bad.

Pater Remigius schaute kurz auf, als er die Küche betrat, und lächelte ihm aufmunternd zu.

»Danke.« Michael ließ sich wieder dem Priester gegenüber am Küchentisch nieder. »Fürs Zuhören.«

»Das gehört zu meinem Beruf.«

Ein lautes, schnarrendes Geräusch ließ den Pater zusammenzucken. Michael wandte den Kopf zum Eingang. Einen Moment überlegte er, die Türklingel einfach zu ignorieren. Doch wahrscheinlich war es besser, kurz ein Paket für die Nachbarn anzunehmen, dem Zirkus zwei Euro in die Sammelbüchse zu stecken oder die Zeugen Jehovas auf einen Kaffee mit einem katholischen Priester einzuladen. Michael murmelte eine Entschuldigung und freute sich schon auf die verdutzten Gesichter der unermüdlichen Wächter. Doch als er den Hörer der Gegensprechanlage abnahm, klopfte es an der Wohnungstür. Er öffnete. Nun war er derjenige, der ein verdutztes Gesicht machte. Die Kripobeamten Rommerskirchen und Tietke hatte er gar nicht erwartet. Er trat zur Seite und wies den Polizisten den Weg in die Küche.

»Die Sitzgelegenheiten werden langsam knapp, aber bitte. Kommen Sie herein. Pater Remigius kennen Sie sicher bereits?« Michael bot dem Kommissar seinen Stuhl an und schob Tietke schulterzuckend die Trittleiter zu. Er selbst zog sich den Bierkasten, auf dem das Altpapier lagerte, an den Tisch und setzte sich. Doch sofort sprang er wieder auf. »Kann ich Ihnen einen Kaffee anbieten?«

»Danke nein. Wenn wir bei jeder Befragung Kaffee trinken,

müssen wir unseren Schreibtisch in die Toilette verlegen«, erwiderte Rommerskirchen.

»Außerdem wollen wir nicht lange stören. Wir möchten lediglich wissen, wo Sie gestern Abend waren, bevor Sie Sabine Kirschbaum getroffen haben.«

Michael sog gut hörbar die Luft durch die Nase.

»Hat sie mich beschuldigt?« Er schüttelte den Kopf und verzog den Mund zu einem bitteren Lächeln. »Sie glaubt mir nicht. Aber ich war nicht im Haus ihrer Mutter.«

»Sondern?«

»In der Stadt. Hab mich dort mit jemandem getroffen.«

»Wir sprechen hier über den Zeitraum zwischen acht und halb zehn. Wenn Sie sich mit jemandem getroffen haben, kann das wohl jemand bezeugen.« Rommerskirchen ließ den Brudermeister keine Sekunde aus den Augen. So entgingen ihm auch nicht das nervöse Zucken des Mundes und die angespannten Kiefermuskeln.

»Ja«, meldete sich der Pater zu Wort. »Ich.«

Er schaute zu Michael Schulze hinüber und zuckte entschuldigend die Achseln, bevor er sich an den Kommissar wandte. »Ich habe mich zwar nicht mit ihm getroffen. Aber ich habe ihn gesehen. Er stand vor dem Park direkt gegenüber vom St.-Martinus-Krankenhaus.« Alle Augenpaare waren auf Pater Remigius gerichtet. Eine feine Röte überzog sein Gesicht und färbte die Ohren dunkler. »Gibt es noch Kaffee?« Der Priester lächelte verlegen und hielt Michael seine leere Tasse hin. Dann schaute er die Polizisten an. »Ich stand am Fenster. Zum Schlafen war es noch zu früh. Und gelesen hatte ich die ganze Zeit schon.«

Kommissar Rommerskirchen zückte sein Notizbuch und bedachte den Priester mit einem ungläubigen Blick. »Sie haben anderthalb Stunden am Fenster gestanden und Michael Schulze beobachtet?«

»Nicht ganz«, gab Pater Remigius zu. »Ich habe nach der Tagesschau den Fernseher ausgeschaltet und mich ans Fenster gestellt. Kurz darauf kam Michael Schulze die Straße herunter.«

»Wie haben Sie ihn im Dunkeln erkannt?«

»Um die Uhrzeit war es noch nicht dunkel. Dämmrig vielleicht.«

Wer den Brudermeister kannte, erkannte ihn am Gang. Im Ganzen wirkte er unaufhaltsam. Ein einsamer Cowboy, dem man sich nicht zum Duell stellen wollte. Doch jede Bemerkung darüber hätte ihn in eine Ecke gerückt, in die er nach dem Bild, das Pater Remigius sich gerade machen konnte, nicht gehörte. Dass es noch nicht ganz dunkel war, musste dem Kommissar reichen.

46

Die letzten zwei Stunden hatten sich Sabine und Kati durch die Ordner gegraben, die im Wohnzimmerschrank zwischen alten Fotoalben und Blumenvasen standen. Sie hatten Versicherungspolicen studiert und halbe Ewigkeiten in Warteschleifen mit nervendem Gedudel verbracht, bis sie beim richtigen Ansprechpartner gelandet waren. Mehr als einmal fielen Sabine die Augen zu. Katis Magen knurrte laut. Schließlich klappte sie den aktuellen Ordner zu und stellte ihn zur Seite.

»Ich verhunger. Was ist mit dir? Hast du heute überhaupt schon was gegessen?«

Sabine schüttelte den Kopf und gähnte.

»Brauch nix. Nur ein Bett.«

»Du musst bei Kräften bleiben, hast noch einiges durchzustehen.«

»Die Vorratskammer ist leer. Und im Gefrierschrank finden sich höchstens noch Donauwellen, aber …«

»Perfekt. Beste Nervennahrung.«

»Kati! Ich kann doch nicht Kuchen essen! Meine Mutter ist gestorben! Das ist ja wie auf Gräbern tanzen. Also ehrlich.«

»Kein Grund zu verhungern. Besser als Donauwellen wäre jetzt nur noch Hühnersuppe.«

Sabine verzog den Mund, doch das Lächeln missglückte. »Die beste Hühnersuppe kocht Frau Wilms.« Dem tiefen Seufzer folgten ein lautes Gähnen und eine Entschuldigung.

»Vorschlag: Du gehst ins Bett und ich frage Cilli Wilms nach Hühnersuppe, während die Donauwellen auftauen. Einverstanden?«

Sabine nickte und hielt sich die Hand vor den aufgerissenen Mund.

»Na los. Geh schlafen.«

Während Sabine das Wohnzimmer verließ, durchsuchte Kati ihr Handy nach der Telefonnummer von Cilli Wilms. Sie zählte das Tuten. Nach dem zehnten gab sie auf, ging in die

Küche und holte den Kuchen aus dem Gefrierschrank. Dann wählte sie erneut. Wieder ohne Erfolg. Sie beschloss, nicht auf direktem Wege nach Hause zu gehen.

47

»Ich liebe diese Tage. Egal wie scheiße es war, ich will mich nicht beklagen. Ich liebe diese Tage ...«, dröhnte es aus dem Autoradio, als Rommerskirchen den Audi startete. »Wohin jetzt? Ins Büro?« Er sah aus den Augenwinkeln, wie sein Kollege über das Tablet wischte.

»Was sagt die Zaubertafel?«

»Was meinst du, hängen die beiden Todesfälle zusammen, ja oder nein?«

»Warum?«

»Ich hab da noch ein paar Ungereimtheiten, die ich gerne überprüfen würde.«

»Zum Beispiel?«

»Die Frau, die die Kapelle putzt, Cäcilie Wilms, hat angeblich erst die Kapelle geputzt, als der Kaplan schon tot war. Sie behauptet, dass sie am Vortag einer Frau Möller Hühnersuppe gebracht hat.«

Rommerskirchen zuckte die Schultern. »Was passt dir daran nicht?«

»Wilms gehört der Dschungelbalkon, nach dem du mich gefragt hast.«

Der Kommissar hob die Augenbrauen. »Heijeijei. Der Balkon mit dem Strychnin-Baum?«

»Genau der. Frau Möller wohnt übrigens die nächste Straße links.«

Kurz darauf saßen die Kriminalbeamten bei der alten Dame im Wohnzimmer auf dem Sofa, dessen Rücken- und Armlehnen mit Deckchen aus zarter Filethäkelei belegt waren.

»Was kann ich für Sie tun, meine Herren?«, fragte sie, nachdem sie trotz mehrfacher Nachfrage den Kripobeamten keinen Kaffee kochen durfte.

»Kennen Sie Cäcilie Wilms?«

»Cilli. Aber sicher.«

»Können Sie sich erinnern, wann sie Sie besucht hat?«

»Gerade eben. Als Sie geklingelt haben, habe ich gedacht, sie hätte etwas vergessen.«

»Hat Frau Wilms Sie auch letzte Woche Donnerstag besucht?«

»Ja, wissen Sie, das ist etwas eigenartig. Sie hat mir mehrmals versichert, am Donnerstag bei mir gewesen zu sein. Die Gute.« Frau Möller drehte die beiden goldenen Ringe an ihrem Ringfinger. »Aber ich bin mir sicher, dass es Freitag war. Ich war so erkältet und sie hat mir Hühnersuppe gebracht. Sie kennt sich aus. Hat ja auch ganz früher mal in der Apotheke geholfen. Ach Gott, aber das ist so lange her, dass es fast nicht mehr wahr ist.«

Rommerskirchen warf seinem Partner einen erstaunten Blick zu. Der verzog den Mund zu einem schiefen Grinsen.

»Ach«, fuhr Frau Möller fort, »jetzt habe ich doch glatt vergessen, Sie zu fragen, ob Sie einen Kaffee möchten.«

»Vielen Dank. Nein.« Das Lächeln des Kommissars wirkte ein wenig angestrengt. Unvermittelt stand die alte Dame auf und ging zu dem Büffetschrank hinüber, der eine ganze Seite des Zimmers zierte.

»Komisch«, murmelte sie vor sich hin. »Ich hab sie doch hier hingestellt.« Sie wandte sich abrupt um und musterte die Polizeibeamten scharf. »Haben Sie meine Tropfen einkassiert? Das steht Ihnen nicht zu. Auch wenn Sie von der Altenfürsorge der Caritas sind. Hören Sie? Mein Arzt hat sie mir extra für die Zahnbehandlung verschrieben.« Sie legte den Kopf schräg. »Oder hab ich sie im Badezimmer ...?« Mit kleinen trippelnden Schritten verließ sie den Raum.

Tietke seufzte.

»Na klasse. Ist die dement? Oder nur ein bisschen tüddelich?«

Rommerskirchen zuckte mit den Schultern.

»Egal. Abhaken. Komm, Tietke, wir müssen noch für die Caritas sammeln.« Er erhob sich und passierte das Badezimmer auf dem Weg zur Tür. »Wiedersehen, Frau Möller. Und vielen Dank für den Kaffee.«

Die alte Dame stand mit hängenden Schultern vor dem geöffneten Alibert. Nur kurz schaute sie hoch.

»Ich habe Ihnen doch gar keinen gekocht«, sagte sie, stellte sich auf die Zehenspitzen und durchsuchte das obere Regal der reichhaltigen Hausapotheke nach den vermissten Tropfen.

»Was sind das denn für Tropfen, die Sie suchen?«, erkundigte sich Tietke.

Frau Möller seufzte. »Morphin Tropfen. Den anderen Kram vertrag ich doch nicht. Ich hätte schwören können, ich hab sie auf den Schrank im Wohnzimmer gestellt. Oder hat Cilli ...?«

»Glauben Sie, Frau Wilms hat Ihre Tropfen eingesteckt?«

»Wenn Sie sie nicht haben ...« Die alte Dame schaute ratlos.

»Wir prüfen das nach. Dafür sind wir doch da. Auf Wiedersehen, Frau Möller.«

Rommerskirchen zupfte den Kollegen ungeduldig am Jackenärmel.

»Vielen Dank, meine Herren.« Sie winkte hinter ihnen her und rief: »Die Polizei. Dein Freund und Helfer.«

Vor dem Haus klopfte Rommerskirchen Tietke anerkennend auf die Schulter.

»Was tät ich ohne dich? Die richtigen Worte gefunden, um die Möller zu beruhigen und sie von der Liste der glaubwürdigen Zeugen zu streichen. Dann lass uns mal unsere neuesten Erkenntnisse im Büro zu Papier bringen.«

Tietke runzelte die Stirn.

»So unglaubwürdig finde ich die Alte nicht. Eigentlich hatte ich schon vor ...«

»Björn, mach dich nicht lächerlich. Wenn wir jetzt noch einmal da hochspazieren würden, könnten wir uns für die Freunde ihrer Enkel ausgeben, die dringend finanzielle Hilfe benötigen, ohne bei der Möller Argwohn zu erwecken. Und ganz selbstverständlich würde sie uns das hundertste Mal fragen, ob sie uns einen Kaffee kochen kann.«

Rommerskirchen stieg in den Wagen und ließ den Motor an.

48

Das Glasfläschchen war so groß, dass sie es nicht in ihrer Hand verschwinden lassen konnte. Ihre Finger umklammerten es fest, sodass die Handknöchel weiß wurden, während sich die faltige Haut spannte. Rasch verbarg sie ihre Linke in der Jackentasche, wobei sie die Schulter hochziehen musste, was erst unangenehm und schließlich schmerzhaft wurde. Doch sie war sich sicher, dass Frau Möller nichts bemerkt hatte. Die mühselige Arbeit, Ignatius-Bohnen zu pulverisieren, war nun Schnee von gestern. Der liebe Gott hatte ihr eine gute Lösung in die Hand gespielt.

Cilli Wilms huschte über die Straße, so schnell es ihre Beine zuließen. Aus den Augenwinkeln sah sie, dass ein blauer Audi sein Tempo verringerte. Im Fond saßen zwei Männer. Wahrscheinlich die beiden von der Polizei. Wer sonst würde um diese Zeit gemütlich durch Niederbroich chauffieren? Wo sie wohl hinwollten? Das Verhör auf der Polizeiwache in der Stadt hatte Cilli noch in schlechter Erinnerung. Schon die Zumutung, sie dort antanzen zu lassen. Und nicht mal einen Kaffee angeboten. Keine Manieren! Aber sie hatten sich alles fein säuberlich notiert und sie schließlich wieder nach Hause geschickt.

Sie schloss die Haustür auf, holte tief Luft und machte sich auf den mühsamen Weg die Treppen hoch in den zweiten Stock. Ihre knorrige Rechte umklammerte den Handlauf, sodass sie sich bei jeder Stufe hochziehen konnte, um die Schmerzen in den Knien zu mildern. Dagegen würden ein paar Tropfen auch helfen. Ihre Linke hielt das Fläschchen fest umschlossen. Keuchend erreichte sie den ersten Treppenabsatz, legte eine Verschnaufpause ein und nahm die nächste Treppe in Angriff. Sie verspürte einen leichten Druck auf der Blase und presste die Lippen fest aufeinander, obwohl sie wusste, dass das schon lange nicht mehr half. Wäre sie bei Frau Möller doch noch einmal aufs Klo gegangen. Aber mit dem Fläschchen in den Fingern hatte nur ein Gedanke in ihrem Kopf gebrüllt: Nix wie weg. Das rächte sich jetzt.

Der zweite Treppenabsatz lag vor ihr. Die nächste Verschnaufpause, bei der sie die Beine zusammenpresste und mit dem Hintern wibbelte, um den Lauf der Dinge weiter hinauszuzögern. Hoffte sie zumindest. Ihr Schnaufen wurde lauter. Die letzten Stufen schienen in den Himmel zu wachsen. Wie war sie doch früher durch die Eifel gehüpft, wenn sie denn mal ihre Schwester besucht hatte. Was selten genug vorgekommen war. Kein Felsen, den sie nicht bezwungen hätte. »Im Frühtau zu Berge wir zieh'n«, hatten sie geschmettert. Selbst für ein »Fallera« fehlte ihr jetzt die Luft. Ungeduldig suchte ihre Hand nach dem Schlüsselloch. Als die Tür endlich vor ihr aufschwang, spürte sie die Wärme zwischen ihren Beinen. Sie warf die Handtasche achtlos in die Diele und stolperte ins Bad. Das kostbare Fläschchen klirrte beim Abstellen auf dem Badewannenrand. Dann riss sie den Rock hoch, die durchnässte Strumpfhose mitsamt Unterhose herunter und ließ sich erschöpft auf die Klobrille plumpsen.

Kati hatte schon drei Mal geklingelt und drehte der Haustür bereits den Rücken zu, als es in der Türsprechanlage krachte. »Ja bitte?«, dröhnte die verzerrte Stimme aus dem Blechkasten. Die Drohung, jedem eigenhändig den Kopf abzureißen, der keinen triftigen Grund zu klingeln hatte, war klar und deutlich zu verstehen.

»Ich bins, Kati Küppers.« Stille. »Dat Brings Kättchen«, fügte Kati schließlich hinzu.

»Och.« Überraschung schwang in Cillis Stimme. Im nächsten Moment summte der Türöffner. Kati nahm die erste Treppe noch mit Schwung. Bei der zweiten begann sie zu schnaufen, aber erst auf dem dritten Treppenabsatz gönnte sie sich eine kurze Pause. Als sie auf der zweiten Etage ankam, stand die Wohnungstür offen. Kati versicherte sich noch einmal, dass auch der richtige Name über der Klingel stand, bevor sie an die Tür klopfte und den Flur betrat.

»Ma dä Poz henger dich zu«, rief Cilli aus dem Schlafzimmer. »Ich bin mich jerade en anger Bux am andonn.«

»Lass dir ruhig Zeit«, rief Kati zurück und schloss die Tür. So weit sie sich erinnern konnte, war sie vor ewiger Zeit einmal hier gewesen und dabei nur bis in den Flur vorgedrungen, um etwas abzugeben.

Sie ging in die Küche und schaute sich neugierig um. Verwundert betrachtete sie Cillis alten Gasherd. Vielleicht war er das ultimative Geheimnis ihrer berühmten Kochkunst. Daneben wartete ein Wasserkessel mit Flöte auf seinen Einsatz. Im Zeitalter der elektrischen Wasserkocher eine wahre Rarität. Genau wie der Kaffeefilter auf der geblümten Kaffeekanne mit Goldrand. In der Spüle entdeckte Kati die passende Tasse mit milchig braunem Bodensatz. Ihr Blick wanderte weiter durch den Raum. Über dem Küchentisch hing ein Kalender. Das Bild in dieser Woche zeigte schneebedeckte Bergwipfel im Sonnenschein. Daneben stand der Satz von Pater Don Bosco, den Kati früher in jedes Poesiealbum geschrieben hatte: ›Fröhlich sein, Gutes tun und die Spatzen pfeifen lassen.‹

Unschlüssig trat sie wieder in den Flur und schielte ins Wohnzimmer. Es wirkte klein und dunkel. Als ob die Gardinen zugezogen wären. Sie drückte die Tür ein Stück weiter auf, steckte den Kopf ins Zimmer und staunte.

»Heilige Dorothea«, flüsterte sie und näherte sich dem grünen Balkon, »ein Stück vom Paradies.«

Neben einem Margeriten-Stämmchen leuchteten pink die Blütenkelche eines Hibiskus. Eine Strelitzie streckte die Köpfe ihrer bizarren Blüten wie Paradiesvögel durchs Grün. Sie verneigten sich vor der Kaiserkrone, deren orange Kelche huldvoll unter der Blätterkrone im Wind nickten. Als Kati die Balkontür öffnete, strömte der Duft von Kräutern ins Zimmer. Thymian, Salbei und Rosmarin. Ganz in der Ecke entdeckte sie eine Feige, die grüne statt der bekannten blauen Früchte trug, und daneben - »Jesus! Maria! Josef!« - einen Ignatius-Bohnenbaum.

Je schneller die Gedanken durch ihren Kopf galoppierten, desto weniger konnte sich Kati rühren. Sie stand auf dem Balkon und starrte auf den Baum im Kübel mit den großen, spitz zulaufenden Blättern und den grünen und gelben Früchten, die so harmlos aussahen wie Limetten.

»Der Baum der Versuchung«, murmelte Kati vor sich hin. Offenbar laut genug für Cilli Wilms' Ohren.

»Schon möschlisch. Die hang sich ja och dä Blädder ömjedonn, för nisch nackisch römzeloofe.« Kati biss sich auf die Lippen. Warum fiel ihr jetzt keine harmlose Antwort ein? Irgendetwas Argloses. Ziemlich feige über die Feige zu plaudern, doch auf etwas Unverfänglicheres kam Kati gerade nicht.

»Ist das eigentlich eine besondere Art? Oder werden die Früchte noch blau?«

Machte der Umstand, dass Cilli Wilms einen Ignatius-Bohnenbaum auf dem Balkon zog, sie bereits zu einer Mörderin? Kati bekam feuchte Hände.

»Die bliewe su. Machse en Käffken un en Likörken?«

Strychnin löst sich nur in Alkohol, schoss es Kati durch den Kopf. »Eine Tasse Kaffee nehme ich gerne, wenn du ihn nicht extra aufschütten musst.«

»Schon fas fädich.« Cilli eilte in die Küche. Kati folgte ihr gemäßigten Schrittes.

»Likörchen ein ander Mal. Ich muss noch fahren«, rief sie Cilli hinterher. Kann doch sein, dass Benedikt noch irgendwo hin will, bog sie sich in Gedanken ihre Notlüge zurecht. Der Wasserkessel flötete schrill. Cilli füllte den Filter und frischer Kaffeeduft durchströmte die Küche.

Ein kleines Rinnsal lief über den Goldrand und die handgemalten Blumen. Kati betrachtete die Alte, den gebeugten Rücken, die knochige Hand, die den Wasserkessel hielt. Hänsel und Gretel, schoss es ihr durch den Kopf. Auf einem Bild in ihrem Lieblingsmärchenbuch stützte sich die Hexe auf einen Stock. Der gleiche gebeugte Rücken. Die gleichen knochigen Finger, die jetzt die Kanne auf den Küchentisch stellten und zwei passende Tassen aus dem Hängeschrank neben der Spüle holten.

»Milsch un Zucker?«

Kati verscheuchte den absurden Gedanken. »Danke, nein. Nur schwarz.« Sie hasste schwarzen Kaffee. Jo witzelte immer, ob sie vielleicht noch ein Tröpfchen Kaffee in ihre Milch wünschte. Bei den Italienern hieß das Latte macchiato. Die gefleckte Milch war zwar ursprünglich für Bambini … Pass lieber auf, was sie tut, schalt sie sich und verfolgte akribisch jeden Handgriff, den Cilli tätigte.

Cilli goss Kaffee in Katis Tasse, bevor sie sich selbst bediente. In ihre eigene schaufelte sie ordentlich Zucker und krönte das Ganze mit einem großen Schwall Büchsenmilch. Kati zog die Mundwinkel nach oben und nippte an der schwarzen Brühe.

»Eigentlich wollte ich nur fragen, ob du Sabine Kirschbaum eine Hühnersuppe bringen könntest. Ihr geht's grad nicht so gut.«

»Nit jut? Ich hang doch dafür jesorcht, dattet besser wöt.« Cilli zog die Augenbrauen zusammen. Murmelnd fuhr sie fort: »Muss mich ja nit dä Föß küsse, ever ä bissken dankbar künntse schon sin.«

Kati zuckte die Schultern. Keine Ahnung, wovon Cilli sprach.

»Ihre Mutter ist tot. Sabine hat sie letzte Nacht gefunden.«

Mit allem hätte Kati gerechnet, aber nicht damit, dass Cilli keinerlei Reaktion zeigte. Irgendetwas war hier mächtig faul. Verwirrt fuhr sie fort: »Und heute hat die Polizei alles haargenau wissen wollen.«

Wieder blieb Cilli stumm. Schließlich wandte sie sich dem Wandkalender zu.

»Ich muss af morje för dä Pater koche. Jibbet halt Höhnerzupp.«

Erst jetzt sah Kati die Kratzer, die aus dem Kragen von Cillis Bluse hervorlugten. Drei rote Striemen. Und das Ohrläppchen bedeckte ein großes Pflaster.

»Hast du dich verletzt?«

Cilli drehte sich zu ihr und runzelte die Stirn.

»Am Hals meine ich.« Kati strich sich mit den Fingerkuppen über die Stelle, die an Cillis Hals rot leuchtete. Missmutig starrte die Alte vor sich hin. Schließlich schob sie das Kinn nach vorne und zuckte die Achseln.

»Die blöd Katz von näwean. Dat is en Miststück!«

Kratzspuren von Katzen sahen anders aus. Das wusste Kati aus schmerzlicher Erfahrung.

»Soll ich mal danach gucken? Du hast sicher etwas zum Desinfizieren im Schrank.«

Cilli schnaubte.

»Ich weiß, datte inä Apetek jearbiet häs. Dat brauchse mir nit ständisch auf et Butterbrot zu schmiere.«

Kati hob die Augenbrauen.

»Tu ich doch gar nicht. Ich wollte bloß ...«

Die alte Frau kniff die Augen zusammen und funkelte Kati böse an. War das Wut, die da aufblitzte? Kati nippte noch einmal an ihrem Kaffee. Sie musste nachdenken. Ungestört. Da gab es nur einen Ort. Sie stellte die Kaffeetasse ab.

»Ich muss mal eben für kleine Mädchen«, flüsterte sie und erhob sich. Cilli sprang auf. Mit schreckgeweiteten Augen schüttelte sie heftig den Kopf und versuchte, Kati am Arm zu erwischen, damit sie die Küche nicht verlassen konnte.

»Do hang ich noch nit sauberjemaat.«

49

Wieder sprang die Mailbox an. Resigniert drückte Jo den roten Knopf. »Warum gehst du nicht ran?« Er wählte die nächste Nummer und hatte sofort seinen Enkel am anderen Ende.

»Ich erreiche sie nicht. Sie geht nicht dran.«

»Hast du es bei Sabine Kirschbaum schon probiert?«

»Da geht auch keiner ran.«

»Ich bin jetzt vor ihrem Haus und klingel. Aber Omas Fahrrad seh ich hier nicht.«

»Bene, mir gefällt das nicht. Ich lauf schon Spurrillen in den Wohnzimmerteppich. So eine Unruhe hab ich noch nie gehabt. Pass auf dich auf, hörst du?«

»Mach ich, Opa. Und du versuchst weiter, Oma zu erreichen. Wir finden sie bestimmt irgendwo beim Kuchenessen. Ich meld mich.«

50

Cilli griff ins Leere. Ehe sie um den Küchentisch herum war, hatte Kati bereits das Badezimmer erreicht und die Tür hinter sich verbarrikadiert.

Großartig!, schimpfte sie und setzte sich auf den Rand der Badewanne. Jetzt hockst du hier drin. Und dein Handy schaukelt brav in der Handtasche am Küchenstuhl.

Sie ließ den Blick durchs Bad schweifen. Was sollte sie hier auf keinen Fall finden? Die Badezimmertür zitterte unter Cillis wütenden Fausthieben.

»Mäck de Poz up!«

»Augenblick noch«, rief sie und hoffte, ihrer Stimme einen unbekümmerten Unterton zu geben, der das aufgebrachte Gemüt jenseits der Tür besänftigen könnte. Ein stilles Örtchen stellte sie sich jedenfalls anders vor.

»Heiliger Antonius, auch wenn Cilli meint, dass ich hier nichts verloren habe, könnte ich jetzt echt gut deine Hilfe gebrauchen.« Ihr Blick streifte die Porzellanablage über dem Waschbecken. Ein fleckiges Glas mit einer Tube Discounter-Zahnpasta und einer Zahnbürste, die ein ähnliches Alter haben musste wie ihre Besitzerin. Ein Kamm, der bereits mehr als eine Zacke eingebüßt hatte.

Wieder donnerte Cilli an die Tür und fluchte.

Kati fuhr sich durch die Haare. Sie brauchte Hinweise. Wenn sie Cilli aus der Reserve lockte …

»Ich hab den Ignatius-Bohnenbaum auf deinem Balkon gesehen.«

»Dachtichmich.«

»Warum der Kaplan?«

»Dat woren Versehen.«

Scheiße! Kati erhob sich und ließ den Blick über den Rand der Wanne zu den zahlreichen Flaschen, Tuben und Fläschchen schweifen. Schaumbad, Latschenkieferöl, Körperlotion …

»Und Frau Kirschbaum? War die auch ein Versehen?«

Neben der Tinktur gegen Fußpilz fiel ihr ein braunes Glasfläschchen ins Auge. Auf dem computergedruckten Etikett stand »Annemarie Möller«.

»Die Ahl wor en Düüvel.«

Wie sich Cilli Wilms wohl selbst bezeichnen würde? Kati griff nach dem Tropfer und drehte ihn in der Hand. ›Morphin-Tropfen‹ las sie. Im gleichen Moment donnerte Cilli erneut an die Badezimmertür. Vor Schreck rutschte Kati das Fläschchen aus den Fingern und verschwand im Wäschesammler. Na klasse. In fremder Leute dreckiger Wäsche zu wühlen war jetzt genau nach ihrem Geschmack.

»Und deshalb musste sie weg? Einfach so?«

»Eenfach? Von wejen! Dat wor alles angesch wie eenfach.«

»Daher die Kratzspuren an deinem Hals.«

Kati beugte sich über den Wäschebeutel. Die Gerüche verschiedenster menschlicher Absonderungen schlugen ihr entgegen. Angewidert verzog sie das Gesicht, hielt die Luft an und suchte mit spitzen Fingern zwischen klammen Liebestötern und stinkenden Socken nach dem Glasfläschchen.

»Und um die zu vermeiden, bist du auf Morphin umgestiegen.«

»Wat weiß du schon?«

Offenbar nicht genug, dachte Kati. Das ist ja das Problem. Also erzähl endlich.

Kati wühlte sich durch Nierenwärmer aus Angorastrick und Flanell-Nachthemden mit Blütendekor in Lila und Passtellgrün. Stand Cilli noch vor der Tür? Erst musste sie das Fläschchen wiederfinden. Dann konnte sie sich Gedanken machen, was sie tun wollte, wenn sie aus dem Badezimmer kam. Wenn der Kaplan ein Versehen war, wer hätte dann dran glauben sollen?

51

Er klingelte zwei Mal schnell hintereinander, wartete einen Augenblick und klingelte erneut. Dann trat Bene ein paar Schritte zurück und schaute, ob sich hinter einem der Fenster etwas bewegte, bevor er erneut den Klingelknopf betätigte. Endlich hörte er Geräusche. Kurz darauf steckte Sabine verschlafen den Kopf aus der Tür.

»Hab ich dich geweckt? Tut mir leid. Ist Oma da?«

Sabine gähnte und schüttelte den Kopf.

»Wie spät ist es denn?«

»Fast vier Uhr.«

»So spät schon.« Sabine fuhr sich mit der Hand durch die Haare. »Sie hat gesagt, ich soll mich hinlegen, und ist gegangen. Vielleicht ist sie noch bei Cilli Wilms vorbei, wegen der Hühnersuppe.«

Benedikt überzeugte sich, die richtige Adresse im Kopf zu haben, bevor er sich von Sabine Kirschbaum verabschiedete und Opa Jo über sein neues Ziel informierte. Er lief an einer Häuserreihe entlang, die alle den gleichen Rollrasen in der Größe eines Handtuchs neben dem Eingang ausgebreitet hatten. Nur das letzte Haus umgab eine Hecke, die die Sicht verwehrte. Als Bene dahinter in die nächste Straße einbog, entdeckte er den blauen Audi von Rommerskirchen und winkte.

52

»Ist Pater Remigius auch ein Teufel?« Hinter der Tür blieb es still. »Cilli?« Kati hörte auf, in der Dreckwäsche zu kramen, und horchte. Vor der Badezimmertür rumpelte es. Dann ächzte der Küchenstuhl unter Cillis Gewicht.

»Üvrijens, Strychnin iset beste Spezialjewööz, dat ich hang.«

»Was hat Pater Remigius verbrochen?«

Kati hatte sich mittlerweile fast bis zum Boden des Wäschesacks durchgearbeitet.

»Dä hät mich minge Plaatz em Hemmel verwiehrt.«

»Wie das?« Kein Mensch konnte einem anderen den Platz im Himmel verwehren. Das bekam man nur im Alleingang hin, und selbst da war sich Kati nicht sicher. Schließlich hing doch alles von Gottes Barmherzigkeit ab. Und die konnte sich niemand verdienen.

Als sie eine verfilzte graue Strickjacke anhob, wurde sie jäh aus ihren Gedanken gerissen. Sie traute ihren Augen nicht, was sie da sah.

»Jenuch jeschwad. Kumm eruss.«

Vom Boden des Wäschebeutels leuchtete es orangerot. Katis Herz hämmerte lauter gegen den Rippenbogen als Cillis Fäuste gegen die Badezimmertür. Tränen stiegen ihr in die Augen. Langsam zog sie ihren Lieblingsschal aus Cillis Dreckwäsche. An einem Ende war er eingerissen, ein paar Fransen fehlten. Als sie mit den Fingern über die Fasern fuhr, spürte sie, dass die rotbraunen Flecken in der Mitte hart verkrustet waren. Blut. Cillis? Hatte sie deshalb den Schal nicht am Tatort zurückgelassen? Kati ließ sich auf die Bodenfliesen rutschen, lehnte sich mit dem Rücken gegen die Badewanne, kniff die Augenbrauen zusammen und blinzelte die Tränen weg.

»Warum?«, flüsterte sie. »Warum?« Ihre Betroffenheit schlug um in Wut. »Warum?« Dieses Mal schleuderte sie die Frage gegen die Badezimmertür, hinter der sie das Ungeheuerliche wusste. »Was! Hab! Ich! Dir! Getan! Was?«

Ungeheuer. Monster.

»Du häs mich ming Stell beim Apeteker avspinstich jemaat.«

»Das ist nicht wahr.« Kati erinnerte sich genau. »Der Apotheker hat schon seit Jahren nach einer Hilfe gesucht.«

»Anderthalf Johr. Dä hätt mich mit Kusshank wieder jenomme, wenn du nit jewese wörs. Un da kütt dinne Jo un mäckt dich ne Püngel Kinger.«

»Drei«, korrigierte Kati Cillis Ausführungen und versuchte zu verstehen, was ihr zur Last gelegt wurde.

»Do hättet Madamm nimmi nödich inne Apetek ze arbiede.«

»Und das trägst du mir seit mehr als vierzig Jahren nach? Alle Achtung! Dein Gedächtnis funktioniert außerordentlich gut.«

»Freches Aas.«

»Ich oder du?«

»Ich sorch nur för Jerechtichkeit. Un dat is schließlich en Kardinalsturend.«

»Kardinalstugend? Oh nein, meine Liebe. Das ist Neid und Missgunst. Damit verstößt du gegen das zehnte Gebot: Du sollst nicht nach dem Haus deines Nächsten verlangen, oder nach irgendetwas, das deinem Nächsten gehört.«

53

Missmutig setzte sich Tietke auf den Beifahrersitz und wischte über das Tablet. Die Verbindung war miserabel. Schließlich steckte er das Ding in die Innentasche seines Parkas und holte sein Handy heraus. Als er die eingegangenen Nachrichten checkte, pfiff er leise durch die Zähne. Kommissar Rommerskirchen verlangsamte automatisch die Fahrt und schielte zu seinem Kollegen. Der schwieg.

»Was gibt's? Hat der HSV mal wieder gewonnen oder warum pfeifst du so erstaunt vor dich hin?«

Tietke bedachte Rommerskirchen mit einem bösen Seitenblick.

»Nee, Fortuna gegen Köln.«

Philip Rommerskirchen trat auf die Bremse und sah seinen Kollegen fassungslos an.

»War'n Scherz.«

»Arschloch.«

»Angenehm, Tietke.«

Rommerskirchen atmete tief durch und zuckte kapitulierend mit den Schultern.

»Komm schon. Was hab ich verpasst?«

»Unser Freund Christopher Klein ist bei einer Verkehrskontrolle den Kollegen mit diversen berauschenden Substanzen ins Netz gegangen«, gab Tietke die Neuigkeit preis.

»Du meinst ...«

Tietke nickte.

»Kann gut sein, dass er den Kaplan mitversorgt hat, ja. Jedenfalls hatte er dieses Mal genug für ne größere Party dabei.«

»Aber eher Chrystal Meth als Strychnin.«

»Da hast du leider recht.«

Am Ende der Straße sahen sie Bene winken.

54

Cilli schnaubte. Sie hatte sich genug angehört. Entschlossen ging sie in die Küche, zog die Schublade neben dem Herd auf und griff nach dem großen Fleischermesser. Dann ließ sie sich erneut auf dem Küchenstuhl vor der Badezimmertür nieder.

»Du häs di Jlück jarnich verdeent. Dinne Jo drächt dich dä Fott noch. Un du häs nix angers ze donn wie öm däm Popanz von Pater erömzeschawenzele.«

Unterstellte sie ihr jetzt allen Ernstes auch noch ein Verhältnis mit Pater Remigius? Der Gedanke war absurd. Kati legte den Schal zur Seite und wischte die feuchten Handflächen an ihrer Jeans ab.

»Höppst mit de Blare durch de Kirch un mäckst Nejermusik. Ever dat Kati künnse all jut liede. Dat hät sune schöng Stimm. Dat muss unbedingt Solo sänge.«

Der Neid in Cillis Worten durchdrang die Badezimmertür und bereitete Kati eine Gänsehaut. Sie kannte Cilli schon ihr ganzes Leben, aber noch nie hatte sie diesen Hass gespürt, diese Verbitterung gehört. Wie hatte Cilli ihre psychopathischen Züge all die Jahre so gut verbergen können? Der Kloß in Katis Hals ließ sich nicht wegschlucken. In welchen Irrsinn war sie hier hineingeraten?

55

Der Kommissar hielt am Straßenrand und ließ das Beifahrerfenster herunter. Er beugte sich halb über seinen Kollegen, um mit Bene sprechen zu können.

»Ihr habt nicht zufällig meine Oma gesehen?«

»Doch, vorhin. Bei Frau Kirschbaum.«

»Da ist sie schon länger weg.«

»Hat wohl ihr Handy wieder mal zu Hause liegen lassen, was?«

»Nee, das hat sie mit. Sie hat extra noch gecheckt, ob der Akku voll ist. Keine Ahnung, warum sie nicht drangeht.«

»Und wo willst du jetzt hin?«

»Zur Dorfstraße. Mal sehen, ob ihr Rad irgendwo steht. Vielleicht ist sie bei Cilli Wilms, meinte Sabine.«

Rommerskirchen nickte und schielte zu Tietke herüber. Der verzog den Mund zu einem spöttischen Grinsen, obwohl er sich bemühte, völlig unbeteiligt zu wirken.

»Steig ein. Das liegt auf dem Weg.«

56

»Und was ist mit dem fünften Gebot? Du sollst nicht morden?«

Vor der Tür blieb es lange still. Kati rappelte sich hoch, warf einen letzten Blick in den Wäschesammler und entdeckte das braune Glasfläschchen neben einem ausgeblichenen Frotteehandtuch. Eilig steckte sie es in die Hosentasche. Als sie sich den Schal unter den Pullover schob, hörte sie Cilli vor der Tür rumoren.

»Alle worense dabie. Dat janze Dorp het jefiert. Alle hangse mitjemaat. Ständisch. Nur dat Wilms Cilli nit. Dat wor för dem Jeistliche sing Wohl zuständisch. Janz und jar. Met Haut un Hoor. Un all worense froh, datet dat Cilli jedonn hät. Un daför hät dat en Plaatz em Hemmel verdeent.«

Kati lehnte den Kopf gegen die Badezimmertür und schloss die Augen. Ihr Mitleid für Cilli hielt sich in Grenzen. In sehr engen. Immerhin hatte die Alte versucht, ihr die Schuld für zwei Morde in die Schuhe zu schieben. Unschlüssig legte Kati die Hand auf die Klinke.

»Ävver Pater Remigius, dä feine Pinkel, dä hat dat nich nödich. Dä broch kin Cilli. Weder föret Hus noch föret Hätz. Ers recht nit för sing Jebommels.«

Kati atmete tief durch und drehte den Schlüssel herum. Sie wollte keine Ungeheuerlichkeiten mehr hören, öffnete die Badezimmertür und blieb abrupt stehen. Vor der Tür saß Cilli auf dem Küchenstuhl, an dem Katis Handtasche baumelte. Von dort kam das penetrante Klingeln, das sie bereits mehrfach gehört hatte.

»Mein Handy«, krächzte Kati und konnte die Augen nicht von dem geschliffenen Stahl auf Cillis Knien nehmen. Die Alte ignorierte Katis Bemerkung.

»Hässet endlich jefunge.« Sie wies auf Katis Pulli, unter dem eine verräterische rote Schalfranse hervorlugte. Kati ließ die Schultern hängen. Ihre körperliche Überlegenheit spielte beim Anblick des Fleischermessers, das ihr entgegenblitzte, keine Rolle mehr. Auch ihr Handy hatte jetzt sang- und klanglos aufgegeben.

57

Obwohl er den größten Teil des Weges bereits hinter sich gebracht hatte, nahm Bene die Einladung gerne an und kletterte auf die Rückbank des Audis.

»Wo wir schon mal zu ihr unterwegs sind, könnten wir Frau Wilms doch ein paar botanische Fragen stellen«, schlug Tietke vor und wischte über sein Tablet. Sie fuhren durch zwei Gässchen und erreichten bald darauf die Dorfstraße. Schon von Weitem sahen sie das orange Fahrrad vor dem grauen Mehrfamilienhaus leuchten.

Statt einer Antwort manövrierte Rommerskirchen den Wagen in die nächste Parklücke. Bene zückte sein Smartphone, um Opa Jo auf dem Laufenden zu halten.

»Merkwürdig«, wunderte sich dieser. »Bei Cilli ging eben auch keiner ans Telefon. Sicher haben die Grazien die Musik zu laut aufgedreht.«

58

Aus dem Wohnzimmer tönte das Telefonklingeln und machte Cilli Wilms sichtlich nervös. Das ist mein Jo. Sie suchen mich, dachte Kati und reckte kampfeslustig das Kinn nach vorne.

»Und jetzt?«

Das Telefon war verstummt. Die Alte holte tief Luft und schwieg.

»Du kannst mich nicht umbringen. Denn dann müsstest du meine Leiche verschwinden lassen. Nur wie? Kleinhacken und an Pater Remigius verfüttern vielleicht.«

Cilli schien ernsthaft über Katis Vorschlag nachzudenken. »Dummerweise hättest du dann aber deinen Sündenbock geschlachtet.«

Immer noch hoffte Kati auf eine Unaufmerksamkeit und den Augenblick, in dem sie an Cilli vorbeistürmen und die Wohnung verlassen konnte. Als die Türklingel schnarrte, schnellte ihr Puls auf 280. Doch Cilli packte das Messer nur noch entschlossener. Ihre Augen verengten sich zu Schlitzen und belauerten jede noch so kleine Bewegung, die Kati machte.

»Bleev, wö de bis«, zischte sie und erhob sich erstaunlich behende. »Ich hang nochen Mission, un die bring ich och ze End.«

»Du hast keine Chance. Lass mich gehen und mach es nicht noch schlimmer.«

Wieder klingelte es an der Tür. Im Treppenhaus tat sich was. Stimmen. Schritte.

»Frau Wilms?«, dröhnte eine Männerstimme durch den Flur, die Kati zu kennen meinte. Sie standen bereits vor der Wohnungstür. Ihr Rufen und Klopfen konnte Cilli nicht länger ignorieren. Hoffnungsvoll lugte Kati aus dem Bad. Der Schmerz traf sie unvorbereitet. Sie konnte nicht einmal schreien. Noch einmal stach Cilli zu und versetzte Kati einen Stoß, der sie nach hinten taumeln ließ. Sie suchte nach Halt, sah das Blut über ihren Arm fließen und fiel aufs Klo.

Dieser kurze Augenblick reichte der Alten, um den Badezimmerschlüssel abzuziehen, die Tür zuzuschlagen und von außen abzuschließen.

»Frau Wilms? Machen Sie die Tür auf!« Erneut hämmerten Fäuste gegen die Wohnungstür. Unschlüssig blieb Cilli Wilms vor der Badezimmertür stehen. Wenn sie sich verbarrikadieren würde, käme das einem Schuldeingeständnis gleich. Blieb nur die Flucht nach vorn.

Im gleichen Moment brach Kommissar Rommerskirchen mit einem beherzten Fußtritt die Wohnungstür aus den Angeln. Krachend schlug sie auf den Boden.

»Nit schieße. Alles jut. Alles jut.«

»Was ist hier los?« Kommissar Rommerskirchen trat mit gezückter Waffe auf Cilli Wilms zu, die wild gestikulierte und dabei das blutige Messer durch die Luft schwang.

»Dat Kati Küppers hätt dä Kaplan un die Keschboom verjiftet. Hät mich alles verzällt. Haarjenau.«

»Lassen Sie das Messer fallen.«

Cilli tat, wie ihr geheißen. Kommissar Rommerskirchen senkte die Waffe, zog einen Plastikbeutel aus der Jackentasche und ließ das blutige Messer geschickt darin verschwinden, ohne seine Fingerabdrücke auf dem Corpus Delicti zu hinterlassen.

»Wo ist Frau Küppers jetzt?«

»Do drin.« Cilli Wilms deutete auf die Badezimmertür.

»Und jetzt geben Sie mir den Schlüssel.«

Hinter dem Kommissar betrat Tietke die Wohnung, forderte Unterstützung an und führte Frau Wilms in die Küche.

Bleich stand Bene im Hausflur und starrte auf das blutige Messer im Plastikbeutel in Rommerskirchens Hand. Gerne hätte der Kommissar ihm diesen Anblick erspart. Doch jetzt musste er sich erst einmal um Kati Küppers kümmern. Er steckte den Schlüssel ins Schloss und öffnete die Badezimmertür.

Kati Küppers hing bewusstlos zwischen Klo und Badewanne. Ihre linke Seite war blutgetränkt.

»Scheiße«, entfuhr es Rommerskirchen. »Björn«, rief er über die Schulter, »Notarzt und Krankenwagen.« Dann griff er nach dem Handtuch, das neben dem Waschbecken hing.

Tietke ließ Cilli Wilms in der Küche sitzen und informierte den Rettungsdienst. Kaum einen Augenblick später trafen die Kollegen der Streife ein. Tietke erklärte mit knappen Worten die Lage. Dann kümmerte er sich um Benedikt, der immer noch mit schreckgeweiteten Augen vor der eingetretenen Wohnungstür stand. Er legte dem Jungen den Arm um die Schultern und zog ihn die Treppen hinunter zum Ausgang. Viel konnte er nicht tun. Aber die frische Luft würde hoffentlich dafür sorgen, dass sie nicht gleich zwei Fälle ins Krankenhaus einliefern mussten. Als sie die Haustür öffneten, stürmten die Sanitäter an ihnen vorbei. Tietke klopfte Benedikt aufmunternd auf die Schulter.

»In ein paar Minuten wissen wir mehr.«

Kurz darauf erschien Rommerskirchen vor der Haustür, griff nach seinen Zigaretten und boxte Bene auf den Oberarm.

»Zähe Omma. Das wird schon wieder. Kann dein Opa dich abholen? Dann könnt ihr dem Krankenwagen hinterherfahren.«

Bene schluckte und nickte stumm, weil er seiner Stimme nicht traute. Dann zückte er sein Handy und wählte Opa Jos Nummer.

»Kurze Lagebesprechung«, raunte Rommerskirchen seinem Kollegen ins Ohr. Sie entfernten sich ein paar Schritte vom Eingang und der Kommissar bot seinem Kollegen eine Zigarette an, die dieser angewidert ablehnte.

»Ich möchte, dass du mit Kati Küppers ins Krankenhaus fährst und sie im Auge behältst. Sobald sie zu sich gekommen ist, will ich wissen, was hier los war.« Tietke nickte. Ein Auto hielt vor dem Haus in zweiter Reihe direkt hinter dem Krankenwagen. Ihm entstiegen zwei Männer in weißen Schutzanzügen. Sie grüßten den Kommissar mit einem knappen Nicken und holten die Materialkoffer aus dem Wagen.

»Ich kümmer mich inzwischen um die Wilms und schau mich mit den Kollegen noch einmal gründlich in der Wohnung um.«

Kommissar Rommerskirchen begrüßte die Kollegen und informierte sie über die nächsten Schritte. Auf dem Bürgersteig gegenüber blieben die ersten Passanten stehen und ergingen sich in fantasievollen Spekulationen.

59

Der Kommissar schaute dem Krankenwagen und dem silbernen Corsa der Küppers hinterher, bis sie hinter der nächsten Straßenbiegung verschwunden waren, zog ein letztes Mal an der Zigarette, warf sie halb geraucht auf den Boden und trat sie aus. Dann holte er eine Metalldose aus der Innentasche seiner Jeansjacke, ließ die Kippe darin verschwinden und steckte das Döschen zurück in die Jacke. Noch einmal blies er den Tabakqualm in die Luft und ging zurück ins Haus.

Cilli Wilms saß an ihrem Küchentisch, die Hände wie zum Gebet gefaltet, und fuhr mit den Augen die Linien der karierten Tischdecke nach.

»So, Frau Wilms. Während wir uns unterhalten, schauen sich meine Kollegen noch ein bisschen in Ihrer Wohnung um. Sie haben doch nichts dagegen?«

Die Alte rollte mit den Augen, verzog den Mund und schnaubte. Kommissar Rommerskirchen wertete das als Zustimmung.

Er legte sein Smartphone auf den Küchentisch, aktivierte das Diktiergerät und ließ sich den Besuch von Kati Küppers bis ins Detail erzählen.

Schließlich schaute Cilli Wilms auf die Uhr. »Simmer bald fädich? Ich möt dem Pater nojet ze Esse bringe.« Sie stand auf, öffnete den Kühlschrank und holte einen Teller mit Plastikhäubchen heraus. Um an das grüne Keramiktöpfchen heranzureichen, das neben dem Herd auf dem Küchenbord stand, musste sie sich auf die Zehenspitzen stellen. »Spezialgewürz« hatte jemand mit schwarzem Filzstift auf das Etikett geschrieben. Beherzt kippte Cilli das weiße Pulver über das vorbereitete Essen und rührte kräftig um, bevor sie das Plastikhäubchen wieder über den Rand des Tellers stülpte.

Dann wandte sie sich lächelnd an Kommissar Rommerskirchen: »För min Spezialjewööz bin ich bekannt.«

Rommerskirchen lächelte zurück und fuhr sich mit den

Händen durch die Haare. »Tja, Frau Wilms. Ich fürchte, der Pater wird noch eine ganze Weile auf sein Essen warten müssen. Ich hab noch einige Fragen.«

Cilli Wilms kniff die Augen zusammen und verschränkte die Arme vor der Brust.

»Wenn dä Pater verhöngert, is dat nit minge Schuld.«

Rommerskirchen biss sich auf die Unterlippe.

»Vielleicht können wir ... Moment ...« Er stand auf und verließ die Küche. Nach wenigen Augenblicken erschien er mit einem Kollegen von der Streife.

»Herr Schneider ist so freundlich, Pater Remigius das Essen vorbeizubringen. Den Pater meinten Sie doch, oder?«

»Jenau dem«, antwortete Cilli und drückte Schneider den Teller in die Hand. »Ne joode Appetik un schöng Jröß.«

Dann setzte sie sich sichtlich zufrieden wieder zu Kommissar Rommerskirchen an den Küchentisch.

»Von Ihren Kochkünsten habe ich schon gehört. Und von Ihrer Balkonoase.« Der Kripobeamte erhob sich. »Die würde ich mir zu gerne mal ansehen. Wollen wir?«

Cilli Wilms wollte ganz und gar nicht. Sie stützte sich beim Aufstehen schwer auf dem Küchentisch ab und schnaufte. Sollte dieser junge Springinsfeld ruhig denken, dass das Alter mühsam und schmerzvoll war. Sie ließ sich Zeit, stand einfach nur auf den Tisch gestützt und atmete schwer. Der junge Kommissar kam ihr entgegen und reichte ihr den Arm, damit sie sich stützen konnte. Mit einem boshaften Lächeln hakte sie sich bei ihm unter. Er würde sich an ihr noch den Rücken verbiegen.

Als sie ins Wohnzimmer kamen, schnappte Cilli nach Luft. Alle Schubladen und Schränke standen offen. Auf dem Boden stapelten sich Vasen, Kerzen, Fotoalben und ... ihre Brief-Mappe ... mit den parfümierten Blütenpapier-Briefen ... Jupps lyrische Abhandlungen über die Liebe. Abrupt blieb sie stehen.

»Die Jungs räumen das alles hinterher wieder schön ordentlich auf«, beschwichtigte sie Kommissar Rommerskirchen und tätschelte ihr den Arm. Hinter Cillis Rücken streckte ihm der Kollege im weißen Ganzkörperanzug den Mittelfinger entgegen.

Cilli ließ den Arm des Kommissars los, öffnete die Tür und trat auf den Balkon. Rommerskirchen sortierte erst einmal seine Rückenwirbel und dehnte Schultern und Kreuz. Als er auf den Balkon hinaustrat, pfiff er anerkennend.

»Sie haben sich hier wirklich ein kleines Paradies geschaffen.« Er ging auf die exotische Pflanze zu, deren Blüten an Vogelköpfe erinnerten. »Die ist ja bizarr. Was ist das?«

»Ne Papajeienbloom. Manche saren och Strelitzie.«

»Hübsch. Sehr hübsch.« Rommerskirchen schaute sich um. »Küchenkräuter, Blumen.« Er hätte die Balkon-Begehung besser Tietke überlassen. Der hatte sicherlich mehr Ahnung von Pflanzen als er, was nicht schwierig war. Dabei verwendete er durchaus frische Kräuter und Gemüse, wenn er denn mal zum Kochen kam. Aber die kaufte er im Supermarkt, wo sie verpackt und etikettiert waren, und nicht einfach wild in der Gegend herumwucherten. Der Blick des Kommissars wanderte über den Balkon.

»Oh, kann man die essen?« Er machte mit dem Arm eine ausladende Bewegung in Richtung der Bäumchen im Kübel. Cilli Wilms runzelte die Stirn. Abschätzend musterte sie den Kommissar, dann die Bäumchen.

»Wat wollnse essen?«

Rommerskirchen kratzte sich am Hinterkopf. Er wollte von ihr hören, welche Bäume dort in der Ecke standen.

»Die Früchte dort«, versuchte er es noch einmal.

»Die Feijen? Die sind noch nitesu wiet. Denne fellt de Sonn.«

»Und die Früchte an dem Baum dahinter?«

Cilli zuckte die Schultern.

»Dat worne Fehlinweszjon. Dacht, dat wören Limette.«

Rommerskirchen nickte bedächtig, während er versuchte, Cilli Wilms einzuschätzen. Einen Versuch musste er noch unternehmen.

»Meine Mutter schwört ja auf Hefe zum Düngen ihrer Pflanzen. Machen Sie das auch?«

»Hefe?« Cilli hob interessiert die Augenbrauen. »Dat kennich nit. Bei mir kütt Kaffeemehl dran. Dat möjen de Marjeritte un de Tomate.«

»Danke. Den Tipp werde ich meiner Mutter weitergeben.«

»Vleich kriichja im Jejezuch dat Rezept mit die Hefe.«

»Bestimmt. Meine Mutter hat den berühmten grünen Daumen. So wie Sie. Und tauscht sich gerne mit anderen Experten aus.«

Cilli lächelte milde. Und Rommerskirchen war sich jetzt sicher, dass die Alte genau wusste, wie ein Limettenbaum aussah.

60

Das rhythmische Piepen hatte Kati schon eine ganze Weile im Ohr. Es machte sie schläfrig. Dabei hatte sie doch genug geschlafen. Wie lange sie wohl schon so lag? Sie blinzelte. Das, was sie sah, war weiß und grell und schmerzte in den Augen. Sie wollte tief durchatmen, spürte einen stechenden Schmerz in der linken Seite und hielt die Luft an. Wieder blinzelte sie. Dieses Mal war sie vorbereitet auf die Helligkeit und langsam gewöhnten sich ihre Augen an das Licht. Wenn sie flach atmete, tat nichts weh. Über ihrem Kopf baumelte ein roter Beutel. Gott, war sie müde. Auf der anderen Seite eine Flasche mit einer durchsichtigen Flüssigkeit. Was flößten sie ihr ein? »Morphin-Tropfen«, war ihr letzter Gedanke, bevor sie wieder einschlief.

Irgendwann hörte sie, wie die Tür geöffnet wurde und jemand ein Tablett laut klappernd neben ihr abstellte.

»Na, Frau Küppers, immer noch nicht ausgeschlafen? Was wollen Sie denn diese Nacht machen?«

Schlafen, dachte Kati und hatte vergessen, wie grell es war, wenn sie die Augen öffnete. Sie stöhnte leise und blinzelte erneut. Ein rundes Gesicht beugte sich lächelnd über sie. Mit karottenroten Haaren, die so kurz waren, dass Kati sie zuerst für eine Mütze gehalten hatte.

»So ist's brav.« Das Gesicht verschwand und brüllte durchs Zimmer: »Sie ist wach.«

Kurz darauf erschienen zwei Gesichter, die Kati ein Lächeln entlockten. »Ach du Schreck. Hockt ihr schon lange hier?«

Während Bene nickte, schüttelte Jo besorgt den Kopf.

»Wie spät ist es?«

»Kurz vor sechs«, erwiderte er und strich seiner Frau übers Haar. »Wie geht es dir?«

»Das weißt du wahrscheinlich besser als ich.«

Kati hob den Kopf und freute sich, dass der Schmerz ausblieb.

»Wie ich dich kenne, hast du den Arzt ausgequetscht wie eine Apfelsine. Was hat er gesagt?«

»Dass du Glück hattest. Sie mussten nicht einmal operieren.«

Kati hob den rechten Arm, um nach Jo zu greifen. In der Hand steckte der Zugang für den Tropf inklusive Schlauch. Am linken Mittelfinger klemmte ein Pulsmesser und löste das nervende rhythmische Piepen aus, das sie vorhin geweckt hatte. Und über eine Kanüle im linken Arm lief die rote Flüssigkeit …

»Glück«, murmelte sie, »soso.«

Jo verfolgte ihren Blick und drückte ihr einen Kuss auf die Stirn.

»Ich hab schon immer gewusst, dass du ein Vamp bist«, flüsterte er ihr ins Ohr.

Benedikt stand auf der anderen Seite des Bettes und warf einen angewiderten Blick auf den roten Beutel, der über ihren Köpfen baumelte. Er war blass um die Nase.

»Sobald ich hier raus bin, machen wir ne Rock-Session.« Kati lächelte und blickte entschlossen auf die Blutkonserve. »Davon lassen wir uns doch nicht die Ferien vermasseln.«

Benedikt grinste und setzte sich vorsichtig auf die Bettkante.

»Kannst du dich eigentlich erinnern, was passiert ist?«

Kati holte tief Luft.

»Das sollte ich. Ich weiß, dass es wichtig ist. Jedes Detail.« Sie schloss die Augen. »Wenn ich nicht so schrecklich müde wäre. Jo«, wandte sie sich an ihren Mann, »gibt's hier keinen Kaffee?«

Jo betrachtete das Tablett mit dem Abendessen und lüpfte den Deckel der Kanne. Ein Teebeutel färbte das Wasser rötlich. Er grinste und streichelte Kati über die Wange. »Ich besorg dir einen.«

Als er das Zimmer verließ, steckte Tietke den Kopf durch den Türspalt und zögerte.

»Kommen Sie ruhig rein«, ermunterte ihn Kati.

Er nickte Benedikt zu und trat ans Bett.

»Wie geht es Ihnen?«

»Na ja, ich hätte gern ein Zimmer mit Meerblick.« Sie zwinkerte ihrem Enkel zu. »Ansonsten kann ich nicht meckern. Das reinste Wellness-Resort. Inklusive Bloody-Mary-Cocktail.« Ihr Blick wanderte zum roten Beutel über ihrem Kopf.

»Wenn es Ihnen gut geht, könnten wir Sie auch in ein anderes All-inclusive-Quartier verlegen. Allerdings mit schwedischen Aussichten. Die Zimmer mit Meerblick sind schon alle weg.«

Kati schnappte nach Luft. Das gleichmäßige Piepen wurde schneller.

»Vorschlag: Mir geht es so lange nicht gut, bis ich Ihnen erzählt habe, wie die Geschichte abgelaufen ist.«

Tietke stellte sich einen Besucherstuhl neben das Bett und nahm sein Tablet zur Hand.

»Deal. Dann erzählen Sie mal.«

»Vorher brauche ich aber einen Kaffee.«

Wie auf Bestellung trat Jo ins Zimmer. Er setzte den Pappbecher aufs Tablett und betrachtete seine Frau.

»Kommst du zurecht?«

Kati hatte mittlerweile die elektronische Bedienung fürs Bett gefunden und betätigte den Knopf, der das Kopfteil anhob. Es ziepte in der linken Seite, doch sie lächelte tapfer und nickte.

»Geht nach Hause. Oder noch besser ins Kino. Und morgen früh könnt ihr mich abholen.«

Sie sah an sich herunter. Und ihre Augen weiteten sich.

»Wo sind eigentlich meine Klamotten?«

Der Kripobeamte hielt einen Plastikbeutel hoch.

»Ich fürchte, Sie brauchen frische.«

Kati atmete erleichtert auf. Morphin-Tropfen in der Hosentasche, ging es ihr durch den Kopf. Sie winkte Jo und Bene zum Abschied und wandte sich an Tietke.

»Ich weiß, wer Kaplan Overath und Frau Kirschbaum umgebracht hat.«

61

Mittlerweile saßen Cilli Wilms und Kommissar Rommerskirchen wieder am Küchentisch.

»Milsch un Zucker?«

»Ja bitte.« Rommerskirchen ließ den Zucker langsam vom Löffel in die Tasse rieseln und gab einen Spritzer Dosenmilch dazu.

»Eine Frage hab ich noch.« Er schaute von seiner Tasse auf. »Warum haben Sie auf Kati Küppers eingestochen?«

Cilli Wilms schüttelte vehement den Kopf.

»Nä, nä, dat hang isch nit jemaat. Die Küppers is mich inet Messer jeloofe. Ich kunnt ja nix maake. För lauter Schreck hang ich se ins Bad jedeut.«

»Wieso haben Sie sie überhaupt mit dem Messer bedroht?«

Cilli Wilms wich seinem Blick aus.

»Ich wollt nit, dat no mi Unheil passiert.«

»Das ist Ihnen ja hervorragend gelungen.«

62

»Die Beweise müssten in der Tüte stecken, die Sie eben in der Hand hatten. Reichen Sie mir die doch mal bitte rüber«, bat Kati den Kripobeamten. Sie versuchte, sich aufzusetzen, und zog scharf die Luft durch die Zähne, als der Schmerz durch die Seite schoss. Tietke legte ihr den Plastikbeutel aufs Bett und aktivierte das Diktiergerät auf seinem Handy. In der Zwischenzeit durchwühlte Kati die Tüte, kippte sie schließlich auf ihr Bett und sah den Polizisten fassungslos an.

»Der Schal. Wo ist der Schal?«

Tietke legte die Stirn in Falten.

»Ich hatte ihn mir unter den Pulli geschoben. Doch die Wilms hat ihn entdeckt, als ich versucht habe, das Bad zu verlassen.«

Der Polizeibeamte zuckte die Achseln.

»Was ist mit dem Schal?«

»Er ist der Beweis, dass Cilli Wilms mit dem Tod von Frau Kirschbaum zu tun hat. Sie erinnern sich an die Franse, die unter der Tür klemmte?«

Tietke nickte.

»Ich habe den Schal zu dieser Franse gefunden. In Cilli Wilms Wäschekorb.«

»Warum hat sie ihn nicht am Tatort zurückgelassen? Der Schal gehörte doch Ihnen, hab ich recht?«

»Das war wohl ursprünglich der Plan. Aber dann hat sich Frau Kirschbaum gewehrt. Sie hat Cilli Wilms am Hals gekratzt und am Ohr verletzt. Dabei muss ihr Blut auf den Schal getropft sein.«

»Dann hat sie den Schal mit nach Hause genommen und in die Dreckwäsche geworfen?«

Kati nickte. »Genau. Ich hab ihn nur gefunden, weil mir das Fläschchen mit den Morphin-Tropfen in den Wäschesack gefallen ist.«

Endlich wurde Tietke hellhörig.

»Moment.« Kati suchte im Wäschehaufen auf ihrem Bett nach der Hose, in die sie das Glasfläschchen gesteckt hatte. Erleichtert zog sie den Tropfer heraus und überreichte ihn Tietke.

»Woher haben Sie das?«

»Das habe ich in Cilli Wilms' Badezimmer gefunden. Auf dem Badewannenrand.«

Kati sah die Skepsis im Blick des Kripobeamten.

»Rufen Sie Kommissar Rommerskirchen an. Er soll im Badezimmer nach dem Schal suchen. Und erzählen Sie ihm von den Tropfen.«

»Die Fingerspuren auf dem Fläschchen haben Sie gründlich zunichte gemacht«, hielt ihr Tietke vor. Kati biss sich auf die Lippen. Sie hätte sich ohrfeigen können für diese dämliche Aktion. So ein Mist! Wenn nur der Schal noch im Bad lag.

»Aber ich weiß zufällig, dass Frau Möller ihre Morphin-Tropfen suchte, nachdem sie Besuch von Frau Wilms hatte.«

Kati schöpfte neue Hoffnung.

»Dann rufen Sie Ihren Kollegen an und fragen Sie nach dem Schal.« Tietke musterte die kleine drahtige Frau, die nichts aus der Bahn zu werfen schien, und griff nach seinem Handy.

63

Das Smartphone des Kommissars hüpfte über die Karos der Tischdecke und kündigte ein Gespräch an. Rommerskirchen entschuldigte sich und verließ Cilli Wilms' Küche. Im Flur waren gerade die Handwerker dabei, den Türrahmen auszubessern und die Angeln der Wohnungstür wieder einzusetzen. Kurzerhand lief Rommerskirchen die Treppen hinunter und brachte Tietke auf seinen Stand der Dinge. Stichhaltiges konnte er dabei bedauerlicherweise nicht vorweisen. Mit der freien Hand fingerte er nach einer Zigarette, hörte die Neuigkeiten seines Kollegen und blies den Rauch über die Straße. Die neugierige Menge hatte sich stark reduziert, nachdem sich schon länger nichts mehr vor dem Haus geregt hatte.

»Ich soll was? ... Björn, bleib ernst. Ich kann sie nicht nach Tropfen fragen, die die Küppers aus ihrem Bad verschwinden lassen hat. ... Woher soll ich wissen, ob sie weiß, dass sie weg sind? ... Ja. ... Ja gut. Ich guck nach dem Schal. Aber erst rauch ich meine Zigarette zu Ende. Bis gleich.«

Er drückte das Gespräch weg und fuhr sich über die Augen. Oben stand sein Kaffee und wurde kalt. Gierig zog er an seinem Glimmstängel, wollte glauben, dass Rauchen seine Sinne schärfte und ihm die Ruhe gab, die er jetzt brauchte. Dieses Mal ließ Rommerskirchen nicht viel mehr als den Filter übrig. Und der wanderte, ausgetreten, zu der halb gerauchten Zigarette in das Metalldöschen in der Innentasche seiner Jeansjacke.

Der Kommissar lief die Treppen hoch in den zweiten Stock. Nahm dabei nur jede zweite Stufe. Als er den Treppenabsatz erreichte, hängten die Handwerker gerade die Wohnungstür in die Angeln.

»Wir sind dann hier fertig«, rief der Ältere.

Rommerskirchen huschte an ihnen vorbei und winkte. »Schönen Feierabend.«

Im Flur bog er, statt nach links in die Küche zu gehen, nach rechts ab ins Bad und sperrte die Tür hinter sich zu. Er zog ein paar Einweg-Handschuhe aus der Jackentasche und ließ seinen Blick durch den engen Raum schweifen. Die einzige Möglichkeit, einen Schal zu verstecken, war der Beutel für die Dreckwäsche. Er verdrehte die Augen, zog den Wäschesack aus dem Gestänge, holte tief Luft und kippte die dreckige Wäsche in die Badewanne. So sehr er auch stocherte, da war kein Schal in leuchtendem Rotorange. Er klappte den Deckel des Mülleimers hoch. Leer. Kopfschüttelnd setzte er sich auf den Klodeckel und ließ den Blick schweifen. »Wer sagt, dass er im Bad sein muss?«

64

»Hat er den Schal gefunden?«, erkundigte sich Kati, als Tietke wieder ins Zimmer trat.

»Er sucht danach«, beschwichtigte der Kripomitarbeiter.

»Mir ist noch etwas eingefallen. Cilli Wilms hat sich mit ihrem Spezialgewürz gebrüstet. Ich glaube, dass sie das Strychnin in der Küche aufbewahrt bei den Gewürzen. Zumindest würde ich da an Ihrer Stelle gründlich suchen.«

»Was ich nicht verstehe: Wenn Cilli Wilms ihre Opfer mit Strychnin umgebracht hat, wieso die Morphin-Tropfen?«

»Frau Kirschbaum hat das Gift nicht freiwillig geschluckt. Es ist halt eklig bitter. Und Cilli musste ordentlich nachhelfen. Das Risiko wollte sie wohl beim nächsten Mal vermeiden.«

»Beim nächsten Mal? Frau Küppers. Seien Sie ein bisschen vorsichtiger mit Ihrer Wortwahl.«

Kati schüttelte energisch den Kopf.

»Ich meine, was ich sage. Cilli Wilms sprach von einer Mission, die sie hätte und die sie zu Ende bringen will.«

Tietke holte tief Luft.

»Außerdem«, fuhr Kati Küppers fort, »können Sie mit Morphium Ihr Opfer nicht nur betäuben, sondern bei einer leichten Überdosierung direkt ins Jenseits befördern.«

Tietke lächelte.

»Auch wenn Sie die Spuren auf dem Morphium-Fläschchen verwischt haben, bin ich froh, dass sie jetzt unter Verschluss sind.« Er steckte das Fläschen in die Jackentasche. »Wir suchen also nach dem Spezialgewürz.«

Kati nickte erleichtert. Offensichtlich hatte sie Björn Tietke endlich von ihrer Geschichte überzeugt.

65

»Die Jungs haben die anderen Räume durchkämmt«, gab sich Kommissar Rommerskirchen selbst die Antwort auf die Frage, warum er im Badezimmer weiter nach dem Schal suchen sollte. »Wenn man etwas loswerden will ... schmeißt man es aus dem Fenster!« Rommerskirchen sprang auf und öffnete die kleine Luke oberhalb der Toilette. Der Griff klemmte. Wahrscheinlich wurde er nicht oft betätigt. Für ihn war es ein Kinderspiel, heranzureichen. Aber für Cilli Wilms? Er rief sich ihre Körpergröße in Erinnerung und fragte sich, wie gut sie klettern konnte. Wäre sie wirklich auf den Toilettendeckel gestiegen? Sein Blick streifte den Spülkasten. Die Abdeckung war verrutscht ...

Aus der Jeansjacke drang die Titelmelodie des »Tatorts«. Rommerskirchen suchte die Taschen ab. Er würde noch einige Wochen brauchen, bis er sich daran gewöhnt hatte, das Smartphone nicht mehr achtlos in die vordere Hosentasche zu schieben. Mit einer Hand hielt er sich das Handy ans Ohr.

»Ich hab ihn«, begrüßte er seinen Kollegen und fischte mit der anderen Hand den Schal aus dem Spülkasten der Toilette. »Wenn wir Glück haben, hat das Wasser noch nicht alles herausgespült. Darum sollen sich die Kollegen gleich kümmern.« Rommerskirchen ließ den klitschnassen Schal ins Waschbecken fallen.

»... Spielt ihr mit mir Schnitzeljagd oder was? ... Ja ... Ich guck nach. ... Spezialgewürz?« Er schloss die Tür auf und bat den Kollegen, der mit seinem Köfferchen gerade die Wohnung verlassen wollte, vom Schal zu retten, was noch zu retten war. »Irgendwelche Pülverchen oder Substanzen gefunden?«

Der Forensiker tütete den Schal ein, schüttelte den Kopf und griff nach seinem Koffer.

»Wohn- und Schlafzimmer sind sauber. Stefan ist noch in der Küche. Analyse von Schal und Messer kommt asap. Schönen Feierabend.«

Die Handwerker hatten gute Arbeit geleistet. Die Wohnungstür hielt der schroffen Behandlung durch den Kollegen unbeschadet stand.

»Danke, dir auch«, murmelte Rommerskirchen und betrat die Küche. Direkt neben dem Herd entdeckte er das grüne Keramiktöpfchen, dessen Inhalt Cilli Wilms eben großzügig über das Essen des Paters verteilt hatte. Hatte sie nicht vorhin irgendeine Bemerkung dazu gemacht? Bis auf ein paar homöopathische Spuren war das Töpfchen leer. Er drehte das Gefäß so, dass er das Etikett lesen konnte. Spezialgewürz.

»Scheiße!«, entfuhr es Kommissar Rommerskirchen. »Stefan, hast du die Nummer von Schneider? Ruf ihn an, sofort.« Er selbst suchte in seinen Kontakten nach der Nummer von Pater Remigius. Sein Anruf blieb unbeantwortet.

»Scheiße! Scheiße! Scheiße!«

Während Rommerskirchen den Rettungsdienst informierte und Tietke zum Pfarrhaus scheuchte, saß Cilli Wilms selig lächelnd am Küchentisch und rieb sich die Hände. Der Kommissar forderte einen Streifenwagen an, stützte sich auf den Küchentisch und betrachtete kopfschüttelnd die alte Frau. Ihr zufriedenes Grinsen widerte ihn an. Doch er war Profi genug, Cilli Wilms im sachlichen Tonfall über ihre Rechte aufzuklären und die Gründe aufzuzählen, die zu ihrer Verhaftung führten.

66

»Verdammt!«, fluchte Tietke, der beim letzten Telefonat mit seinem Teamchef nicht einmal das Zimmer verlassen hatte. Kati runzelte missbilligend die Stirn.

»Pater Remigius ist nicht zu erreichen.«

»Er wird unterwegs sein«, mutmaßte Kati und zuckte gelassen die Schultern.

»Hoffentlich«, erwiderte Tietke und verließ mit wehender Jacke das Krankenhaus. Zurück blieb eine verdutzte Küsterin, die sich erschöpft in die Kissen sinken ließ. Obwohl sie ans Bett gefesselt war, schwang sie nun ihre schärfste Waffe. Sie schloss die Augen, faltete die Hände und bestürmte den Himmel.

In der Zwischenzeit hatte Tietke den Rettungswagen erreicht, der vor dem Krankenhaus auf ihn wartete. Er schwang sich zum Fahrer in die Kabine.

»Wissen Sie, wie Sie zur Kirche nach Niederbroich kommen?« Der Fahrer nickte, schaltete das Blaulicht ein und düste in halsbrecherischem Tempo über die Bundesstraßen, dass selbst Björn Tietke zu beten begann.

Als sie dreizehn Minuten später vor dem Pfarrhaus hielten, sprangen Tietke und die Sanitäter aus dem Rettungswagen und rannten zur Tür. Tietke klingelte Sturm.

»Pater Remigius«, rief er dabei immer wieder und donnerte mit der flachen Hand gegen die hölzernen Schnitzereien.

»Verdammt! Wenn er sich nicht meldet, müssen wir die Tür aufbrechen.«

Die Notfallsanitäter sahen sich mit großen Augen an und diskutierten, ob sie mit dem Multifunktionswerkzeug, das sie bei sich führten und das schon mal zum Aufschneiden eines Sicherheitsgurtes eingesetzt werden musste, der massiven Holztür zu Leibe rücken könnten.

Tietke hatte bereits die Nummer der Feuerwehr gewählt

und fragte sich, wo die Kollegen von der Streife blieben. Die drei Minuten, die sie bis zum Eintreffen der Kollegen klopfend und rufend vor der Tür standen, zerrten an den Nerven. Dann endlich setzten die Feuerwehrmänner das Brecheisen an.

»Hallo meine Herren. Einen Moment. Kann ich Ihnen helfen?«, ertönte ein dünnes Stimmchen, das sich bei den vielen Menschen, die plötzlich um das Pfarrhaus wuselten, kaum durchsetzen konnte. Tietke legte dem Feuerwehrmann die Hand auf den Arm und drehte sich um. Er traute seinen Augen kaum.

»Pater Remigius. Gottseidank.«

67

Jo und Bene waren nicht die ersten Besucher, die Kati am nächsten Morgen empfing.

Jo küsste sie zur Begrüßung auf die Stirn, freute sich, dass sie sich farblich gut vom weißen Kopfkissen abhob, und registrierte den Blumenstrauß, der auf ihrem Nachttisch stand.

»Schöne Grüße von Sabine Kirschbaum soll ich dir bestellen.«

»Danke.«

»Sie sagt, du wüsstest, warum sie nicht ins Krankenhaus käme.«

Kati seufzte.

»Warum?«, fragte Bene unverblümt.

»Die Arme gibt sich immer noch die Schuld, dass während ihrer Ausbildung zur Kinderkrankenschwester ein Kind gestorben ist. Sie glaubt, das Medikament falsch dosiert zu haben. Die Oberschwester wollte davon nichts wissen und auch die Untersuchung ergab kein Fremdverschulden.« Kati zuckte die Schultern. »Wie dem auch sei. Seitdem betritt sie Krankenhäuser nur noch im äußersten Notfall.«

Es klopfte an der Tür und Pater Remigius steckte den Kopf herein.

»Wo ist meine Lebensretterin?« Er trat an Katis Bett und schüttelte ihr die Hand. »Vielen herzlichen Dank. Und einen schönen Gruß vom Erzbischof. Er wünscht baldige Genesung.«

»Dankeschön«, murmelte Kati. Ein feiner rötlicher Schimmer überzog ihre Wangen. Erneut klopfte es an der Tür.

Kommissar Rommerskirchen und Tietke traten ans Bettende und erkundigten sich nach Katis Befinden. Das Krankenzimmer war gut gefüllt.

»Ist hier unter den zahlreichen Anwesenden auch eine Frau Küppers?« Der diensthabende Oberarzt bahnte sich einen Weg zum Krankenbett.

»Ich hab ja schon gehört, dass Ihre Partys legendär sind.«

Sein Blick schweifte über die bunte Gesellschaft. »Männer von sechzehn bis sechsundsechzig liegen Ihnen scharenweise zu Füßen.«

»Der Einzige, der hier liegt, bin ich, Herr Doktor«, gab Kati zurück.

»Und das wird auch noch eine Weile so bleiben. Auch wenn Sie das nicht hören wollen.«

»Schlecht hören konnte ich schon immer gut.«

»Eine Nacht. Bitte.« Der Arzt faltete die Hände und ging neben Katis Bett auf die Knie. »Sonst tu ich kein Auge zu.«

Kati lachte und seufzte.

»Wenn man Sie so leicht glücklich machen kann. Also gut. Eine Nacht noch.«

»So ist's brav.« Der Doktor erhob sich. »Dann will ich mal nicht weiter stören. Wir sehen uns.« Er drückte Frau Küppers die Hand und verabschiedete sich mit einem zackigen »Meine Herrn«. An der Tür drehte er sich noch einmal um. »An der Beleuchtung sollten wir noch arbeiten.« Er kniff Kati ein Auge und verschwand.

»Partymusik hab ich hier«, bemerkte Benedikt und stellte Katis Laptop auf den Nachttisch. Jo brachte vorsichtshalber die Blumen, die dort standen, in Sicherheit.

»Wer ist der heimliche Verehrer?«, wollte er wissen und suchte nach einer Karte.

Kati lachte. »Das errätst du nie.«

Jo sah zu Pater Remigius hinüber, der verschämt den Blick senkte und den Kopf schüttelte. »Wenn Sie wieder auf den Beinen sind, bringe ich Ihnen jede Woche einen Strauß nach Hause.«

»Um Himmels willen«, wiegelte Kati ab. »Das ist wirklich nicht nötig.«

Jetzt musterte Jo die beiden jungen Männer, die am Fußende des Bettes standen und grinsten.

»Wir waren es leider auch nicht.« Kommissar Rommerskirchen hob bedauernd die Hände. »Obwohl Sie sie mehr als verdient hätten.«

Kati verdrehte die Augen. »Hört auf mit der Lobhudelei. Sonst gewöhn ich mich dran.«

»Von wem sind denn jetzt die Blumen?« Jo ließ nicht locker.

»Von der Frauengemeinschaft. Hedwig Hamacher hat mich vorhin besucht.«

»Niederbroicher Buschtrommel«, entfuhr es Jo.

»Da trommeln wir demnächst auch mit«, warf Philip Rommerskirchen ein. »In Niederbroich, meine ich. Und deshalb möchten wir Sie ganz herzlich zu unserer House-Warming-Party einladen.« Er schaute Kati prüfend an. »Bis Samstag sind Sie doch wieder fit, oder?«

»Ich werde mir die größte Mühe geben. Wo ziehen Sie denn hin?«

»Na zu uns.« Jo schüttelte verständnislos den Kopf. »Unters Dach.«

Kati hob die Augenbrauen.

»Ach«, sagte sie nur und schaute von einem Kripobeamten zum anderen.

»Meine Freundin Rike und ich zumindest«, erklärte Kommissar Rommerskirchen. »Tietke seh ich im Büro schon oft genug.«

»Ach so.« Kati grinste. Dann zog sie den Kopf ein und wedelte mit der Hand, als hätte sie sich verbrannt.

»Auweia! Bei unserer nächsten Party braucht der Heinrich dann nur die Wohnungstür aufzureißen, um nach der Polizei zu rufen.« Sie kicherte leise.

»Falls die Polizei nicht zufällig zu einer der legendären Partys eingeladen ist.« Philip Rommerskirchen stellte sich neben Benedikt vor den Laptop. »Kann ich mal einen Blick auf die Playlist werfen?«

Barbara Steuten

Geboren 1969 in Düsseldorf, lebt mit der Familie am Niederrhein.

Ihr Mathematikstudium hängte sie an den Nagel und widmet sich nun ganz dem Schreiben. Seit 2010 arbeitet sie als freie Autorin, gewann 2011 den Leverkusener Short Story Sonderpreis und belegte 2014 den 2. Platz des Moerser Literaturpreises. Ihre Kurzgeschichten finden sich in verschiedenen Anthologien. Ihr Romanprojekt „Back-Wahn" war 2014 für den C.S.Lewis-Preis nominiert.

bei edition oberkassel:

Klerus, Pest und Jungfernkranz – Anthologiebeitrag
Düsseldorf linksrheinisch – Anthologiebeitrag
Kati Küppers und der gefallene Kaplan

Dank an die LeserInnen

Liebe LeserInnen,

diese Geschichte ist hier zu Ende. Wir hoffen, es hat Ihnen gefallen und Sie sind ein paar Stunden in die Welt dieser Geschichte eingetaucht, haben geschmunzelt, gelacht, mitgefühlt und mitgelitten. Das freut uns. Wenn Sie weiterhin Bücher dieser Autorin, dieses Autors oder unseres Verlages lesen möchten, dann reden Sie über dieses Buch. Oder twittern Sie, schreiben Sie einen kurzen Blogbeitrag oder eine Leserbewertung in Ihrem bevorzugten E-Book- oder Online-Shop.

Mund-zu-Mund-Werbung ist für AutorInnen und Verlage wie Sauerstoff für jedes Lebewesen – sie ist lebenswichtig. Lesermeinungen sind Motivation und Ansporn, so dass Sie schon bald ein weiteres Buch Ihrer Lieblingsautorin oder Ihres Lieblingsautors lesen können.

Herzliche Grüße

Ihre
edition oberkassel

Kriminelles Terrain

bei

edition oberkassel

macht abhängig!

Pure spannende Unterhaltung.

ISBN: 9783958130432

ISBN: 9783958130586

ISBN: 9783958130319

ISBN: 9783958130470

EDITION OBERKASSEL